Le Niwaâd

IMAGINAIRE

Mot de l'éditeur

Evidence Editions a été créée dans le but de rendre accessible la lecture pour tous, à tout âge et partout. Nous accordons une grande importance à ce que chacun puisse accéder à la littérature actuelle sans barrière de handicap. C'est pourquoi nos ouvrages sont disponibles en format papier, numérique, dyslexique, malvoyant, braille et audio.

Tout notre professionnalisme est mis en œuvre pour que votre lecture soit des plus confortables.

En tant que lecteur, vous découvrirez dans nos différentes collections de la littérature jeunesse, de la littérature générale, des témoignages, des livres historiques, des livres sur la santé et le bien-être, du policier, du thriller, de la littérature de l'imaginaire, de la romance sous toutes ses formes et de la littérature érotique.

Nous proposons également des ouvrages de la vie pratique tels que : agendas, cahiers de dédicaces, Bullet journal, DIY (Do It Yourself).

Pour prolonger le plaisir de votre lecture, dans notre boutique vous trouverez des goodies à collectionner ainsi que des boxes livresques disponibles toute l'année.

Ouvrir un livre Evidence, c'est aller à la rencontre d'émotions exceptionnelles.

Jean-Christophe Chaumette

Le Niwaâd

(Troisième édition)

Couverture : **Maïka**

Publié dans la **Collection Imaginaire**

ÉVIDENCE EDITIONS

PREMIÈRE PARTIE

CHAPITRE I

Au commencement, les dieux façonnèrent dans la glaise des êtres à deux bras et deux jambes, puis, en leur soufflant dans les narines, les dotèrent de la vie et d'une âme. Alors les hommes se répandirent sur la terre et la peuplèrent.

Mais au fil du temps, ils laissèrent s'échapper de leur corps le souffle divin qui les habitait, et l'humanité retourna à la fange d'où elle avait été tirée.

Livre d'Uzmul – Livre I, Verset 1er

Tout était couleur de boue à Tamlouk, dans le quartier des mangeurs de cochons, près du fleuve Yamouna : la terre battue des ruelles et le torchis des murs, le lisier qui ruisselait dans les caniveaux et l'eau turbide qui dégouttait des toits, les fumées ocre vomies des cheminées, et l'air, l'air acide aux teintes safranées, l'air si poisseux, si gluant de suie et si empesté d'âcres poisons que des pluies de cadavres d'oiseaux migrateurs s'abattaient parfois sur la ville géante dont la plupart des habitants n'avaient jamais vu le bleu du ciel.

Jamaal Abdul Okiwa et son escorte progressaient à grand-peine au travers de la foule compacte qui grouillait autour d'eux. Tous ces gens acclamaient leur idole, scandaient son nom avec ferveur, et tentaient de toucher les pans de sa tunique. Lutteur d'exception, invaincu depuis plus de dix ans et cent trente-huit combats, le colosse était un héros pour chaque citoyen de Tamlouk. Les mangeurs de cochons le vénéraient sans réserve, bien qu'il appartînt à une ethnie qui avait affronté leur peuple dans des luttes sanglantes lorsqu'ils étaient venus du nord-est pour s'établir sur les rives de la Yamouna, plusieurs générations auparavant. Le temps avait effacé les souvenirs des massacres et dilué la haine, et la raison même de ce terrible conflit avait disparu. La viande de porc, base de l'alimentation des uns, nourriture impure et scandaleuse pour les autres, était désormais consommée par tous, et les troupeaux de cochons qui fouissaient la boue du quartier des immigrés aux yeux bridés s'étaient depuis longtemps répandus dans toute la ville.

Ces animaux constituaient une précieuse source de protéines, ainsi qu'un extraordinaire service de voirie. Chaque soir, les habitants de Tamlouk déversaient leurs ordures devant leur porte, et la nuit, des porchers menaient leurs bêtes sillonner les rues pour dévorer la moindre pelure de légume, le moindre morceau de graisse carbonisée, le moindre excrément humain. Dès le crépuscule, la cité s'emplissait du grognement de centaines de milliers de suidés surgis de leurs gigantesques bauges souterraines. Parfois, des cris atroces s'élevaient au-dessus de ce sourd grondement, ceux des malheureux surpris dans les ruelles par les éboueurs à quatre pattes. Miséreux rongés par la dysenterie ou la tuberculose, estropiés par la lèpre, décharnés par la famine, trop faibles pour travailler, réduits à la mendicité et la rapine, rejetés et sans logis, ces parias erraient dans la ville géante jusqu'à ce que la voracité des porcs mît fin à leurs souffrances.

Avant l'immigration massive des mangeurs de cochons, Tamlouk étouffait sous les ordures, asphyxiait au milieu des déchets, agonisait lentement dans sa fiente et ses déjections. Cité tentaculaire, inorganisée, à la croissance vertigineuse et anarchique, privée d'égouts, dépourvue de la moindre autorité municipale capable de structurer son chaos urbain, la mégalopole n'avait survécu que par l'effroyable misère qui régnait dans les campagnes avoisinantes. La ville, malsaine, gangrénée, corrompue demeurait le lieu d'une intense activité marchande qui nourrissait tout un monde de commerçants, d'artisans, de marins, d'usuriers, de guérisseurs, de prostituées, de brigands, de coolies, de bateleurs, de gardes du corps et de tenanciers de maisons de jeu. Tout autour, la terre était désolée, la population en proie à la famine et aux exactions de bandes armées ; alors l'exode rural avait continué, accroissant toujours plus l'épouvantable insalubrité de Tamlouk dont les habitants subissaient en permanence les atteintes du choléra, et épisodiquement les terribles coupes claires des épidémies de peste noire.

Puis les mangeurs de cochons étaient arrivés, venus du nord-est, chassés par la surpopulation. On avait tenté de les rejeter, eux et leurs animaux impurs, mais ils étaient bien organisés, solidaires et tenaces. Pour eux, la cité au bord de la Yamouna représentait un espoir de survie, une infinie source de nourriture pour leurs troupeaux. Malgré les attaques incessantes dont ils étaient l'objet, ils avaient bâti leurs demeures au bord du fleuve, creusant leurs immenses porcheries dans la glaise, érigeant leurs cuves récupératrices de méthane, perçant leurs champs d'épandage de lisier souterrains, transformant leur fief en une gigantesque termitière humaine.

Ils avaient rendu coup pour coup, et avaient fini par imposer leur présence, leurs coutumes, leur bétail. Ils avaient emmené leurs porcs fouir les immondices des rues de la cité, un peu au début, puis de plus en plus souvent, et très vite, comme on les laissait faire, toutes les nuits. Alors, Tamlouk avait été sauvée. En quelques mois, les hordes de cochons avaient tout nettoyé, les monceaux de détritus qui submergeaient la ville, et toute la faune qui proliférait dedans, blattes, fourmis, araignées, sauriens, et les myriades de rats, source des grandes épidémies de peste. La populace famélique qui vivait au sein des amoncellements de déchets avait elle aussi fini dans l'estomac des suidés, mais personne n'avait songé à s'en plaindre.

Depuis l'arrivée des mangeurs de cochons, Tamlouk était devenue bien plus salubre, plus riche aussi grâce à l'extraordinaire coup de fouet donné à son économie par l'exportation massive de viande de porc. Mais plus encore que le génie industrieux des immigrants, éleveurs et bâtisseurs hors pair, c'était leur religion qui avait le plus radicalement changé l'existence des habitants de l'immense cité...

Jamaal Abdul Okiwa arriva enfin devant la Grande Coupole, le temple de la lutte, un énorme édifice de briques ocre, qui représentait la meilleure expression des capacités architecturales du peuple des mangeurs de cochons. L'étage supérieur abritait une aire de jeu cerclée de gradins pouvant accueillir quinze mille spectateurs, le tout couvert d'un dôme de pavés de verre translucides qui laissait filtrer une lumière blafarde. En dessous se trouvait un espace creux, parfaitement étanchéifié à la glaise et au goudron, formant un énorme réservoir de méthane d'où partait un réseau de canalisations qui alimentait le quartier en gaz combustible. Le rez-de-chaussée constituait la plus grande porcherie de toute la ville, avec ses couloirs surélevés, ses milliers de loges sur caillebotis, ses nurseries, son abattoir. Le sous-sol était une fosse à lisier à deux niveaux. Le premier résultait de la juxtaposition de centaines d'entonnoirs de briques qui recueillaient les excréments des animaux, reliés à des siphons qui se déversaient dans le deuxième niveau, véritable lac souterrain de fiente et d'urine, à la surface duquel venaient crever d'énormes bulles de méthane. Plusieurs fois par jour, les plans inclinés situés sous les caillebotis étaient abondamment rincés pour entraîner les excréments. Les siphons permettaient l'écoulement de l'eau et du lisier, mais empêchaient la remontée dans la porcherie des gaz de fermentation, qui étaient captés par des canalisations les conduisant directement dans la cuve à méthane. Le trop-plein de liquide était drainé par un énorme égout jusqu'à la Yamouna qui charriait ce purin noirâtre vers l'océan. Régulièrement, la fosse à déjections était curée, et les excréments enfouis dans de gigantesques champignonnières dont la production était très appréciée à Tamlouk. Les mangeurs de cochons avaient inventé un véritable écosystème urbain qui valorisait à l'extrême ce que les mégalopoles produisaient en abondance, l'ordure, les déjections et la vermine.

Les vestiaires construits sous les gradins de la Grande Coupole empestaient la sueur et la moisissure, mais Jamaal Abdul Okiwa y était depuis longtemps habitué et, comme tout citoyen de Tamlouk, il n'avait guère l'odorat délicat à force de vivre en permanence dans une effroyable odeur de porcherie. Avec méthode et application, il commença sa préparation au combat. Le colosse savait qu'il disposait de plusieurs heures pour se changer, s'échauffer, se faire masser, pratiquer des exercices d'assouplissement, écouter les derniers conseils de son entraîneur et se concentrer avant de pénétrer dans l'arène de la Grande Coupole. Son combat serait le dernier de la soirée, le plus attendu, et huit autres rencontres auraient lieu d'ici à ce qu'il foulât l'argile lisse et fraîche de l'aire de lutte. Pour l'heure, les spectateurs commençaient juste à s'installer dans les gradins, une foule de négociants fortunés, armateurs possédant des centaines de felouques, gros éleveurs riches de milliers de porcs, souteneurs exploitant des dizaines de prostituées. Le prix des places à la Grande Coupole était tellement élevé que seule la classe sociale la plus favorisée de Tamlouk pouvait se permettre d'assister aux joutes qui s'y déroulaient. Les autres amateurs de lutte devaient se contenter de rencontres moins prestigieuses, dans les caves et les arrière-cours des maisons de jeu. C'était là que Jamaal Abdul Okiwa avait fait ses débuts, au cœur du quartier des bordels, des fumeries d'opium et des prêteurs sur gage, s'exhibant entre deux attractions, danseuses nues, combats de chiens ou gratteurs de guitare. Les entraîneurs professionnels allaient souvent traîner dans ces bouges pour dénicher de nouveaux talents, et Amin Al Waari, qui passait pour être le meilleur d'entre eux, avait ainsi admiré un soir la plus extraordinaire combinaison de puissance, de souplesse et de rapidité qui lui eût jamais été donné de voir chez un homme. Ce phénomène de la nature, il l'avait pris sous son aile, lui avait enseigné tout ce qu'il était possible de lui apprendre, l'avait guidé dans sa progression, et c'était de cette façon que Jamaal Abdul Okiwa était devenu, après cent trente-huit victoires officielles remportées sous le dôme de verre de la Grande Coupole, le lutteur le plus riche, le plus célèbre et le plus adulé, non seulement à Tamlouk, mais sur tout le continent, depuis les massifs montagneux septentrionaux jusqu'à l'extrême sud où les terres s'avançaient en pointe dans un océan aux eaux chaudes, noirâtres et huileuses.

Le grognement des porcs installés deux étages plus bas, bruit de fond permanent dans l'immense rotonde de briques, était désormais couvert par les hurlements du public remplissant les gradins ; le premier combat venait de commencer... Tout en s'échauffant, Jamaal Abdul Okiwa songea aux trente-deux années de son existence qui l'avaient conduit à une place que lui enviaient sans doute des centaines de millions de personnes. Fils d'un charpentier de marine, un artisan aisé qui employait plusieurs ouvriers et dont le savoir-faire était apprécié par les plus grands armateurs de la ville, il avait eu dès sa naissance un destin marqué par une chance exceptionnelle. Sa mère ayant succombé à une hémorragie utérine, il avait fallu lui trouver une nourrice. La mortalité infantile était énorme à Tamlouk, et chacun savait que les enfants élevés au lait de truie résistaient beaucoup moins aux diverses maladies que ceux qui recevaient du lait de femme. Or, l'une des épouses du frère de son père, un tailleur qui habitait à l'autre extrémité de la ville, venait d'accoucher d'une fille. Cette femme n'ayant pas les capacités pour nourrir deux enfants, il fut convenu qu'elle donnerait le sein à Jamaal tandis que son propre bébé, dont la vie était de moindre importance que celle d'un mâle, serait nourri au lait de truie. Ainsi les premiers mois de l'existence du lutteur se passèrent-ils loin du foyer paternel, ce qui lui sauva la vie, car une terrible épidémie de choléra eut lieu peu de temps après sa naissance dans le quartier du port, qui emporta tous les enfants en bas âge. De ses quatorze frères et sœurs, seule l'aînée survécut. Rapidement, la taille et le poids du jeune Jamaal se situèrent très au-dessus de la moyenne, mais ce fut surtout au moment de son adolescence que sa croissance devint extrêmement impressionnante. À douze ans, il soulevait des barils de goudrons que les ouvriers du chantier avaient du mal à transporter. À table, c'était un ogre, et bien que son père gagnât correctement sa vie, jamais il n'aurait reçu suffisamment de nourriture si la maladie n'avait fait disparaître treize enfants de la maisonnée.

Le travail du bois, le maniement de l'herminette, la construction de grosses felouques ventrues qui partaient caboter la soute remplie de porc salé et revenaient à Tamlouk chargées de mil, de coton et de riz, cela ne l'intéressait pas. Sa force faisait de lui le chef idolâtré des gamins du quartier et lui ne rêvait que d'exploits grandioses, de richesses et d'honneurs. Lorsqu'il eut dix-sept ans, un voyou de ses connaissances lui proposa de participer à une des joutes qui se déroulaient dans un tripot flottant du port fluvial. Jamaal accepta, tout heureux d'empocher un quart de la prime tandis que son ami gardait le reste en tant qu'entremetteur. Le jeune géant eut la chance ce soir-là d'affronter un médiocre lutteur, sans quoi il eût risqué de perdre la vie ou de demeurer estropié. Il s'en tira couvert d'ecchymoses, endolori et contusionné, mais davantage meurtri dans son orgueil que dans sa chair. Ce fut sa première et sa seule défaite, et sans doute son combat le plus riche d'enseignements, qui lui permit de comprendre qu'une bonne technique de lutte était plus importante qu'une force colossale. Jamaal commença alors à fréquenter les tavernes et les maisons de jeu pour observer les rencontres, et il finit par faire la connaissance de Chandrikta, un vieil alcoolique qui prétendait avoir ceint autrefois la tunique écarlate, ce vêtement réservé aux vingt-sept lutteurs les mieux classés de Tamlouk. Un calendrier fort complexe gérait les joutes officielles qui se déroulaient à la Grande Coupole, et les points attribués à chacun en fonction des victoires et des défaites déterminaient tous les ans, au terme de calculs particulièrement abscons, l'établissement d'une hiérarchie composée de six cent soixante-quinze porteurs de vêtements bleus, au-dessus desquels se situaient cent trente-cinq lutteurs habillés de jaune, eux-mêmes inférieurs aux vingt-sept plus grands champions qui pouvaient seuls arborer le rouge. Chandrikta se montrait sans doute fort présomptueux en affirmant avoir un jour appartenu à cette dernière catégorie, et certainement n'avait-il été qu'un de ces milliers de pugilistes de tripot, non classés officiellement, et qui rêvaient tous de combattre, ne serait-ce qu'une seule fois, sous le dôme de verre de la Grande Coupole. Il n'en demeurait pas moins que le vieux poivrot possédait bien les techniques de base de la lutte à mains nues, et qu'à condition d'être à peu près à jeun il était un professeur passable. Pendant près d'un an, Jamaal dépensa tous les soirs la pièce que lui remettait son père en paiement de son travail au chantier, afin d'acheter une bouteille d'alcool de riz avec laquelle il payait à Chandrikta les leçons que l'ivrogne lui donnait la nuit. Puis, lorsqu'il se sentit suffisamment sûr de lui, il revint au tripot flottant où il avait été vaincu, afin de participer à son deuxième combat...

Les règles des joutes étaient simples. L'aire de jeu était formée d'un vaste disque d'argile lisse cerclé d'un anneau de paille tressée. Était déclaré vainqueur celui qui éjectait son adversaire hors de cette surface, quels que fussent les moyens employés. On pouvait repousser l'autre, le projeter au moyen d'une prise, l'assommer et le faire rouler, ou même le tuer et traîner son cadavre hors du cercle de paille. Il n'y avait ni catégories de poids ni limites d'âge. La lutte était la distraction la plus prisée à Tamlouk, et les combats l'enjeu de paris considérables. Les hommes en tunique rouge faisaient partie des riches citoyens de la mégalopole, et leur avenir était assuré lorsque l'usure physique les obligeait à arrêter la compétition, car ils étaient alors très recherchés comme entraîneurs. Mais pour en arriver là, le chemin était rude et semé d'embûches. Pour faire son entrée dans le classement officiel, il fallait obtenir des victoires contre des lutteurs bleus, qu'il n'était possible d'affronter qu'en étant coopté par cinq entraîneurs reconnus, soit pour la majorité des cas parce qu'on était un brillant élève d'une école de lutte, soit plus rarement parce qu'on avait acquis une certaine réputation dans les bouges des quartiers mal famés. Ensuite, on suivait le calendrier des rencontres et, selon le ratio des victoires, on pouvait se maintenir, régresser ou monter dans la hiérarchie. Il fallait en général une dizaine d'années aux meilleurs lutteurs avant de pouvoir revêtir l'habit rouge.

La progression de Jamaal Abdul Okiwa avait été beaucoup plus rapide. Ses exceptionnels moyens physiques, alliés aux leçons de Chandrikta, lui avaient permis de rester invaincu dans les pugilats des arrière-salles de tripots, jusqu'à ce qu'Amin Al Waari devînt son mentor. Le colosse avait alors découvert l'extraordinaire diversité et la grande complexité des techniques de combat. Comme il était volontaire, courageux, intelligent et ambitieux, il s'était soumis sans rechigner au dur labeur des interminables séances d'entraînement. En moins de trois ans, il avait gagné le droit de se draper dans la tunique écarlate. Désormais, au bout d'une décennie de rencontres professionnelles toujours victorieuses devant le public de la Grande Coupole, il était vénéré, idolâtré par les habitants de Tamlouk et de dizaines d'autres cités, à tel point qu'il sentait naître en lui le désir d'un pouvoir immense, quelque chose de bien plus grand que l'emprise d'un champion exceptionnel sur les foules, quelque chose que personne n'aurait connu auparavant, quelque chose de véritablement surhumain.

Le huitième combat venait de commencer et l'excitation du public était à son comble. Jamaal Abdul Okiwa écoutait les derniers conseils de son entraîneur. Celui-ci était extrêmement anxieux avant chacune des joutes disputées par son élève, mais, ce soir-là, il paraissait encore plus tendu que d'habitude. Le colosse devait se mesurer à un itinérant, un de ces lutteurs nomades qui erraient de ville en ville et venaient souvent de très loin, d'autres continents parfois. Le calendrier des rencontres prévoyait pour les hommes à la tunique rouge de nombreux affrontements entre eux, quelques-uns contre ceux des catégories inférieures et contre les champions des cités voisines, enfin assez rarement contre des itinérants. Ces derniers apportaient un piment particulier à la compétition, car leur valeur était totalement inconnue. Leur niveau pouvait être celui du plus médiocre bagarreur de tripot, ou celui d'un des vingt-sept membres du premier cercle des combattants de Tamlouk. Ils étaient handicapés par la fatigue de leurs voyages incessants, mais avantagés par le fait que personne ne savait rien d'eux, tandis qu'il leur était aisé d'obtenir des renseignements sur leur adversaire dans les jours qui précédaient la rencontre. Il y avait toujours parmi les spectateurs qui fréquentaient la Grande Coupole des fanatiques de lutte qui savaient tout sur leur champion préféré, sa taille, son poids, son palmarès, ses prises favorites, ses points forts, ses faiblesses, et qui ne demandaient qu'à bavarder, très fiers de faire étalage de leurs connaissances. En ce qui concernait Jamaal Abdul Okiwa, dont même les citoyens de Tamlouk les plus allergiques aux sports de combat n'ignoraient pas les prouesses, Amin Al Waari était certain que des milliers de personnes avaient pu communiquer au futur adversaire de son protégé tous les détails qu'il lui serait utile de connaître. Mais les vraies raisons de l'inquiétude de l'entraîneur étaient ailleurs...

Jamaal Abdul Okiwa s'avança vers la porte du vestiaire, prêt à surgir dans la lumière et le brouhaha du temple de la lutte. Il se pencha pour mettre son oreille à hauteur de la bouche du vieil Amin Al Waari, qui, malgré ses larges épaules, avait l'air d'un enfant auprès de lui.

— Surtout, étudie ses réactions, teste-le avant de passer à l'attaque. N'oublie pas que tu ne connais rien de lui, et qu'il peut être très dangereux.

— Il n'a pas l'air bien redoutable. Il a au moins dix ans de plus que moi, ses cheveux sont tout gris. En plus, il boite, sa jambe gauche est complètement raide ; il ne tiendra pas plus de trente secondes !

— Sois prudent, Jamaal, je t'en conjure !

À l'instant où les deux hommes pénétrèrent sous le dôme de verre, une gigantesque clameur salua leur entrée, empêchant le géant d'entendre les derniers conseils d'Amin Al Waari. Le vieil homme savait que, de toute façon, son élève n'en aurait pas tenu compte ; il était trop sûr de lui désormais, trop sûr de sa force, de sa réussite, de son destin. Le colosse saluait la foule en tournant autour de l'aire de jeu, ses bras musculeux tendus vers le ciel. Il répondait aux hurlements de ses admirateurs par des propos étranges où il était question d'un être élu et de pouvoirs divins. Heureusement, le vacarme était tel dans la Grande Coupole que les paroles de Jamaal Abdul Okiwa étaient inaudibles. Seul le vieil entraîneur qui le suivait pas à pas pouvait en entendre une partie, ainsi que peut-être le lutteur itinérant qui attendait le début du combat, accroupi devant le cercle de paille.

Amin Al Waari frissonna en songeant à ce qui se passerait si les phrases du colosse parvenaient aux oreilles des prêtres qui étaient assis au premier rang des gradins, imperturbables malgré la frénésie qui agitait les quinze mille spectateurs de la Grande Coupole, totalement immobiles dans leurs longues robes de lin blanc. Ils étaient arrivés à Tamlouk des siècles auparavant, avec le peuple des mangeurs de cochons. La religion des immigrants s'était imposée aussi rapidement que leurs coutumes, d'autant plus aisément que le clergé des nouveaux arrivants avait apporté à la mégalopole ce dont elle avait le plus besoin : une autorité organisatrice. Les prêtres avaient regroupé les différents corps de métiers en corporations sommées d'élire des responsables qui étaient devenus leurs interlocuteurs privilégiés. Ils avaient établi un système d'imposition, nommé des percepteurs chargés de prélever leur dîme, créé une milice pour faire respecter leurs décisions et maintenir l'ordre public, ouvert des écoles pour enseigner leur foi, édicté des lois et érigé des tribunaux, fait naître une véritable cité hors du chaos de Tamlouk.

Désormais, chacun adhérait à leurs croyances ou feignait d'y adhérer, car nul châtiment ne semblait leur paraître assez cruel pour punir ceux qu'ils qualifiaient de blasphémateurs. Ils se disaient au service de dieux tout puissants qui vivaient au-delà d'un mur infranchissable, des dieux avides de sacrifices humains. L'impôt prélevé par les prêtres était non seulement constitué de denrées, d'étoffes, de bijoux et d'argent, mais aussi d'enfants et de jeunes gens destinés à étancher la soif de sang de leurs divinités. Ils étaient suffisamment avisés pour choisir les victimes de telle façon que la stabilité politique de Tamlouk fût maintenue. Seuls les riches acquittaient cette taxe en vies humaines, sans doute parce que le clergé jugeait bénéfique que chaque pauvre de la ville eût au moins une bonne raison de penser que sa place n'était pas forcément la pire. Quant aux notables qui mettaient le plus de zèle à servir les intérêts des prêtres, ils pouvaient être assurés que leurs enfants seraient systématiquement écartés des tirages au sort qui désignaient ceux qu'on immolait aux dieux. Les contes et les légendes, fruits de la mémoire des peuples, racontaient qu'autrefois les religions frappaient la vie des gens d'interdits ridicules, par exemple cette prohibition de la viande de porc qui avait été à l'origine d'une guerre. Beaucoup à Tamlouk pensaient que ces histoires étaient très exagérées, tant il leur semblait ahurissant qu'une divinité pût se préoccuper de l'alimentation ou de la sexualité des humains. Les prêtres en robe blanche étaient rigoureux dans l'administration de la vie de la cité, et impitoyables pour ceux qui doutaient de l'existence des dieux derrière le mur, ou tentaient de les représenter par le dessin et la sculpture, ou évoquaient l'existence d'autres divinités et pratiquaient un culte différent. Mais que l'on pût boire de l'alcool, fumer de l'opium, mâcher, inhaler, absorber toutes sortes de drogues, s'adonner à l'homosexualité, la polygamie, la polyandrie, la prostitution, l'inceste, la pédophilie ou la bestialité, jouer aux jeux d'argent, parier sur les combats de chiens ou prêter à des taux usuraires, voilà qui laissait le clergé totalement indifférent, si bien que l'on considérait généralement comme de grotesques affabulations les récits où il était question de religions se mêlant de mœurs privées sans incidence sur l'ordre public ni sur la collecte de l'impôt.

Amin Al Waari, fort de l'expérience et de la sagesse que lui conférait son âge, savait que la puissance des prêtres était immense, qu'elle allait bien au-delà du contrôle des cinquante à cent millions d'habitants de Tamlouk. Le vieil homme avait eu souvent l'occasion de discuter avec des itinérants ou avec les entraîneurs des champions d'autres cités. Il avait toujours accompagné Jamaal Abdul Okiwa lorsque ce dernier allait combattre dans le stade de Kausambi ou les arènes de Abicchatra, et lui-même avait eu maintes fois l'occasion, autrefois, de faire admirer sa force et sa technique dans les plus prestigieux temples de la lutte au sein de villes aussi gigantesques que la mégalopole des bords de la Yamouna. Partout le clergé était présent, organisant et administrant la vie urbaine, traquant et châtiant les blasphémateurs, prélevant sa dîme d'argent et de chair humaine. À sa connaissance, le pouvoir des prêtres s'étendait sur tout le continent et même au-delà, puisque les marins, qui faisaient escale à Tamlouk et captivaient les clients des tavernes et des bordels du port par leurs descriptions des étranges cités qui se dressaient de l'autre côté des océans, évoquaient la présence dans ces contrées lointaines des hommes en robe blanche qui offraient des enfants en sacrifice aux dieux derrière le mur. Amin Al Waari était convaincu que nul ne pouvait défier ce clergé qui, telle une monstrueuse araignée, avait tissé une toile assez immense pour enserrer le monde. Pourtant, et malgré toute l'influence qu'il possédait sur son élève, le vieil entraîneur n'avait pu empêcher Jamaal Abdul Okiwa de tenir de plus en plus souvent des propos insensés susceptibles de le cataloguer comme blasphémateur. Fort heureusement pour le colosse, il ne délirait qu'à la faveur de l'excitation qui précédait ses combats, dans l'isolement des vestiaires et le vacarme de la Grande Coupole, et seul Amin Al Waari avait jusqu'alors entendu le lutteur ressasser ses étranges obsessions.

— J'ai reçu la force suprême ! Nul ne peut m'abattre, nul ne peut me vaincre ! Je suis l'élu qui doit affronter les dieux ! Je trouverai le Niwaâd qui me donnera pouvoir sur eux, et je mettrai fin à leur règne !

Jamaal Abdul Okiwa vociférait en agitant ses poings, et la foule hurlait et scandait son nom. Le vieil Amin Al Waari lorgna du côté des prêtres qui demeuraient toujours aussi figés ; ils n'avaient rien entendu, ils ne pouvaient pas avoir entendu...

Le géant gravit les marches qui menaient au disque d'argile, et les spectateurs l'acclamèrent encore plus fort. Depuis leur sortie des vestiaires, son entraîneur avait cessé de lui prodiguer des conseils ; le bruit qui emplissait la Grande Coupole était trop assourdissant, et l'excitation du lutteur trop extrême pour que cela eût la moindre utilité. Amin Al Waari observa celui qui allait affronter son élève dans quelques instants. Il était toujours accroupi, impassible, sa jambe droite repliée sous lui et la gauche tendue en avant, raide, le genou emmailloté de bandages. Quelque chose en lui inquiétait le vieil homme. Il n'était certes pas l'adversaire le plus redoutable d'apparence que l'on eût opposé à Jamaal Abdul Okiwa. Il était assez grand, mais devait à peine arriver à l'épaule du champion de Tamlouk. Ses muscles étaient noueux et saillants, comme ceux d'un travailleur de force, mais très loin de l'hypertrophie qu'obtenaient les meilleurs lutteurs à force de soulever des haltères. Cependant, près d'un demi-siècle passé sur et autour des aires de combat avait appris à Amin Al Waari qu'il ne fallait jamais se fier à l'aspect de l'adversaire. Il avait vu tant de montagnes de chair, des géants gavés à la bouillie de mil et de graisse de porc, deux fois lourds comme Jamaal Abdul Okiwa, se faire éjecter hors du cercle de paille en moins de dix secondes, tant d'hommes à la force titanesque traînés au-delà des limites de la surface de jeu, le visage couvert de sang et les yeux hagards, tant de concurrents à l'allure d'avorton capables de tuer leur adversaire d'un seul coup de pied à la tempe, qu'il réfléchissait à deux fois avant de porter le moindre jugement sur un inconnu. Celui qui faisait face à Jamaal Abdul Okiwa lui inspirait une crainte étrange, à cause de son allure, de son comportement en attendant l'affrontement, de ses cheveux aussi, des cheveux gris très longs qui pendaient devant sa figure. Les lutteurs se rasaient toujours le crâne pour n'offrir aucune prise à l'adversaire. Il fallait être inconscient pour omettre cette précaution ; inconscient, ou autre chose… Amin Al Waari s'était souvenu, en voyant cette tignasse hirsute, de ce que lui avait raconté, alors qu'il était un jeune espoir prometteur, son maître dans l'art du combat à mains nues :

Certains hommes sont presque impossibles à vaincre, car ils sont amoks… Amok, cela signifie être capable d'entrer à volonté dans une sorte de transe furieuse qui décuple les forces et rend insensible à la douleur. J'ai entendu bien des explications à ce phénomène, y compris celle qui prétend qu'il s'agit de la possession momentanée d'un corps humain par un démon de l'au-delà. Personnellement, j'ai remarqué que les lutteurs amoks que j'ai vu dans ma vie, et j'en ai vu bien peu, ne coupaient pas leurs cheveux. En tout cas, je te souhaite de ne jamais avoir à rencontrer de tels adversaires.

Le vœu de l'entraîneur s'était réalisé, et Amin Al Waari n'avait pas affronté de combattant amok ni assisté à aucune joute qui eût donné lieu à une transe effrayante et mystérieuse. Mais il craignait que l'adversaire de Jamaal Abdul Okiwa mît fin à son ignorance en la matière, et avait tenté de mettre en garde son élève en pénétrant sous le dôme de la Grande Coupole. Le colosse n'avait rien entendu, ou rien voulu entendre…

Un coup de gong retentissant couvrit les vivats de la foule, et les deux lutteurs franchirent le cercle de paille, chacun à une extrémité de l'aire de jeu. Le combat pouvait commencer. Toutes les rencontres donnaient lieu à des paris, qui s'établissaient non seulement sur l'identité du vainqueur, mais aussi sur la durée et l'issue de la partie. Ce jour-là à Tamlouk, la cote de très loin la plus élevée était pour Jamaal Abdul Okiwa, vainqueur en moins de trente secondes avec mort de l'adversaire. Les joueurs d'argent avaient envisagé d'autres possibilités, et quelques rares téméraires avaient même misé sur l'itinérant vainqueur en plus de quinze minutes par expulsion de l'adversaire hors des limites. Mais les sommes placées sur le neuvième et dernier combat de la soirée ne rapportèrent rien à personne, car aucun parieur n'aurait osé imaginer semblable déroulement à l'affrontement attendu avec impatience depuis des heures par les occupants des gradins de la Grande Coupole.

Après le gong, les deux hommes s'étaient rués l'un vers l'autre. Le corps de l'étranger paraissait secoué de curieux spasmes musculaires. Les lutteurs s'étaient étreints, faisant redoubler d'intensité les vociférations des spectateurs. Puis, après un très bref instant, le silence prit brutalement possession du dôme de verre. Quinze mille personnes regardèrent sans un bruit la masse énorme et musculeuse de Jamaal Abdul Okiwa décollée du sol, soulevée, basculée et projetée au-delà du cercle de paille.

Lorsque Nashguen le boiteux revint de la transe amok vers son état mental habituel, il ne songea nullement à l'argent qu'allait lui apporter sa victoire, ni à l'exploit immense qu'il venait d'accomplir en terrassant le champion de Tamlouk, l'idole de millions de gens, ni au vieil homme qui pleurait à quelques mètres de lui, penché sur le cadavre aux vertèbres brisées de celui qu'il aimait comme un fils. Nashguen pensa seulement aux paroles que le colosse avait hurlées avant le combat en tournant autour du cercle de paille, à ce mot prononcé devant lui et qu'il avait sans doute été le seul à entendre, ce mot qui hantait ses rêves depuis tant d'années, ce mot qui avait enfin cessé de vibrer uniquement dans l'univers de ses songes pour surgir dans le monde réel : *Niwaâd.*

CHAPITRE II

Alors Hakeem entendit la parole des dieux, et cette parole disait : « Voici venu le temps où les bouches des hommes sont pleines de paroles fausses et mauvaises, où le respect et la crainte ont à nouveau déserté leurs cœurs, où leurs esprits sont avilis et corrompus. Ils se croient l'alpha et l'oméga de toute chose en ce monde, ils ont oublié que nous sommes pour eux plus que leur père et leur mère réunis, ils ne nous honorent plus comme il serait convenable de le faire. En vérité, le temps est venu de l'infamie et du blasphème. Va, et montre leur la voie juste, qu'ils suivent cette voie ou bien s'apprêtent à subir notre colère... »

Et Hakeem s'en alla prêcher la parole divine, mais partout on riait de lui, on le rudoyait, on le chassait en lui jetant des pierres.

Livre d'Uzmul – Livre VI, Verset 40

Les doigts osseux de Slim Ali N'Dinga Opungwo se crispèrent nerveusement autour du manche de sa kora. De grosses gouttes de sueur coulaient sur son front dégarni, zébrant de sillons noirs et luisants la fine couche de poudre blanchâtre que des heures de marche le long d'une piste poussiéreuse avaient accumulée sur son crâne. Il se sentait nauséeux, prêt à vomir, et se demanda si les centaines de personnes assemblées sur la plus grande place de Loukénya pour assister au spectacle ressentaient le même malaise que lui. Chacun des hurlements poussés par le supplicié entravé au sommet de l'estrade dressée au milieu de la foule le faisait frissonner. Au cours de ses pérégrinations, le griot avait pourtant vu de nombreuses exécutions publiques, mais il n'avait jamais réussi à s'habituer aux effroyables tourments que l'on faisait subir aux blasphémateurs. Lorsque, sur un signe des prêtres qui se tenaient autour de l'échafaud, le bourreau cessa son minutieux travail d'écorchage et abrégea les souffrances de l'homme qui n'était plus qu'une plaie sanguinolente en lui tranchant la tête, Slim Ali poussa un profond soupir de soulagement. Tout en protégeant son précieux instrument de musique, le baladin glissa son grand corps maigre entre les badauds jusqu'au cordon des soldats de la milice cléricale qui encerclaient l'estrade, et repéra rapidement celui qui semblait être leur chef. Il s'approcha de l'homme, pencha son visage émacié contre son oreille et lui chuchota quelques phrases tout en lui glissant une pièce dans la main. Le milicien acquiesça d'un geste, et laissa le griot s'avancer vers l'escalier de bois. Déjà, les assistants du bourreau s'éloignaient en emportant dans un grand sac les restes du condamné qui seraient jetés aux hyènes et aux vautours qui pullulaient autour de la ville. Slim Ali regarda passer devant lui les prêtres dont les robes blanches avaient été éclaboussées de sang, hiératiques, hautains, indifférents à sa présence. Lorsque les soldats commencèrent à quitter leur poste et que la foule fit mine de se disperser, le baladin monta les marches à grandes enjambées, se campa au milieu de l'estrade, et se mit à accorder les vingt et une cordes de sa kora. Voyant que le spectacle n'était pas encore fini, les gens restèrent sur la place et quelques-uns tapèrent dans leurs mains en poussant des cris d'encouragement.

Slim Ali N'Dinga Opungwo savait que ce jour-là sa recette serait bonne. Profiter d'une exécution publique pour bénéficier d'une assistance nombreuse et d'une scène toute prête moyennant un peu d'argent judicieusement et discrètement distribué était le meilleur moyen pour un griot de donner un concert. On pouvait ainsi gagner beaucoup plus qu'en se produisant dans un quelconque tripot dont le propriétaire rechignait toujours à payer correctement les artistes sans lesquels, pourtant, la clientèle ne venait pas. Il était cependant indispensable de captiver la foule dès les premiers morceaux, sinon tout le monde s'en allait rapidement sans rien donner. Mais Slim Ali n'avait aucun doute sur ses capacités à retenir chacun des badauds qui étaient venus assister au supplice du malheureux blasphémateur. Il commença à gratter les cordes de son instrument, et les spectateurs se turent, retenant leur souffle.

Le baladin était extrêmement maigre, ses membres frêles, son thorax étroit, mais sa voix était d'une puissance surprenante, grave et belle, une de ces voix capables de saisir les âmes et de les élever au-dessus des corps pour les transporter bien au-delà du monde réel. Les mains décharnées du griot dansaient sur la kora, sa musique apaisait les esprits comme un baume bienfaisant. Dès la fin de sa première chanson, une pluie de pièces s'abattit sur l'estrade, l'engageant à continuer. Être un chanteur et un instrumentiste talentueux était indispensable à l'exercice de son métier, mais Slim Ali savait que ces qualités ne suffisaient pas à captiver une foule des heures durant, ainsi qu'il était capable de le faire. Un bon griot devait être avant tout un bon conteur. Les seules informations que les gens recevaient du vaste monde leur étaient apportées par une minorité d'hommes dont l'activité impliquait de longs et incessants voyages. Les marins, les caravaniers, les lutteurs itinérants et les saltimbanques étaient assaillis de questions à chacune de leurs étapes, et tous ces nomades jouissaient d'une chaleureuse hospitalité de la part des sédentaires, car leurs paroles représentaient une fabuleuse richesse. Mais seuls les griots faisaient de ces histoires venues d'ailleurs un art véritable. Ils les embellissaient, les mettaient en rime et en musique, les échangeaient entre eux, les assemblaient en vastes sagas, accumulant dans leur mémoire surentraînée des milliers et des milliers de vers, si bien que chacun de ces artistes vagabonds recelait dans son esprit une véritable bibliothèque. La caste des prêtres disposait sans doute d'autant de connaissances, mais le clergé gardait jalousement son savoir pour lui. Les griots, eux, le semaient à tout vent en échange de quelques pièces de monnaie. Pourtant, les hommes en robe blanche n'avaient jamais interdit ni gêné les représentations des baladins, pour peu que leur poésie ne délivrât aucun message à caractère blasphématoire. Leurs contes étaient trop édulcorés, trop farcis de naïves exagérations, trop émaillés de symboles et d'images pour que quiconque fût capable d'y démêler la légende de la réalité. Slim Ali N'Dinga Opungwo connaissait d'innombrables chansons dont il ignorait totalement la véritable origine, mis à part celles qu'il avait lui-même composées, à condition toutefois que cela ne remontât pas à plus de quinze ans. Mais, pour lui, l'important était de plaire à son public, et ce jour-là à Loukénya, il y réussissait à merveille.

La foule assemblée sur la place lui avait envoyé cinq pluies de pièces, ce qui était exceptionnel, même pour les meilleurs griots. Mais ses cordes vocales commençaient à fatiguer, et il préféra annoncer qu'il allait exécuter son dernier morceau, tout en remerciant chaudement l'assistance pour sa générosité. À la fin de son concert, il fut très applaudi, et cela lui réchauffa le cœur, bien qu'il ne pût s'empêcher de s'interroger sur la complexité de l'âme humaine qui faisait que les mêmes personnes étaient capables de se délecter en regardant un de leurs semblables se faire écorcher vif, puis de se laisser bercer par de la poésie et de la musique. Certaines pièces de monnaie étaient tombées au milieu des flaques de sang et des lambeaux de chair qui jonchaient encore les planches de l'estrade, et Slim Ali faillit s'évanouir en les ramassant. Il songea alors que c'était lui l'être anormal, incapable de s'habituer à un monde où la souffrance et la mort étaient d'extrêmes banalités, tandis que les habitants de Loukénya montraient un comportement sain, une aptitude à côtoyer l'horreur sans perdre le goût du rêve et du merveilleux.

La bourse de cuir du baladin était pleine à craquer. Il savait qu'il allait pouvoir couler des jours paisibles dans cette cité. Il descendit de l'échafaud et se mit en quête d'une taverne où il pourrait se restaurer, dormir, et si possible gagner encore plus d'argent en se produisant comme attraction. Commencer par un concert réussi sur une place publique était la meilleure façon pour un griot d'entamer un séjour en ville. Le bouche-à-oreille allait fonctionner, le patron de l'auberge où il établirait ses quartiers saurait très vite qu'il hébergeait un artiste de qualité, et Slim Ali aurait la possibilité de réclamer le vivre et le couvert gratuit et peut-être même plus encore en échange de ses chansons. Puis, au bout de quelques semaines ou de quelques mois, lorsqu'il n'attirerait plus la clientèle, il utiliserait le pécule accumulé pour se reposer, se distraire, rencontrer toutes sortes de voyageurs et écouter leurs récits dans lesquels il puiserait matière à la composition de nouvelles poésies ; peut-être même son chemin croiserait-il celui d'un autre griot avec qui il pourrait échanger des connaissances. Ensuite, il reprendrait la route vers une autre ville. L'existence de Slim Ali N'Dinga Opungwo était agréable comparativement à celle de l'immense majorité de ses frères humains. Son talent lui permettait de vivre sans efforts physiques harassants. La plus grande difficulté de son métier était représentée par les voyages qu'il devait effectuer de cité en cité. Dans chaque agglomération importante régnait la loi des prêtres, rigide, sévère, mais génératrice d'ordre et de sécurité. Les assassins étaient mis à mort, les voleurs mutilés, et la milice cléricale faisait régner une crainte salutaire. La misère engendrait bien son lot de brigands et de malfrats, mais leur influence sur la société urbaine demeurait limitée. Il en allait tout autrement dans les campagnes. Les prêtres n'avaient jamais réussi à y exercer leur influence, et les paysans devaient subir les razzias de bandes de pillards qui erraient sans but et dévastaient tout sur leur passage, pareils à des nuages de criquets. Ils s'emparaient du produit des récoltes, massacraient, violaient, et repartaient. Parfois, un chef ambitieux tentait de fixer ses troupes dans une région pour en devenir le maître. Cette situation était la meilleure pour les paysans, car ils devenaient les sujets d'un seigneur qui, certes, vivait sur leur travail, mais en contrepartie les protégeait. À tout prendre, ils préféraient acquitter régulièrement un impôt, que ce fût aux prêtres ou à n'importe quel chef de bande, plutôt que d'être épisodiquement rançonnés avec la plus extrême sauvagerie. Mais aucun de ces pillards devenus hobereaux n'avait réussi durablement dans son entreprise. Il y avait toujours un de ses hommes qui voulait prendre sa place, ou une autre bande qui convoitait le même territoire, et les brigands se déchiraient entre eux, se dispersaient, recommençaient ailleurs leurs exactions. Seul le mystérieux et quasi mythique Chaka régnait depuis des années sur le sud du continent, et accroissait sans cesse son domaine par de nouvelles conquêtes.

Pour un vagabond comme Slim Ali, la traversée des zones rurales était doublement dangereuse. On risquait de s'y faire égorger par des voleurs, ou lyncher par des paysans qui vous prenaient pour l'éclaireur d'une troupe de maraudeurs. Cependant, les pistes caravanières qui reliaient les grandes cités entre elles étaient relativement sûres, car les milices cléricales y patrouillaient sans cesse pour protéger les échanges commerciaux.

Avant de quitter la place, le griot regarda en l'air, juste au-dessus de l'échafaud, là où il avait remarqué une sphère d'argent immobile lorsqu'il avait commencé son spectacle. La boule luisante se trouvait toujours au même endroit, à une cinquantaine de mètres au-dessus du sol. Il l'observa quelques minutes, puis elle s'éleva vers le ciel et disparut dans la couche crasseuse de fumées et de poussières en suspension qui coiffait la ville de son dôme grisâtre. Slim Ali avait entendu d'innombrables théories sur les sphères d'argent, il connaissait des dizaines de chants qui évoquaient leurs étranges apparitions, mais aucune explication ne l'avait jamais satisfait, et il les rangeait tout simplement dans la catégorie des choses brillantes qui peuplaient le firmament, au même titre que le soleil, la lune et les étoiles. Il lui arrivait parfois d'en voir passer une dans les airs, bien plus vite qu'un cheval au galop, tandis qu'il cheminait paisiblement sur une route déserte. Un jour, il en avait observé plus d'une dizaine former un cercle au-dessus d'une foule assemblée pour assister à une importante compétition de lutte. Il advenait même qu'une sphère d'argent descendît très bas pour pénétrer dans un édifice. Elles étaient insaisissables, impossibles à approcher à moins de dix mètres, et le griot se souvint comment il avait passé, étant enfant, de longs moments à essayer d'en toucher une avec les pierres de sa fronde sans jamais y parvenir, car elle se déplaçait toujours à l'instant où un projectile semblait devoir l'atteindre. Une chose était certaine, aucune de ces boules aux reflets métalliques n'avait jamais blessé personne ni causé le moindre dégât, et les gens étaient tellement habitués à leurs apparitions et disparitions soudaines, à leurs curieux ballets et leurs incessants déplacements, que nul n'y prêtait guère plus d'attention qu'au vol des oiseaux.

Slim Ali N'Dinga Opungwo se renseigna pour obtenir l'adresse d'une auberge confortable possédant une salle de spectacle assez vaste, puis il arrima solidement son encombrant paquetage de routard sur son dos et se mit en marche de ses longues et lentes foulées d'échassier. Il croisa une file de dromadaires chargés de ballots de mil et prit soin d'éviter les volumineux excréments dont les grands animaux avaient jonché la rue. Mais tandis qu'il progressait vers le cœur de la cité, il lui était de plus en plus difficile de marcher à côté des immondices qui encombraient le passage. Toutes les villes qu'il connaissait étaient victimes de la même répugnante saleté et d'une puanteur si forte qu'à condition de se trouver sous le vent il savait qu'il approchait d'une agglomération avant même d'apercevoir à l'horizon le *peplos* fuligineux qui l'environnait, rien qu'en humant les effluves nauséabonds répandus à des dizaines de kilomètres à la ronde. Les énormes concentrations d'ordures engendrées par les mégalopoles nourrissaient d'innombrables animaux éboueurs, meutes de chiens, troupeaux de porcs qui donnaient aux cités du Nord leur si caractéristique odeur de lisier de cochon, charognards sauvages venus de la savane à Loukénya et dans toute la partie centrale et méridionale du continent. Sachant que l'heure approchait où les marabouts, les vautours, les hyènes et les chacals allaient envahir les rues désertées par les humains, Slim Ali allongea ses foulées afin d'atteindre sa destination avant la tombée de la nuit.

Lorsqu'enfin le griot arriva à l'auberge qu'on lui avait indiquée, il paya une semaine d'avance et se permit le luxe de commander un bain. L'eau était une chose précieuse dans les zones urbaines, tant les rivières et les nappes phréatiques y étaient intensément polluées. La plupart des villes étaient approvisionnées par des aqueducs qu'alimentaient des sources situées très loin de leurs limites. L'eau puisée sur place était soumise à des filtrations multiples au travers d'énormes cuves au fond garni d'une épaisse couche de sable fin constamment renouvelé. Pour pouvoir se laver, Slim Ali avait dépensé le prix de deux journées de pension complète, mais lorsqu'il s'immergea avec délices dans le liquide fumant, il ne douta pas d'avoir utilisé son argent à bon escient. Le baladin se détendit totalement au contact du bain chaud, et songea aux journées agréables qu'il allait pouvoir passer à Loukénya. Il se félicita de la chance qui lui avait permis de connaître une si douce existence, car il était conscient que sa vie aurait pu être beaucoup plus rude, ou beaucoup plus brève.

Slim Ali N'Dinga Opungwo était né dans un petit village de cultivateurs, et avait été soumis très tôt au dur travail de la terre. À huit ans, il grattait le sol des champs avec sa houe et méritait déjà la nourriture que lui donnaient ses parents. Son labeur était épuisant, mais sain, et il savait désormais que la plupart des enfants des villes accomplissaient des tâches bien plus pénibles que celles qu'on avait autrefois exigées de lui. Il avait vu des gamins malingres, les côtes saillantes, les mains déchirées, la peau crevassée par la chaleur des fours, obligés à coups de fouet de s'échiner chaque jour seize heures durant dans les briqueteries. Il savait reconnaître au premier coup d'œil ceux à qui on faisait tisser des tapis, avec leur dos voûté et leurs jambes torses à force de travailler à genoux sur le sol des ateliers. Il avait maintes fois assisté au racolage de fillettes et de garçons de onze ou douze ans prostitués dans les maisons de passe qui jouxtaient les tripots où il allait chanter. Et il avait souvent entendu parler d'enfants qui s'acquittaient de travaux encore plus durs, ceux que l'on faisait ramper dans les boyaux étroits des mines pour extraire le charbon, le fer ou le cuivre, et qui mouraient très vite sans jamais voir la lumière du soleil, car ils descendaient dans les entrailles de la terre avant l'aube, et en ressortaient après le crépuscule ; ceux qui épluchaient, cardaient et dévidaient le coton ou préparaient le chanvre et le lin, enfermés dans leur filature comme dans une prison, les poumons détruits au bout de deux ou trois ans à respirer uniquement un air confiné, humide et chargé de poussières ; et ceux qu'on employait à l'extraction de l'or, dont la misérable existence était très tôt achevée à cause de l'empoisonnement provoqué par le mercure.

Slim Ali n'avait pas été, comme des millions de petits esclaves, vendu par des parents démunis incapables de nourrir leur famille. Il n'avait jamais été battu ou maltraité, on n'avait jamais exigé de lui d'efforts démesurés pour son âge. Il gardait dans sa mémoire le souvenir de l'affection d'un père et d'une mère, pas celui des cris et des coups d'un contremaître. Le griot avait connu une enfance heureuse, et même lorsqu'à tout juste treize ans il s'était retrouvé orphelin, la chance ne l'avait pas complètement abandonné.

Slim Ali N'Dinga Opungwo extirpa son long corps maigre du bac de cuivre, se sécha soigneusement et s'habilla de vêtements propres extraits de son sac à dos. Puis il quitta sa chambre et vint s'installer dans la salle commune pour commander un repas. En le voyant arriver, les employés de l'auberge s'empressèrent d'aller récupérer l'eau de son bain qui serait utilisée pour abreuver les volailles que le baladin entendait caqueter dans le poulailler installé derrière la cloison près de laquelle il s'était assis. Tout en dégustant sa bouillie de mil à la graisse de porc, Slim Ali examina la pièce où il se trouvait. Elle était vaste, avec de nombreuses tables, munie d'une estrade pour les spectacles. Le sol et les murs étaient propres, la nourriture correcte, les clients présents dans la salle bien vêtus. De toute évidence, on n'avait pas menti au griot sur la qualité de cet établissement. Slim Ali préférait ce genre d'auberge, car si les patrons attendaient souvent longtemps avant d'accepter d'embaucher un saltimbanque, voulant être sûr de produire un spectacle digne de leur réputation, en revanche, s'ils étaient satisfaits, ils payaient bien et sans faire d'histoires. Une seule chose le chagrinait, le bruit fait par les poules, qui risquait de gâcher son concert. Mais en se déplaçant dans la pièce, il se rendit compte que seules deux ou trois personnes assises tout contre le mur du fond risquaient d'être gênées et il retourna s'asseoir, tout à fait rassuré. Tandis qu'il passait entre les tables, il eut soudain l'impression que quelqu'un l'épiait de façon insistante. Une fois revenu à sa place, il observa les clients attablés dans l'auberge, une assemblée de marchands et de chameliers apparemment complètement indifférents à sa présence. Slim Ali songea qu'il avait eu une sensation ridicule, lorsque son regard croisa celui d'un homme à la peau cuivrée, au visage buriné, et dont les cheveux gris rassemblés par un bandeau formaient un long catogan qui descendait jusqu'à sa ceinture. Le griot était presque sûr que cette même personne avait assisté à son spectacle sur la place publique. Son repas terminé, il regagna sa chambre, vaguement angoissé à l'idée d'avoir peut-être été suivi par un détrousseur appâté par l'importance de la recette de son concert. Il décida de chasser ses inquiétudes en jouant de la kora.

La dextérité de Slim Ali était exceptionnelle. La nature l'avait doté d'extraordinaires dons de musicien, et d'une voix magnifique. Mais sans Moussa Malik Touré, il ne serait jamais devenu griot. Alors qu'il était un tout jeune adolescent, un groupe de pillards avait attaqué son village et tué tous les habitants. Il avait miraculeusement échappé au massacre, laissé pour mort alors qu'il avait été seulement assommé. Lorsqu'il avait repris connaissance, au milieu des cadavres de ses parents, de ses frères et de ses sœurs, il avait découvert l'étrange spectacle d'un gros homme barbu en train de chanter en s'accompagnant à la kora, tout en marchant lentement parmi les corps inanimés. Lorsque le musicien l'avait aperçu se redresser en titubant, il s'était approché de lui et avait prononcé ces paroles :

— Je suis Moussa Malik Touré. Je prie pour leur âme. Ensuite, nous les enterrerons.

C'était ainsi que Slim Ali avait rencontré celui qui était devenu son maître et ami. Les sept années que dura leur association révélèrent au disciple que toute la philosophie de son bedonnant mentor était contenue dans l'attitude et les mots qu'il avait eus ce jour-là. Alors que moins d'un enfant sur vingt parvenait à l'âge adulte, alors que le cours marchand d'un garçonnet était moindre que celui d'un porc gras, alors qu'une épidémie de peste, une année de sécheresse ou une invasion de criquets pouvait soudainement joncher la terre de millions de cadavres, Moussa Malik Touré accordait à chaque être humain une valeur supérieure à celle de toutes les richesses du monde. Sa présence avait permis à Slim Ali de surmonter la perte de ses proches, car il pouvait donner à lui seul autant d'amour qu'une famille entière.

Le corpulent griot enseigna au jeune homme l'art de la kora et du chant, lui apprit des centaines de poèmes et de contes, et ne cessa de lui rabâcher à longueur de journée la même maxime : « Tout le mal est dans la souffrance qu'on inflige, tout le bien est dans l'aide qu'on apporte. »

Comme Moussa Malik Touré accordait ses actes à ses paroles, évitant toujours de nuire à autrui, essayant dans la mesure de ses moyens de soulager la misère qu'il côtoyait, le jeune Slim Ali avait reçu une éducation qui avait éveillé en lui une grande sensibilité, ce qui lui était utile dans l'interprétation et la composition des chants, mais lui rendait souvent pénible le spectacle de la souffrance humaine.

Si le gros baladin était doté d'une exceptionnelle élévation d'âme, il n'était pas pour autant indifférent aux plaisirs des sens. Sa silhouette rondouillarde révélait combien il appréciait la bonne chère, mais par-dessus tout il était gourmand de sexe. À chaque étape dans une cité, après avoir gagné suffisamment d'argent grâce à ses concerts, il partait écumer les bordels, laissant à Slim Ali sa kora avec pour mission de répéter les morceaux qu'il lui avait appris jusqu'à son retour. Moussa Malik Touré avait fini par contracter la syphilis, et son disciple se souvenait encore avec effroi des derniers mois qu'ils avaient passés ensemble. Le grassouillet, placide et jovial musicien était devenu peu à peu un homme torturé par la maladie, dont le corps et l'esprit semblaient rongés par un feu intérieur. Tandis que la mort l'approchait, il semblait investi d'une inspiration surnaturelle, passant des heures à gratter les cordes de sa kora en déclamant des vers que Slim Ali n'avait jamais entendus dans sa bouche, interrompu parfois par de terrifiantes crises de fureur. À sa mort, le jeune homme avait, selon ses dernières volontés, incinéré son corps devenu maigre en chantant une prière devant le bûcher en flammes, et laissé le vent disperser ses cendres. De Moussa Malik Touré, il avait hérité d'un instrument de musique en bon état, d'une maîtrise parfaite des techniques propres aux griots, et d'une terreur des maladies vénériennes si grande qu'il était toujours demeuré chaste.

La nuit venue, le baladin se coucha et s'endormit d'un sommeil agité de cauchemars dans lesquels se mêlaient les images de blasphémateurs suppliciés, celles de l'agonie de son maître tourmenté par la folie, et celle du visage de l'homme aux longs cheveux gris qu'il avait remarqué dans la salle commune de l'auberge. Le lendemain matin, Slim Ali N'Dinga Opungwo décida d'aller flâner sur les marchés de la ville avec les colporteurs et les caravaniers pour apprendre ainsi les événements marquants qui avaient lieu dans les contrées les plus lointaines. Les conversations des voyageurs tournaient essentiellement autour des nouvelles conquêtes de Chaka, et un marchand qui arrivait du Sud lui annonça qu'une des armées du redoutable chef de guerre avait franchi le fleuve Limpopo. D'après un homme, les prêtres de Dambarare s'inquiétaient de sa puissance grandissante et envisageaient de demander le renfort des milices cléricales d'autres cités pour mener contre lui une action militaire préventive. Slim Ali était persuadé que la menace représentée par Chaka devait être très exagérée par les nomades qui en parlaient. Il était bien placé pour savoir que chaque information un tant soit peu sensationnelle était considérablement déformée par ceux qui la colportaient. En l'occurrence, il se doutait qu'un simple petit chef de pillards, fort de quelques victoires sur des rivaux et d'une bonne autorité sur ses troupes, et qui avait réussi à régner deux ou trois ans sur les zones rurales de la pointe méridionale du continent, avait été transformé par la rumeur en un terrible seigneur de la guerre capable d'attaquer une cité et d'inquiéter le clergé lui-même. Slim Ali était déçu de n'entendre que ce genre de ragots sur la place du marché, d'autant plus qu'on lui avait déjà raconté à propos de Chaka les plus ahurissantes billevesées, certains osant même aller jusqu'à dire que son armée était composée exclusivement d'enfants. Le griot s'éloigna du brouhaha du marché et partit en quête de saltimbanques avec qui il pourrait échanger des informations plus sérieuses. Il savait que les conversations entre gens du même métier étaient moins sujettes aux dérives de l'exagération, du fait du respect plus grand porté aux interlocuteurs.

Soudain, Slim Ali, malgré l'habituelle prudence avec laquelle il cheminait dans les rues dégoûtantes des grandes villes, glissa sur un excrément et s'étala lourdement à terre. Il se releva en pestant et jurant de sa forte voix, et tandis qu'il se retournait, il aperçut à une dizaine de mètres de lui un homme assez grand, aux épaules carrées, qui avançait en claudiquant. Le griot reconnut immédiatement l'homme au catogan qui logeait dans la même auberge que lui. Slim Ali se sentit alors envahi par une terreur panique. Il était désormais certain que le boiteux aux longs cheveux le suivait depuis son arrivée à Loukénya, après avoir repéré la somme importante qu'il avait gagnée grâce à son concert, et attendait depuis le moment propice où il pourrait l'égorger et lui voler son argent. Le baladin se remit à courir de toute la vitesse de ses longues jambes grêles, bousculant les passants, et ne s'arrêta que lorsqu'il fut complètement essoufflé. Il se rendit compte alors qu'il s'était perdu, et commença à errer dans les rues en essayant de retrouver le chemin de l'auberge. L'homme qui avait provoqué sa frayeur avait disparu, mais Slim Ali savait qu'il ne serait pas totalement rassuré tant qu'il ne serait pas enfermé à double tour dans sa chambre. Il pénétra dans une échoppe de cordonnier pour demander sa route, ressortit, essaya de suivre les indications de l'artisan et se retrouva dans une ruelle sombre totalement déserte. Après avoir marché quelques dizaines de mètres, il s'arrêta en se demandant s'il avait bien compris les explications qu'on lui avait données. Tandis qu'il réfléchissait, une main large et puissante s'abattit brutalement sur sa bouche, l'empêchant de crier et tirant sa tête en arrière. Le griot voulut saisir le poignard qui était passé dans sa ceinture afin de se défendre, mais une autre main enserra son poignet avec une telle force qu'il fut contraint de lâcher son arme. Son agresseur lui chuchota alors à l'oreille :

— Écoute-moi bien, saltimbanque, si je voulais ta mort, tu serais déjà allongé au sol avec les vertèbres cassées. Je désire simplement te parler à l'abri des oreilles indiscrètes. Il y a une sorte de bouge pas loin d'ici où ont lieu des combats de chiens. Nous allons nous y rendre ensemble. Nous pourrons discuter sans que personne nous entende, tellement la salle est bruyante pendant les rencontres. Maintenant, je vais te relâcher. Ne t'affole surtout pas, je te répète que je ne te veux aucun mal.

Slim Ali sentit l'étreinte qui le paralysait se desserrer. Il se retourna alors, hébété, et vit devant lui un visage émacié à la peau cuivrée, encadré de cheveux gris et barré d'un étrange sourire.

— Allons-y, griot, mais ne marche pas trop vite, ma jambe gauche ne suivrait pas le mouvement. Au fait, j'ai oublié de me présenter, je m'appelle Nashguen.

Quelques instants plus tard, les deux hommes étaient attablés parmi une foule de parieurs qui hurlaient autour d'une fosse dans laquelle deux molosses se déchiraient en grognant furieusement. Le vacarme était bien tel que l'avait décrit le boiteux, et Slim Ali ne pouvait converser avec lui qu'en criant dans son oreille. Nashguen lui avait dit venir du nord-est, d'un autre continent, et avoir fait des milliers de kilomètres pour rencontrer le griot.

— Comment puis-je avoir une telle importance pour toi ? Et comment connais-tu mon nom, mon existence, toi qui vivais si loin d'ici ?

— Je suis lutteur itinérant. Depuis des années, je fais chaque nuit le même songe où il est question de quelque chose, ou de quelqu'un que je dois trouver. Je ne sais même pas de quoi ou de qui il s'agit, je n'avais même jamais entendu autrement qu'en rêve le mot qui désigne l'objet de ma quête, jusqu'au jour où un autre lutteur l'a prononcé devant moi...

— Tu as sûrement obtenu des renseignements de cet homme !

— Non, je l'ai tué...

Slim Ali N'Dinga Opungwo ne put s'empêcher d'avoir un mouvement de recul, mais Nashguen posa une main sur son épaule de manière apaisante et continua à parler :

— Je n'avais guère le choix, tu sais. Je l'affrontais dans un combat, et si je ne l'avais pas fait, c'est lui qui m'aurait réduit en bouillie. Le problème, c'est qu'il a parlé de ce qui m'intéresse juste avant la rencontre, et nous n'avons guère eu l'occasion de discuter ensuite. Mais son entraîneur m'a donné quelques indications utiles. J'ai appris que le mot mystérieux de mon rêve, ce lutteur l'avait entendu dans une légende racontée par un saltimbanque, qui m'a dit tenir cette histoire d'un baladin que j'ai également retrouvé, et qui l'avait apprise d'un musicien qui lui-même l'avait entendue dans un concert... J'ai ainsi voyagé vers l'Ouest pendant des mois, de conteurs de foire en gratteurs de guitare, j'ai entendu des dizaines de chants et de contes qui évoquent l'étrange mot de mes songes, et dont aucun ne raconte la même chose. Et je suis arrivé jusqu'à toi.

— Quel est donc ce nom qui hante tes nuits ?

— Niwaâd...

Slim Ali frémit et son front se couvrit de sueur. Il jeta plusieurs regards inquiets autour de lui pour vérifier que personne ne les épiait.

— Qu'est-ce qui te fait si peur, griot ?

— Moussa Malik Touré m'a parlé du Niwaâd...

— Et où puis-je trouver cet homme ?

— Il est mort il y a longtemps. C'était mon maître, il m'a tout appris de mon métier. À la fin de sa vie, il était très malade, il devenait fou. Il chantait des histoires étranges dont j'ignorais si elles étaient le fruit de son esprit dérangé, ou s'il les tenait de quelqu'un d'autre. C'est là qu'il m'a raconté la légende du Niwaâd...

— Que dit-elle, bon sang !

— C'est... c'est un blasphème ! Si jamais quelqu'un nous entend...

— Personne ne peut nous entendre ! Parle !

— J'essaie de me remémorer les mots exacts. Un peu de patience... Voilà, c'est ça...

Caché aux yeux des hommes, caché aux yeux des dieux,
Il détient le pouvoir de transformer le monde
Et de briser le mur élevé vers les cieux
Comme un miroir géant cassé par une fronde
Le Niwaâd en brûlant les corps de tous nos frères,
Idoles vénérées, esclaves misérables,
Les fera retomber dans la même poussière,
Eux qui étaient moulés tous dans le même sable.

Pendant quelques instants, Nashguen regarda fixement le griot en plissant les yeux, comme s'il attendait une suite. Puis il laissa tomber sèchement :

— C'est tout ?

— C'est largement suffisant pour que les prêtres qui entendraient ça nous envoient bouillir tous les deux dans un chaudron d'huile ! Ce qui est sûr, c'est que je n'en sais pas plus.

— En tout cas, ces vers m'éclairent sur la nature du Niwaâd. Il s'agit d'une arme, une arme terrifiante capable de détruire le mur dont parlent les prêtres, et de tuer les dieux aussi aisément que les hommes.

Slim Ali regarda, apeuré, autour de lui, mais la clientèle de la maison de jeu était obnubilée par le combat de chiens, et personne ne prêtait attention à eux. Le griot se retourna vers son interlocuteur et se pencha à son oreille :

— Il faut se méfier de ce qui paraît évident dans les chants et les légendes. Tu n'as pas l'habitude, comme moi, de ces vers colportés par les baladins. On y décèle deux ou trois significations différentes, mais c'est encore une autre que l'auteur a voulu y mettre. Ce fameux Niwaâd est peut-être une arme, ainsi que tu le crois, une arme que quelqu'un devrait activer pour anéantir le pays des dieux. Mais j'en doute. As-tu déjà vu le mur du Nord, là où les prêtres ont leurs temples, ce mur que ton Niwaâd est censé abattre ?

— Non, jamais...

— Moi, si... Je l'ai contemplé, de l'autre côté de la mer. C'est le bord du monde ! On dirait une montagne de métal lisse, parfaitement poli, un miroir géant comme le décrivent les paroles du poème. Mais il ne peut exister de fronde assez puissante pour briser ce miroir-là, c'est impossible, crois-moi ! Les vers que je t'ai révélés doivent avoir un autre sens. Mais j'ignore lequel.

— Et le seul homme qui aurait pu m'en dire plus est mort.

Nashguen avait l'air désespéré. Slim Ali, lui, avait hâte d'en finir avec cette conversation où il était question sans arrêt de s'attaquer aux dieux, propos susceptibles de déboucher sur les pires tortures infligées avec dextérité par le tourmenteur local qu'il avait récemment eu l'occasion de voir à l'œuvre. Cependant, malgré sa peur, le griot ne pouvait se départir de la morale que lui avait inculquée Moussa Malik Touré.

« Tout le bien est dans l'aide qu'on apporte… » Slim Ali avait l'impression d'entendre résonner dans ses oreilles la grosse voix de son mentor. Il voulait presque crier :

« Mais je l'ai aidé ! Que puis-je faire de plus ? » Puis, soudain, tandis que Nashguen s'apprêtait à se lever pour quitter le tripot, il posa sa maigre main sur le bras musculeux du lutteur afin de le retenir.

— Je sais qui peut t'aider à comprendre la légende du Niwaâd. Enfin, peut-être…

— Parle ! Qui donc ?

— Comme je te l'ai expliqué, celui qui m'a appris ces quelques vers ne jouissait plus de toutes ses facultés mentales. Il délirait sans arrêt, certains propos qui semblaient sensés alternaient avec des phrases incohérentes. Je ne suis pas du tout sûr que ce que je vais te dire repose sur une quelconque réalité. Moussa Malik Touré m'a confié qui lui avait récité ce poème.

Le griot s'interrompit pour essuyer les flots de sueur qui dégoulinaient sur son front. Dans la fosse tout près d'eux, un des deux molosses s'était fait égorger par son adversaire. Les cris des joueurs et les aboiements des chiens s'étaient tus, et Slim Ali eut alors la sensation que tout le monde cherchait à entendre ce qu'il allait dire. Il se mit à chuchoter, d'une voix presque inaudible :

— Les blasphémateurs… les blasphémateurs lui ont raconté cette légende…

— Mais c'est absurde ! Un blasphémateur, c'est personne et n'importe qui ! Ça peut être toi ou moi… Tous ceux qui tiennent des propos contraires au dogme…

— Non, non ! Tu ne comprends pas ! D'après mon maître, il existe une organisation clandestine, parfaitement structurée, à qui les prêtres livrent une chasse féroce. C'est une secte, la secte des blasphémateurs !

Slim Ali N'Dinga Opungwo s'était presque étranglé en prononçant ces derniers mots. Il respira profondément et, saisissant entre ses fines mains de musicien les larges épaules de Nashguen, il attira ce dernier avec une force qui surprit le boiteux.

— Moussa Malik Touré m'a livré un autre secret dont je me serais bien passé. Je sais où se cachent les blasphémateurs ; et je sais comment les rencontrer.

CHAPITRE III

En ce temps-là, le grand mur n'existait pas, et l'Eden n'était pas caché aux regards des hommes. C'est ainsi que les dieux avaient choisi d'éprouver leurs créatures, pour savoir si leur cœur était resté pur comme au premier jour. Mais la convoitise s'était emparée des hommes, et certains disaient : « Ce qu'ils ont, pourquoi ne l'aurions-nous pas ? Ce qu'ils sont, pourquoi ne le serions-nous pas ? Voyez la puissance que nous donne notre multitude. Comment pourraient-ils s'opposer à nous ? »

Et nul ne s'horrifiait de ces blasphèmes, nul ne se dressait pour dire que l'humanité n'était qu'un filet de poussière qui s'était écoulé de la main des dieux.

Livre d'Uzmul – Livre III, Verset 12

Trois sphères métalliques aux reflets argentés descendirent en virevoltant sur le grand stade de Kiloua, et s'immobilisèrent à une trentaine de mètres au-dessus du disque d'argile où venaient de se dérouler plusieurs dizaines de combats depuis le début des grandes festivités de fin d'année. Confortablement installé dans une des tribunes de première classe, Al-Moutawakkil, prévôt de la corporation des tisserands, ne leur accorda qu'un regard distrait. Il attendait avec impatience le début de la finale qui promettait d'être la plus passionnante de ces dernières années. Il avait parié une somme assez considérable sur la victoire d'un des deux hommes qui allaient s'affronter dans quelques instants, mais, même s'il perdait, l'immense succès du championnat annuel de Kiloua, dont il était le principal organisateur, lui rapporterait vingt fois ce qu'il avait misé. Al-Moutawakkil, fervent amateur de lutte, avait entrepris quinze ans auparavant de faire de sa ville une place réputée pour la qualité des joutes qui s'y déroulaient. En offrant des primes très importantes aux finalistes, il avait transformé un petit tournoi local, qui ne représentait qu'une distraction parmi d'autres au moment des fêtes de fin d'année, en un spectacle prisé par les hommes les plus riches du continent, qui acceptaient de payer fort cher pour s'asseoir dans les tribunes à ciel ouvert du stade de Kiloua afin de contempler les prouesses de lutteurs venus du monde entier. Al Moutawakkil, en homme d'affaires avisé, avait compris que le renom de son championnat serait hautement profitable au commerce de la cité. Pendant quelques jours à la fin de chaque année, la concentration de personnages fortunés était telle que la vente des produits de luxe bénéficiait d'un essor extraordinaire. En tant qu'importateur de soieries précieuses, le prévôt des tisserands avait en quelques années largement récupéré les sommes qu'il avait investies dans l'organisation du tournoi. Quant à la ville de Kiloua, elle était devenue la plaque tournante du commerce de l'or et des diamants venus du sud, des perles et des épices convoyées par caravanes de l'ouest du continent, des porcelaines et des tapis confectionnés en Orient et transportés dans les coques ventrues des caboteurs. On trouvait même, dans les bazars de la cité portuaire, des objets en ivoire, cette matière étrange et rare à l'origine inconnue. Certains voyageurs prétendaient que c'était le bois d'un arbre poussant sur un autre continent, la majorité parlait d'une sorte de corail ramassé sur de lointains rivages, les plus fantaisistes le disaient issu des dents d'animaux géants aujourd'hui disparus. La seule chose certaine en ce qui concernait l'ivoire, c'était qu'il atteignait des prix ahurissants, et que son cours ne cessait de monter. Tous ceux qui en pratiquaient le négoce s'étaient considérablement enrichis.

Al-Moutawakkil, lui, avait fait fortune dans le tissage et le commerce des étoffes. Son père, un habile forgeron de Kiloua, lui avait inculqué le goût du labeur, de l'ouvrage soigné et de la constante recherche de l'innovation. Quant aux heures passées à actionner l'énorme soufflet de l'atelier familial, elles lui avaient donné une puissante musculature et, malgré sa petite taille, Al-Moutawakkil impressionnait toujours grâce à sa formidable carrure. Il avait pratiqué la lutte pendant plusieurs années, mais comprenant que son gabarit modeste ne lui permettrait jamais de percer au plus haut niveau, il avait préféré consacrer toute son énergie à réussir dans un autre domaine. Le travail du métal ne le passionnait guère et, lorsque son père, usé par les années passées derrière sa forge, avait proposé à ses deux fils de laisser à l'un son atelier pour lui succéder, et à l'autre un petit pécule en compensation, il avait sans hésitation opté pour l'argent. Il avait ensuite acheté des lingots de cuivre dont le cours était bas, car les mines abondaient dans la région, avait affrété une felouque et avait fait voile vers l'Orient où il avait échangé sa cargaison contre de la soie. De retour à Kiloua, les considérables bénéfices de cette opération lui avaient permis d'acheter un atelier de tissage du lin, activité à laquelle il ne connaissait strictement rien. Mais il avait embauché des ouvriers qualifiés grâce auxquels il avait très vite appris, si bien qu'en peu de temps il était devenu capable d'apporter des améliorations techniques pour augmenter la productivité. Il avait continué par la suite à effectuer des voyages en Orient pour importer des soieries et, tout en s'enrichissant grâce à ce négoce, il avait acquis ainsi d'utiles connaissances. Al-Moutawakkil avait notamment rapporté de ses périples des teintures inconnues à Kiloua, ce qui lui avait permis de vendre fort cher des tissus égayés par de nouveaux coloris. Son énergie débordante, sa curiosité et son intelligence avaient fait de lui un homme riche. Son honnêteté, sa droiture et son sens de la justice lui avaient conféré le respect de ses collègues, si bien que, malgré les inévitables jalousies dues à son ascension fulgurante, il avait été élu, à moins de quarante ans, prévôt des tisserands et des marchands d'étoffes de Kiloua. Al-Moutawakkil aurait pu être un homme heureux, mais le destin, après l'avoir longtemps comblé, s'était un jour montré cruel avec lui.

Les finalistes du tournoi venaient de franchir les limites du cercle de paille. Une immense clameur salua l'apparition des deux hommes, deux lutteurs itinérants qui avaient surclassé tous leurs adversaires. L'un était obèse, monstrueux, avec des jambes semblables à des piliers, un ventre énorme, une poitrine grasse et pendante comme celle d'une vieille nourrice, un cou de bœuf. Malgré sa masse gigantesque, il était d'une grande rapidité, et sa technique de combat, parfaitement adaptée à sa morphologie, était celle d'un lutteur très expérimenté. Al-Moutawakkil avait parié sur lui. L'autre était athlétique, mais boiteux, et paraissait avoir dépassé la quarantaine. Son gabarit était banal. Il avait pourtant atteint la finale du championnat de Kiloua, et le prévôt des tisserands savait qu'il devait être un redoutable concurrent, sans toutefois avoir pu se résoudre à miser sur sa victoire, tant il semblait handicapé par son âge et par l'écart de poids.

Une extraordinaire frénésie s'était emparée des spectateurs du grand stade. Seuls les prêtres, installés aux meilleures places, tout près de l'aire de jeu, paraissaient impassibles. Al-Moutawakkil, qui se trouvait deux rangs derrière eux, crut cependant déceler sur le visage de certains des hommes en blanc des expressions de profonde inquiétude, et même d'angoisse. Les milices cléricales avaient été défaites par les guerriers de Chaka, et le terrible conquérant s'était emparé de Dambarare, et menaçait la cité lacustre de Mawoudzou. Si ses armées n'étaient pas rapidement arrêtées, Kiloua risquait d'être bientôt en son pouvoir. Force était maintenant de reconnaître qu'il n'était pas l'insignifiant pillard que l'on avait longtemps présenté, mais un homme très puissant capable de provoquer de grands bouleversements. Al-Moutawakkil, en tant que notable, aurait dû logiquement être catastrophé par l'éventualité d'un écroulement de l'ordre établi. Mais s'il avait pensé pendant des années que le gouvernement des prêtres, garant de sécurité et favorable aux échanges commerciaux, était une bonne chose, il le considérait désormais comme la plus épouvantable des tyrannies, et se réjouissait en imaginant la terreur des hommes en robes blanches. Quoi que fît Chaka de son pouvoir, le prévôt des tisserands était persuadé que cela ne pourrait lui apporter davantage de malheur et de souffrance que ce que lui avaient infligé les abominables préceptes du clergé.

Au centre du disque d'argile, les deux lutteurs s'étaient empoignés. Al-Moutawakkil, en bon connaisseur des arts martiaux qu'il était, s'attendait à ce que le plus léger évitât tout choc frontal pour effectuer un travail de sape par des coups portés à distance. Mais il n'en fut rien. Le boiteux, dont les longs cheveux gris défaits pendaient jusqu'aux reins, s'était jeté contre la poitrine de son monumental adversaire. Ce dernier, bien campé sur ses énormes jambes, aurait à peine dû broncher sous l'impact d'un homme qui accusait approximativement le tiers de son poids. Au lieu de cela, à l'immense stupéfaction des spectateurs, il fut si violemment refoulé en arrière et expulsé hors des limites de l'aire de jeu que l'on aurait pu le croire entraîné par un attelage de deux robustes chevaux. Après quelques instants de complet silence, le public applaudit à tout rompre devant l'exploit. Les trois sphères de métal qui flottaient au-dessus du stade s'élevèrent en direction du *peplos* crasseux qui coiffait Kiloua, décrivant de larges spirales, et les prêtres quittèrent précipitamment leurs places et se dirigèrent vers la sortie. Le prévôt des tisserands sourit et caressa longuement sa courte barbe, geste qui trahissait chez lui une intense jubilation. Il se réjouissait en observant la hâte des hommes en blanc et en imaginant la crainte qui devait les tenailler toujours plus tandis qu'on leur annonçait la progression des armées de Chaka. Puis il songea à accomplir son devoir d'organisateur du tournoi, et s'apprêta à remettre au vainqueur le prix qui lui était dû.

Al-Moutawakkil, qui avait pourtant vu se dérouler d'innombrables joutes, n'avait jamais assisté à pareille démonstration de force de la part d'un lutteur. Il avait hâte de rencontrer le boiteux à la longue chevelure. Il se fraya un passage au milieu de la foule, jusqu'à l'estrade dressée près de l'aire de jeu. De nombreux spectateurs, en le reconnaissant, l'arrêtèrent pour le féliciter de l'exceptionnelle qualité du tournoi. Le prévôt des tisserands sourit en songeant que la réputation du championnat de Kiloua allait encore s'améliorer, ce qui était de très bon augure pour ses affaires au cours des années suivantes. Mais en franchissant le cordon de soldats qui empêchait le public d'envahir le centre du stade, il repensa à la guerre, à Chaka le conquérant, et comprit que beaucoup de choses pouvaient changer. Le superbe combat qui venait d'avoir lieu était peut-être le dernier que n'abriterait jamais le grand stade.

Al-Moutawakkil gravit les marches de la tribune sous les applaudissements, et fut rejoint par le vainqueur de la finale. L'homme était nettement plus grand que lui, mais plutôt moins large d'épaules, et les muscles longs et secs qui saillaient sous sa peau cuivrée paraissaient bien insuffisants pour lui permettre de projeter une masse de deux cent cinquante kilos comme s'il s'était agi d'un vulgaire ballot d'étoffes. C'était pourtant exactement ce qu'il avait fait quelques minutes auparavant, et le prévôt des tisserands se perdait en conjectures sur la mystérieuse origine de la force de ce lutteur boiteux.

Après lui avoir remis solennellement la grosse somme d'argent qui récompensait le meilleur combattant du tournoi, Al-Moutawakkil interrogea l'homme aux cheveux gris, qui disait se nommer Nashguen, sur ses projets immédiats. Ayant appris qu'il souhaitait rester quelque temps pour assister aux fêtes de fin d'année, et qu'il logeait dans une auberge plutôt médiocre, le riche tisserand l'invita à séjourner dans sa propre demeure. Le lutteur itinérant était venu à Kiloua avec un ami griot, et semblait ne pas vouloir se séparer de son compagnon. Al-Moutawakkil insista pour héberger les deux hommes, déclarant qu'il serait ravi d'avoir sous son toit non seulement un combattant hors pair, mais aussi un baladin dont les chants et les histoires égayeraient les soirées de toute sa famille. Le soir même, Nashguen et Slim Ali étaient installés chacun dans une chambre de la maison du prévôt, une grosse bâtisse bien fraîche aux épais murs de terre.

Al-Moutawakkil était d'un naturel hospitalier, et se montrait toujours d'une grande prévenance avec quiconque était son invité. Pour le griot et le lutteur itinérant, il redoubla d'attentions...

Durant trois semaines, il leur fit servir des repas succulents, les emmena visiter Kiloua, leur permit d'assister à toutes les festivités qu'il y avait en ville à cette époque de l'année, spectacles de danse, de jongleurs, de singes dressés, d'acrobates. Slim Ali N'Dinga Opungwo eut l'occasion de rencontrer de nombreux baladins, et donna même plusieurs concerts avec certains d'entre eux. Le soir, il charmait le prévôt et toute sa famille par ses morceaux de kora. Sa bonne humeur et sa joie de vivre étaient telles qu'il réussit à faire reprendre des airs en chœur à Al-Moutawakkil, qui chantait faux comme une casserole, ce qui ne manquait jamais de déclencher l'hilarité générale. Le griot éprouva rapidement une sincère amitié pour son hôte. Pourtant, il avait ressenti une certaine défiance les premiers jours, car il considérait les hommes riches comme étant a priori des êtres durs, dépourvus de sensibilité, qui bâtissaient leur fortune en exploitant le travail d'autrui. Il s'était vite rendu compte qu'Al-Moutawakkil n'était pas ainsi. Lorsque le prévôt lui avait fait visiter sa filature, Slim Ali s'était attendu à découvrir de malheureux gamins faméliques enchaînés au pied de leur métier à tisser. Il avait constaté avec surprise que les ouvriers étaient bien traités, bien payés, et semblaient disposer d'une grande liberté dans leur travail, étant autorisés à prendre toutes sortes d'initiatives.

— Tu n'as jamais vu de filature comme celle-là, n'est-ce pas ? lui avait demandé Al-Moutawakkil en remarquant son étonnement. Ce sont tous des tisserands extrêmement qualifiés, de vrais artistes pour certains. Je ne produis que des articles de très grande qualité, tous ces gens que tu vois passent leur journée à essayer de réaliser des chefs-d'œuvre. On ne peut pas réaliser de chef-d'œuvre le ventre vide et en étant encouragé à coups de fouet. Il y en a beaucoup qui travaillent sur la soie, la matière première me coûte une fortune, pas question de la gâcher ! Au contraire, il faut la valoriser au maximum ! Pour cela, j'ai besoin d'ouvriers capables de faire fonctionner leur tête. Je les laisse improviser, mais ne t'inquiète pas, j'ai toujours un œil sur eux.

— Je... je croyais que tous les gens riches traitaient leur personnel comme de véritables esclaves. J'ai tellement vu de choses atroces.

— Dans la plupart des cas, c'est ainsi. Il y a pas mal de mines de cuivre dans la région, surtout vers le Sud. Les conditions de travail y sont épouvantables, particulièrement pour les enfants... Mais moi, j'ai toujours réussi grâce aux idées nouvelles, aux améliorations techniques. Je crois à l'intelligence humaine, Slim Ali. Il faut apprendre, connaître, s'éduquer. Un employé capable de réfléchir me rapporte plus qu'une dizaine que je traiterais comme des bêtes de somme.

Après sa visite de la filature, le griot se mit à considérer Al-Moutawakkil avec respect et admiration. Il découvrit peu à peu que le prévôt était encore bien plus fortuné qu'il ne l'avait imaginé au départ, et possédait notamment plusieurs entrepôts sur le port, de nombreuses felouques, une fabrique de teinture pour les tissus et des centaines de dromadaires. Mais il comprit également qu'il s'attachait, au travers de chacune de ses activités, à contribuer à l'enrichissement de la communauté de Kiloua tout entière et à l'amélioration des conditions de vie de ses concitoyens. Al-Moutawakkil était unanimement aimé et écouté, et possédait une forte influence non seulement auprès des membres de sa corporation, mais aussi sur les autres prévôts.

Si le griot avait une attitude très extravertie et bavardait librement avec ses hôtes, Nashguen était plutôt renfermé. Pendant tout le voyage qu'ils avaient fait ensemble depuis Loukénya, Slim Ali n'avait pas réussi à apprendre grand-chose de lui. Il savait seulement qu'il était natif de la région de Kuala Muda, dans une péninsule située très loin vers l'est, et qu'avant d'être lutteur itinérant il était cultivateur. Le boiteux n'était guère bavard, écoutait et posait des questions, mais répondait rarement à celles de son compagnon. Néanmoins, le baladin avait eu plaisir à faire la route avec lui, car il était serviable et sa force physique rassurante. Avec lui, Slim Ali s'était toujours senti en sécurité, surtout après qu'il eut mis en fuite cinq maraudeurs armés de gourdins qui avaient tenté de les détrousser sur le chemin de Kiloua.

Al-Moutawakkil n'avait pas davantage obtenu de renseignements sur Nashguen. Il respectait son silence, et pourtant brûlait d'en savoir plus sur son passé, sur le secret de ses extraordinaires prouesses à la lutte, sur ses projets d'avenir. Il espérait le convaincre de rester en tant que champion local, ce qui aurait donné au tournoi annuel de Kiloua une renommée encore plus importante. Pour obtenir son accord, il lui promettait des primes de combat mirifiques, et de devenir quasiment son bras droit en affaires dès qu'il désirerait arrêter la compétition. Mais Nashguen ne lui répondait jamais, et semblait perdu dans un rêve, comme si son esprit vagabondait loin de son corps.

Seul le plus jeune des fils du tisserand, un adolescent de treize ans nommé Khaled, semblait capable de vaincre le mutisme du boiteux. Ils passaient souvent de longs moments ensemble, sans que personne sût ce qu'ils pouvaient se raconter. Le jeune homme avait hérité d'Al-Moutawakkil une intelligence aiguë, et paraissait bien plus capable que ses deux frères de prendre la succession du prévôt à la tête de ses affaires. Mais il souhaitait devenir prêtre, ce qui déplaisait souverainement à son père, qui rentrait dans des colères noires à la seule évocation de ce projet. L'aîné des trois garçons était corpulent, joufflu, jovial et un peu sot. Le tisserand ne lui confiait que des tâches subalternes qu'il pouvait remplir sans faire trop d'erreurs, et il passait le plus clair de son temps à s'amuser avec des amis dans les tripots du port. Le cadet était très malade, maigre, le visage creusé, incapable du moindre effort physique, souvent secoué de quintes de toux douloureuses qui lui arrachaient des crachats sanguinolents. Slim Ali, qui avait souvent vu ce genre de symptômes, savait que le malheureux était condamné à plus ou moins brève échéance, et l'avait pris en affection. Pour le distraire, il lui enseignait des mélopées. Omar, le jeune malade, était doué pour jouer de la kora, mais manquait de souffle pour le chant. Il était très reconnaissant de la gentillesse que le griot manifestait à son égard, et avait fini par lui confier qu'il était devenu souffrant après avoir perdu sa sœur Leïla, qui avait été choisie quelques années auparavant par le clergé pour être offerte aux dieux en sacrifice. Les prêtres l'avaient emmenée au cours d'une cérémonie particulièrement somptueuse, avec une grande débauche de chants, de fleurs et d'encens, pour la conduire dans le Nord, jusqu'à l'un de leurs temples bâtis au pied du grand mur.

Lorsque Slim Ali avait parlé à Nashguen de ce drame familial, le lutteur lui avait simplement répondu que Khaled l'avait déjà mis au courant. Les deux hommes avaient alors discuté des différentes conséquences que le sacrifice de la jeune fille avait produites sur leurs hôtes. Al-Moutawakkil, jugeant que les prêtres, jaloux de l'importance dont il jouissait à Kiloua, avaient voulu le punir et le remettre à sa place, leur vouait désormais une haine sans limites. Son épouse, une femme discrète et effacée, semblait ne plus jouir de toutes ses facultés mentales. L'aîné des fils ne paraissait guère avoir été perturbé par la disparition de sa sœur, à l'inverse d'Omar, qui en avait été si profondément affecté que la maladie s'était emparée de son corps. Khaled avait eu la réaction la plus étrange. Il avait été tellement impressionné par le cérémonial du clergé, et son esprit curieux si intrigué par les implications métaphysiques de ce sacrifice, qu'il avait décidé de se faire admettre dans une école du clergé. Un garçon aussi doué intellectuellement que lui avait de grandes chances d'accéder à la prêtrise, mais son père était déterminé à tenter tout ce qui était possible pour faire échec à son projet. La plupart des hommes, à la place d'Al-Moutawakkil, auraient rapidement fait leur deuil de leur fille. Dans une société où le rôle des femmes était limité à s'occuper du foyer pour les plus chanceuses, accomplir les besognes les plus dures et les plus dégradantes ou même se prostituer pour celles qui étaient moins favorisées par le sort, la perte de Leïla n'aurait pas dû représenter pour son père un réel déchirement. Beaucoup auraient même été soulagés d'éviter ainsi la recherche d'un bon mariage pour leur enfant et le versement d'une dot substantielle. Mais le prévôt des tisserands aimait sa fille, belle, radieuse, d'une intelligence supérieure et pleine de compassion. En la voyant emmenée par les prêtres, il avait cru qu'on lui arrachait le cœur. Il aurait voulu hurler, maudire la cruauté des dieux et l'abjection de leurs serviteurs, mais avait dû se contenir et faire bonne figure, car les hommes en robe blanche n'auraient pas manqué de saisir cette occasion de le faire rouer en place publique comme blasphémateur. Le souvenir de cette scène était pour lui une véritable torture, avivée par les aspirations de Khaled, qu'il considérait comme une trahison. Il gardait pourtant sa peine secrète, et ne s'en était pas ouvert à ses nouveaux amis. Sans les confidences de ses fils, Nashguen et Slim Ali n'auraient jamais rien su de sa tragédie.

Les deux compagnons étaient à Kiloua depuis trois semaines, lorsque l'ambiance joyeuse des fêtes de fin d'année céda la place à l'atmosphère lourde et angoissante d'une cité sur le pied de guerre. Les saltimbanques avaient déserté les rues, remplacés par des miliciens qui sillonnaient la ville, coiffés de métal, bardés de cuir, leurs bataillons hérissés de piques menaçantes. Ils arrivaient par régiments entiers, des soldats à la peau noire, longs et maigres, descendus des hauts plateaux du Sidamo, et d'autres au teint clair, qui avaient quitté depuis des semaines leurs terres septentrionales, à proximité du grand mur.

Les quais du port grouillaient de guerriers orientaux débarqués des felouques, dont la peau avait la même couleur de cuivre que celle de Nashguen. Mawoudzou, la ville lacustre, était tombée aux mains de Chaka, dont les légions avançaient sur Kiloua. Les prêtres rameutaient leurs troupes, les renforts arrivaient de toutes parts en prévision de la bataille prochaine. Si les milices cléricales étaient vaincues, Slim Ali et son compagnon savaient qu'ils devraient quitter la maison du prévôt et fuir vers le nord. Mais le lutteur boiteux était venu à Kiloua dans un but bien précis, et il n'avait pas l'intention de partir avant d'avoir accompli son projet. Sentant le moment venu, il déclara au griot :

— Nous devons lui parler, aujourd'hui même. Bientôt, il risque d'être trop tard.

— Je crains qu'il ne te dise rien. Il a de l'amitié pour nous, et pourtant il nous a caché ce qui est arrivé à sa fille. Il refusera d'aborder des sujets bien plus délicats. Il évite de faire allusion à sa haine des prêtres, c'est un homme très prudent. Nous ferions bien d'être aussi prudents que lui, de ne pas prononcer de paroles compromettantes et de filer d'ici avant de nous faire massacrer par les hordes de Chaka.

Nashguen eut un large sourire. La peur du griot l'amusait. Depuis qu'il connaissait Slim Ali, il avait eu maintes fois l'occasion de constater qu'il était tout, sauf courageux. Et pourtant, il avait réussi à l'entraîner dans son aventure.

— Ne t'inquiète pas. Je sais comment m'y prendre avec Al-Moutawakkil. J'aurai les réponses à mes questions dès ce soir…

Après s'être restauré en compagnie du prévôt et de sa famille, Nashguen resta silencieux jusqu'à ce que la maîtresse de maison et ses trois fils eussent quitté la salle à manger. Puis il s'adressa à son hôte :

— Ami, je sais que tu t'interroges beaucoup à mon sujet. Tu voudrais en savoir plus à propos de mon passé, à propos de la façon dont je gagne mes combats. Sans doute devrons-nous bientôt quitter Kiloua, aussi, je veux satisfaire ta curiosité. Mais à une condition...

Le visage d'Al-Moutawakkil s'éclaira, et il se mit à caresser sa barbe.

— Quelle condition ? Dis-moi vite !

— J'aimerais qu'ensuite tu répondes sans détour à toutes mes questions.

Le regard du prévôt s'assombrit, et il fixa longuement Nashguen, comme s'il cherchait à lire dans son âme. Puis il répondit sèchement :

— Tu as ma parole...

— Je suis né et j'ai vécu longtemps dans un petit village près de Kuala Muda, une ville qui se trouve à des milliers de kilomètres d'ici, en Orient.

— Je connais cette région. On importe beaucoup de riz de là-bas.

— Cultiver le riz, c'est la principale occupation des paysans dans la péninsule où j'ai passé plus de la moitié de mon existence. C'était le travail de mes parents, ce fut le mien, celui de ma femme, celui des plus âgés de mes cinq enfants. Nous étions sous la coupe d'une sorte de seigneur local, un ancien brigand qui avait passé accord avec les prêtres de Kuala Muda. Il prélevait l'impôt dans les campagnes, en remettait une moitié au clergé, gardait l'autre pour lui ; moyennant quoi les miliciens l'aidaient à conserver son territoire contre d'autres chefs de bande. Il était censé nous protéger, mais c'était un homme mauvais que son pouvoir rendait arrogant et cruel. Ses sbires nous maltraitaient souvent, sans raison, pour leur amusement. Un jour, plusieurs d'entre eux ont brutalisé ma fille aînée, et tenté de la violer.

J'ignore ce qui s'est exactement passé en moi alors, mais mon esprit s'est comme retiré de mon corps. J'avais l'impression d'être une autre personne, placée à quelques mètres derrière moi, et je me regardais agir. Je me suis vu en train de bondir sur ces hommes, de les saisir, de les projeter, les frapper avec une force ahurissante. Eux se défendaient à coups de gourdin, jusqu'à briser leur bâton sur mon échine, mais je ne ressentais aucune douleur. Ils étaient une douzaine, mais je les ai mis en fuite, et plusieurs étaient sérieusement blessés. Alors, mon esprit a réintégré mon corps, et j'ai eu très mal dans ma jambe gauche. Mon genou avait été complètement brisé dans la bagarre. Les autres villageois ont tout d'abord été très contents que j'aie donné une telle leçon à ceux qui nous tourmentaient continuellement. Ils m'ont transporté chez un vieil ermite, une sorte de guérisseur. C'est lui qui m'a soigné, en me posant des cataplasmes pendant trois jours, puis il m'a confectionné une attelle et des béquilles, et je suis rentré chez moi. Pendant mon absence, le seigneur était venu au village avec tous ses hommes, et ils avaient saccagé les maisons, volé les réserves de riz, battu plusieurs personnes. On ne lui avait pas révélé où j'étais, mais seulement dit que je m'étais enfui dans la forêt. Alors, il s'est vengé sur ma femme et mes enfants. Il les a fait brûler vifs dans notre demeure, y compris mon plus jeune fils de trois ans. Je n'ai trouvé aucune aide, aucun réconfort auprès des autres paysans. Au contraire, ils m'ont chassé, craignant d'attirer de nouvelles représailles contre eux s'ils m'hébergeaient. Je suis parti dans les bois, comme fou, en délirant à haute voix. Je voulais mourir, je songeais à me noyer, à me pendre, mais j'étais incapable de faire autre chose que marcher, marcher droit devant moi, appuyé sur mes béquilles. Après des heures, des jours, je me suis effondré de fatigue et j'ai dormi. C'est alors que j'ai fait pour la première fois le rêve qui me hante désormais presque toutes les nuits. J'ai entendu une voix qui m'enjoignait de trouver le Niwaâd...

Nashguen marqua une pause pour observer les réactions d'Al-Moutawakkil. Sur le visage du prévôt, il lisait simplement la compassion d'un homme qui connaît la souffrance de perdre un être cher. Puis il reprit son discours :

— Lorsque je me suis réveillé, j'ai décidé de retourner chez le guérisseur, en pensant que s'il avait su soigner mon corps, peut-être serait-il capable de soigner mon âme. Les jours qui ont suivi, seule l'intensité avec laquelle je me sentais investi d'une mission par la voix de mes songes m'a empêché de me suicider. Par la suite, l'ermite chez qui je m'étais réfugié m'a peu à peu raccroché à la vie. Il m'a expliqué que j'étais amok, c'est-à-dire capable de sortir de mon corps pour laisser la place à un dieu qui actionnait mes membres avec une énergie colossale. Il m'a également dit que c'était sans doute le même dieu qui me parlait dans mon rêve. Je me suis étonné que les dieux, qui vivent par-delà le grand mur du Nord, puissent ainsi s'insinuer dans le corps et l'esprit des humains. Il a haussé les épaules en me répondant que les dieux dont il parlait n'avaient pas besoin d'un mur pour se dissimuler à notre regard.

Les propos de Nashguen étaient de purs blasphèmes, et Slim Ali se mit à se dandiner sur les coussins où il était assis tout en transpirant à grosses gouttes. Mais le prévôt ne bronchait pas, et le boiteux continuait à parler d'un ton égal.

— Le vieux guérisseur était un sage, qui possédait de nombreuses connaissances. Il m'a enseigné comment déclencher la transe amok à volonté, comment obtenir, pendant quelques minutes, une force surhumaine, dès que je le désirais. Puis, un jour, il m'a dit que je devais partir pour chercher le Niwaâd dont me parlaient mes rêves, mais il ne m'a donné aucun indice sur l'objet de ma quête. Ma jambe avait guéri, en me laissant toutefois un genou raide. Je suis parti en boitant vers Kuala Muda, en espérant qu'en ville j'entendrai parler de ce fameux Niwaâd. J'étais un paysan naïf et ignorant, qui n'avait jamais quitté sa campagne. J'ai eu un choc en découvrant une grande cité, ces millions d'hommes agglutinés, cette effroyable odeur de lisier, cet air opaque cachant le bleu du ciel pendant le jour et les étoiles pendant la nuit, ces troupcaux dc porc fouissant l'ordure des rues. En quelques semaines, j'ai vu alors plus de choses nouvelles qu'en trente-cinq années de vie dans mon village. Mais je n'ai rien appris à propos du Niwaâd... J'ai d'abord subsisté en travaillant comme portefaix, puis un jour j'ai entendu parler des compétitions de lutte, et j'ai décidé de m'inscrire à un tournoi, comprenant que la maîtrise de la transe amok pourrait me permettre de gagner des combats. En effet, j'ai vaincu tous mes adversaires, et remporté une prime substantielle. Par la suite, je n'ai cessé de voyager de ville en ville, de compétition en compétition, espérant recueillir des indices pour guider mes recherches, mais en vain. Cela a duré huit ans, jusqu'au jour où, dans la cité de Tamlouk, j'ai entendu un lutteur prononcer le mot Niwaâd, juste avant le combat qui nous a opposés, et au cours duquel je l'ai tué. J'aurais préféré pouvoir lui parler, mais la puissance donnée au corps par la transe amok est impossible à limiter, et il m'arrive souvent d'entraîner la mort de mes adversaires, sans que je la désire. Toutefois, j'avais le début d'une piste, qui m'a conduit jusqu'à Slim Ali, et aux quelques vers que notre ami va se faire un plaisir de te réciter…

Le griot, l'air affolé, se mit à bredouiller :

— Moi… moi… mais je n'ai rien à voir là-dedans, rien à voir… Je ne sais rien… Je…

— Parle ! Parle sans crainte !

Al-Moutawakkil avait interrompu le baladin d'une voix forte, mais bienveillante. Après beaucoup d'hésitations, Slim Ali finit par déclamer le court poème de la légende du Niwaâd. Puis Nashguen reprit la parole en se penchant vers le prévôt :

— Maintenant, Al-Moutawakkil, ton tour est venu de parler…

— J'attends tes questions, Nashguen…

— Slim Ali a appris ces vers de la bouche de son maître, un griot nommé Moussa Malik Touré, qui est mort depuis longtemps. Il a également révélé à notre ami que cette petite histoire à propos du Niwaâd faisait partie des connaissances secrètes d'une secte clandestine, une secte de blasphémateurs…

Le baladin sursauta. Il ne parvenait pas à maîtriser le tremblement de ses membres grêles, et suait de plus en plus. Nashguen continua, imperturbable :

— D'après ce que racontait Moussa Malik Touré, Kiloua serait la capitale de l'organisation des blasphémateurs, une organisation qui conteste le dogme des prêtres, et travaille à la diffusion d'idées subversives. Et les chefs de la secte se trouveraient parmi les notables de la ville, au sommet des corporations…

— M'accuses-tu donc d'être un de ces blasphémateurs ?

— Lorsque Moussa Malik Touré est mort, tu n'étais qu'un jeune homme fort éloigné de la prévôté. Tu ne peux donc pas avoir fait partie de ces chefs du mouvement dont parlait le griot. Mais je suppose que les blasphémateurs ont continué à recruter leurs dirigeants parmi les personnages importants de Kiloua susceptibles d'être réceptifs à leurs idées. Il est donc possible que tu sois depuis devenu membre de cette secte. Et si ce n'est pas le cas, tu connais bien, en tant que prévôt des tisserands, tous les notables de la cité ; et par conséquent, tu sais lesquels sont des blasphémateurs. N'oublie pas que tu as promis de me répondre sans détour.

Il y eut un long silence pendant lequel Nashguen et Al-Moutawakkil se regardèrent droit dans les yeux. Près d'eux, Slim Ali semblait sur le point de défaillir. Enfin, le tisserand répondit :

— Je ne renie pas ma parole. Je suis un de ceux que les prêtres, maudits soient-ils, nomment blasphémateurs. Entre nous, nous nous appelons les Frères de la Vérité... As-tu profité de mon hospitalité pour m'épier, et de ton amitié avec Khaled pour te repaître de ce qui est du domaine de notre intimité familiale ?

— Je suis venu ici pour avancer dans ma quête du Niwaâd. Je voulais entrer en contact avec un notable de la ville, c'est pourquoi j'ai participé au tournoi de lutte et accepté ton invitation. Mon amitié pour Khaled est sincère, mon affection pour toi et toute ta famille l'est aussi. Je ne voulais pas être un hôte impoli et curieux, seulement m'assurer, grâce à mon séjour sous ton toit, que je pourrais te parler comme je viens de le faire sans être livré au bourreau de Kiloua...

Al-Moutawakkil posa sa main sur l'épaule du boiteux.

— Je te crois, Nashguen. Tu es un homme courageux et déterminé. Je vais essayer de t'aider, dans la mesure de mes moyens. Nous autres, Frères de la Vérité, pensons que les prêtres abusent l'humanité tout entière en prétendant que leur action est indispensable à l'équilibre du monde. Nous croyons que leur dogme n'est qu'une méthode habile pour exercer un pouvoir absolu. J'ai compris cela lorsqu'ils m'ont arraché ma fille, et j'ai alors rejoint les rangs des Frères de la Vérité. Notre but est d'accumuler des preuves de la duplicité du clergé et de renverser leur gouvernement. Mais il y a au sein de notre mouvement de multiples tendances, en désaccord sur la nature des mensonges des prêtres, et sur la façon de les défaire. Certains prétendent qu'il n'y a rien derrière le mur du Nord, aucune divinité en tout cas, et que cette construction n'est destinée qu'à impressionner le peuple. D'autres disent que les dieux existent bel et bien, mais que le clergé ne délivre pas la réalité de leur volonté, et a détourné sa mission originelle d'intermédiaire avec l'humanité vers l'exercice d'un pouvoir despotique. Il y a encore de nombreuses théories dont je te fais grâce. Pour ma part, je ne suis totalement convaincu par aucune, seulement persuadé de la malignité du clergé et de la nécessité de l'abattre. Quant à la légende du Niwaâd, elle est extraite du *Livre d'Uzmul*, un ouvrage sacré dont nous connaissons quelques bribes par l'intermédiaire de prêtres dissidents qui ont rejoint nos rangs et trahissent nos ennemis. Mais ce livre est détenu par les plus hauts dignitaires de la hiérarchie cléricale, qui seuls peuvent le consulter dans son entier. Nous pensons qu'il contient des preuves des mensonges répandus par les hommes en blanc. Sans doute recèle-t-il également de nombreux renseignements sur le Niwaâd.

— Il me faudra donc accéder à ce livre.

— Cela me paraît impossible, Nashguen, absolument impossible. Avec toute notre organisation, et nos membres à l'intérieur même du clergé, nous n'y sommes jamais parvenus.

Le boiteux eut l'air vaguement déçu de la réponse du prévôt, mais nullement découragé. Pendant près de dix ans, il avait poursuivi une chimère ; désormais, les éléments concrets s'ajoutaient les uns aux autres, et il avait l'impression de réellement progresser. S'il ne pouvait poser son regard sur ce fameux *Livre d'Uzmul*, il trouverait un autre moyen d'avancer vers son but.

— Que crois-tu que soit le Niwaâd, mon ami ? Comment interprètes-tu les vers qu'a récités Slim Ali ? Je pense qu'il s'agit d'une arme puissante, mais lui prétend que je dois faire attention aux sens cachés du poème.

— Les griots sont experts en matière de décryptage des légendes. Ton compagnon a raison, méfie-toi de ce qui est trop évident. Certains Frères de la Vérité disent que le Niwaâd est notre secte elle-même, dont le désir est d'abattre le grand mur. D'autres croient que le Niwaâd est un homme.

— Un homme ! C'est absurde ! Ce fameux *Livre d'Uzmul* a dû être écrit il y a très longtemps. Comment pourrait-il évoquer un homme qui ne s'est pas encore manifesté ?

— Ton raisonnement est exact si on regarde le poème comme une information. En revanche, si l'on considère qu'il s'agit d'une prophétie, le Niwaâd peut tout à fait être un homme. Et ça, Nashguen, c'est une hypothèse que tu peux vérifier en restant à Kiloua. Prolonge ton séjour chez moi, et tu pourras suivre cette nouvelle piste.

Slim Ali s'était levé d'un bond, agitant ses grands bras avec frénésie. Il se mit à hurler :

— Rester à Kiloua ! Prolonger notre séjour ! Chaka arrive avec ses hordes barbares ! Il rase les villes, massacre les populations, brûle les récoltes ! Rien ne subsiste après son passage, et nous devrions tranquillement attendre qu'il soit là !

Al-Moutawakkil se dressa à son tour, et tout en regardant le griot avec un pâle sourire, lui déclara tranquillement :

— Justement, mon ami, justement... Les Frères de la Vérité qui interprètent les vers que tu nous as si bien déclamés tout à l'heure comme une prophétie annonçant la venue d'un homme qui détruira le grand mur, ces Frères croient que l'individu en question a déjà commencé à se manifester. Ils croient que Chaka est le Niwaâd... Alors, attendons-le pour savoir si c'est vrai...

CHAPITRE IV

Après que le fléau de flammes se fut abattu sur les hommes, consumant leur chair et brûlant dans la terre les racines mêmes de la vie, quand enfin s'apaisa le courroux divin, les créateurs énoncèrent leur sentence, et les paroles de cette sentence retentirent de par le monde : « Vous vivrez désormais sans aide et sans secours, abandonnés à votre propre turpitude, pareils à des bêtes sauvages. Telle l'ivraie séparée du bon grain, vous serez séparés de nous... »

Et lorsque les hommes osèrent à nouveau porter leur regard au nord, vers le pays des dieux, ils virent qu'un mur d'acier, plus haut que les plus hautes montagnes, s'était dressé devant eux.

Livre d'Uzmul – Livre IV, Verset 27

Dikembe Tsulu avait été pendant dix ans l'un des hommes les plus craints et les plus respectés de Kiloua. Il approvisionnait en main-d'œuvre la plupart des artisans de la ville, ainsi que les propriétaires des mines d'or situées dans l'intérieur des terres, aux sources du Roufidji. On le voyait souvent dans les rues de la ville, assis sur le dos de sa mule, un grand fouet au poing, ramenant des campagnes du Sud de longues cohortes d'enfants achetés aux paysans miséreux, entravés par une lourde chaîne qui reliait les colliers de fer rivés autour de leurs cous maigres. Il avait fort bien réussi dans un métier pourtant difficile et délicat, celui de loueur d'esclaves. Dikembe Tsulu répétait toujours à qui voulait bien l'entendre que son existence eût été insouciante s'il s'était contenté d'acquérir chaque mois à bas prix quelques gamins pouilleux pour les revendre avec un petit bénéfice. Mais l'homme ambitieux qu'il était avait préféré se tourner vers l'exercice plus risqué, mais également très générateur de profits de la location. Il demeurait propriétaire des enfants, et encaissait régulièrement le prix de leur travail. Ce système exigeait de sa part beaucoup de soin et de perspicacité lors de l'achat, car un petit ouvrier qui mourait au bout de quelques semaines lui faisait perdre de l'argent, et énormément de vigilance par la suite, chaque évasion représentant une érosion de son capital. Malgré toutes les embûches de sa profession, Dikembe Tsulu s'était ainsi considérablement enrichi. Il n'avait pas son pareil pour jauger au premier coup d'œil les potentialités des enfants qu'on lui présentait, et connaissait par cœur les ruses des parents qui essayaient toujours de se débarrasser du plus souffreteux de leur progéniture. D'une nature conviviale et joyeuse, l'esclavagiste amusait souvent ses amis en imitant les cultivateurs et en racontant les interminables palabres qu'il avait avec eux.

— Regarde, monsieur, mon fils le plus robuste ! Il n'a que huit ans, il est déjà fort comme un âne ! C'est un bon travailleur, tu seras content...

— Sacré filou ! Tu essaies de m'avoir, n'est-ce pas ? Il a au moins onze ans, celui-là, mais il n'a pas dû manger tous les jours. Que veux-tu que j'en fasse ? Il ne pourrait même pas soulever une pioche ! Pousse-toi un peu, laisse-moi voir par là. Tiens, lui, là-bas, je le prends !

— Ah là là ! Pitié, monsieur, pas mon aîné ! Il m'aide beaucoup aux champs, j'en ai besoin. Comment ferai-je ensuite ?

— Tu en feras d'autres, vieux gredin, tu en feras d'autres ! Allez, allez, l'affaire est conclue, je paye, je l'embarque.

Si le marchandage au moment des achats constituait la part la plus pittoresque de sa tâche, les autres facettes de son métier occasionnaient à Dikembe Tsulu une infinité de soucis. Il lui fallait amener jusqu'aux employeurs la totalité des enfants en bon état, ce qui demandait une savante alchimie entre les kilomètres journellement parcourus, la quantité de nourriture et d'eau distribuées, et les coups de fouet administrés. À ses débuts, il avait laissé s'échapper certains de ses petits esclaves, et s'était rendu compte qu'il était inutile de vouloir les récupérer dans leur village d'origine. Les paysans, d'une grande malhonnêteté, prétendaient ne pas les avoir revus, expliquant que sans doute les hyènes les avaient dévorés. Dikembe Tsulu avait rapidement mis au point des systèmes d'entraves infaillibles, et n'était plus jamais parti faire d'achat sans ses chaînes et ses colliers de fer.

La livraison accomplie, les tracas de l'esclavagiste ne s'arrêtaient pas pour autant. Malgré les sermons qu'il faisait à ses clients, ces derniers se montraient souvent négligents en matière de sécurité, et des enfants s'échappaient régulièrement des mines, des filatures ou des tanneries où il les avait placés. S'ils étaient repris, Dikembe Tsulu se chargeait lui-même de leur infliger le châtiment qu'ils méritaient. La punition devait être suffisamment sévère pour dissuader le coupable de récidiver, sans toutefois empêcher une rapide reprise du travail. Pour une première tentative d'évasion, l'esclavagiste administrait dix à vingt coups de fouet selon l'âge et la constitution du fautif. La deuxième fois, il employait des méthodes plus énergiques, comme les brûlures au fer rouge. Mais il avait pour principe de ne jamais laisser de troisième chance, et tous ceux qui s'entêtaient à fuir étaient battus à mort devant leurs camarades de captivité, pour l'exemple. Dikembe Tsulu n'éprouvait jamais de plaisir particulier en accomplissant ce genre de besogne ni d'ailleurs une quelconque répugnance. Pour lui, c'était simplement un des aspects de son métier, au même titre que la surveillance de l'état d'entretien de ses jeunes ouvriers. Il lui était arrivé plusieurs fois de se disputer violemment avec certains de ses clients qui nourrissaient mal les enfants, non pas que le spectacle de leurs corps rachitiques lui eût inspiré la moindre compassion, mais parce qu'il savait qu'ils risquaient de mourir précocement, lui occasionnant de sérieuses pertes financières. Ses dix années d'expérience avaient enseigné à Dikembe Tsulu qu'il existait deux sortes de mauvais loueurs d'esclaves : les faibles qui se laissaient berner par les jérémiades des parents, achetaient de la mauvaise marchandise et ne savaient pas se faire craindre suffisamment pour empêcher de nombreuses évasions ;

et les sadiques qui battaient les enfants à tout propos et se désintéressaient totalement de leurs conditions de captivité. Lui avait toujours su faire montre des qualités nécessaires à une enviable réussite professionnelle et, grâce à son extrême rigueur, ses esclaves marchaient droit et ses clients prenaient soin des travailleurs qu'ils louaient.

Mais pour l'heure, Dikembe Tsulu n'inspirait plus ni crainte ni respect. Ceux qui le voyaient, dans les rues de Kiloua, éprouvaient peut-être de la pitié, certainement de l'effroi. On lui avait tranché le nez, les oreilles, les parties génitales, les bras et les jambes, dont les moignons soigneusement cautérisés à la poix brûlante pour éviter une hémorragie rapidement mortelle étaient cloués sur une épaisse planche carrée suspendue à une grosse chaîne. L'autre extrémité de la chaîne était accrochée à une sorte de tréteau juché sur un palanquin dont les quatre barres de transport reposaient sur les frêles épaules d'une vingtaine de gamins, qui, la veille encore, faisaient partie de son cheptel d'esclaves. Ils sillonnaient la ville, exhibant fièrement, tel un trophée, le corps atrocement mutilé de leur ancien maître. La vaste poitrine de Dikembe Tsulu se soulevait régulièrement, sur un rythme très lent, et l'air expiré gonflait le sang agglutiné à ses narines de grosses bulles rougeâtres, autour desquelles tourbillonnaient des essaims de mouches avides. Parfois, un faible râle s'échappait de sa bouche, couvert par les cris des enfants et par le tintamarre que produisaient, en frappant leur sagaie contre le cuir de leur bouclier, les guerriers de Chaka...

Ils avaient écrasé les milices cléricales, et désormais, Kiloua leur appartenait. À l'annonce de leur victoire, les prêtres avaient fui vers le nord, par la mer, embarquant en hâte sur leurs felouques, accompagnés de nombreux notables surchargés d'or et d'objets précieux. Certains riches étaient restés, pour qui l'idée d'abandonner la plupart de leurs biens semblait plus insupportable que la peur des hordes de Chaka. Les pauvres avaient attendu, partagés entre la crainte du bouleversement et l'espoir que leur existence en serait améliorée. Tous, cloîtrés dans leurs maisons, demeures somptueuses ou taudis aux murs de torchis, avaient guetté, des heures durant, par l'embrasure des fenêtres, le déferlement des soldats conquérants. Il y avait d'abord eu un grondement formidable, comme le bruit du tonnerre ou le martèlement des sabots de milliers de zébus sur le sol desséché de la savane ; puis un nuage de poussière, soulevé par les pas des guerriers victorieux. Enfin, une forêt de lances avait émergé de cette nuée grisâtre, aux fers rougis par le sang des ennemis.

Les habitants de Kiloua avaient imaginé, au cours de leur longue attente, voir déferler sur leur ville des combattants à l'aspect redoutable, des hommes forts, cuirassés de fer et lourdement armés, aux visages de vétérans marqués de cicatrices. Pas un seul, malgré certaines rumeurs qui paraissaient absurdes, ne s'était préparé au spectacle offert par les troupes de Chaka lorsqu'elles étaient entrées dans la cité. Les plus âgés des soldats paraissaient avoir à peine quatorze ans, et tous étaient vêtus de guenilles, équipés simplement de piques et de sagaies, et d'un léger bouclier en peau de buffle. Kiloua avait alors réalisé que les légions qui avaient plusieurs fois vaincu les terribles milices cléricales, qui s'étaient emparées de tout le sud du continent et faisaient trembler sur ses bases le pouvoir absolu des prêtres, n'étaient qu'un ramassis d'enfants malingres et loqueteux. C'étaient de petits esclaves exploités dans les mines d'or, d'argent et de cuivre aux sources du Limpopo, dans les gisements de houille, les grandes exploitations agricoles méridionales, les filatures de laine et les pêcheries de Bonteberg et Melkhoutboom. Chaka les avait délivrés pour en faire son armée, l'armée la plus puissante qu'on eût connue de mémoire d'homme, une armée de gamins rachitiques dont les chevilles portaient les marques des entraves des forçats.

Le cortège bruyant qui transportait le corps supplicié de Dikembe Tsulu passa sous les fenêtres de la maison du prévôt des tisserands. Al-Moutawakkil et ses hôtes purent voir, à quelques mètres d'eux, l'affreux tableau composé par l'homme agonisant crucifié sur la planche maculée de sang. Slim Ali, pris de nausées, s'éclipsa en direction des toilettes pour vomir. Nashguen, dont le visage demeurait impassible, parla d'une voix très basse :

— Jamais je n'ai assisté à une telle horreur, même lors des pires tourments infligés aux blasphémateurs...

Al-Moutawakkil soupira profondément et répondit, l'air abattu :

— Les enfants ne font jamais que restituer ce qu'on leur donne. Éduque-les, ils se montreront de bons enseignants. Élève-les dans le respect des principes moraux, ils seront des sages. Aime-les, ils deviendront peut-être des saints. Mais si tu les traites comme du bétail, si tu les bats, si tu les martyrises, alors, sois sûr qu'il n'existera pas plus épouvantables bourreaux qu'eux...

Les deux amis savaient que le premier travail des soldats de Chaka, après avoir délivré les jeunes esclaves captifs dans les ateliers de la ville, avait été de traquer impitoyablement tous ceux qui avaient utilisé la main-d'œuvre enfantine, ainsi que les contremaîtres, les garde-chiourmes et les trafiquants de chair humaine comme Dikembe Tsulu. Depuis deux jours, Kiloua était pleine de scènes d'horreur comme celle à laquelle ils avaient assisté. Mais l'armée victorieuse ne s'était pas contenté de torturer et de tuer, elle avait réquisitionné les biens de ses victimes, les demeures désertées des prêtres, les entrepôts et les stocks de vivres de la cité, et toutes les felouques qui étaient restées à quai. Deux choses étaient remarquables chez les guerriers de Chaka, leur nombre et leur organisation. Le décompte des enfants-soldats semblait impossible, ils grouillaient dans Kiloua comme des asticots dans une charogne géante. Et malgré les va-et-vient incessants et apparemment incohérents de leurs escouades, malgré le tapage, les cris, les rires, les chants dont ils accompagnaient la moindre de leurs activités, malgré l'impossibilité de distinguer parmi eux chefs ou officiers, ils étaient extraordinairement efficaces. Grâce aux renseignements fournis par les esclaves libérés qui avaient grossi leurs rangs, ils avaient très rapidement capturé tous ceux à qui ils voulaient faire subir leur vengeance ; pas un n'avait pu s'échapper, car avant que leur première cohorte ne fût entrée dans la ville, toutes les issues de Kiloua avaient été bouclées par leurs éclaireurs. En quelques heures, ils avaient établi des dizaines de camps installés dans les bâtiments réquisitionnés, entre lesquels s'étaient harmonieusement répartis leurs gigantesques effectifs. Le soir même de leur arrivée, ils s'étaient nourris non pas sur leurs rations de campagne, mais avec des denrées prises dans la ville conquise, collectées, distribuées et cuisinées avec une ahurissante célérité. On ne pouvait voir dans leur troupe aucune des divisions d'une armée classique, entre combattants et intendance, infanterie légère et infanterie lourde, simples soldats et gradés. Ils étaient tous pareillement vêtus et équipés, et seul leur âge, qui semblait varier de sept ans pour les plus jeunes à quatorze ou quinze pour les plus âgés, créait des disparités. Les regarder agir laissait la même impression d'admiration et de perplexité mêlées que l'observation d'une fourmilière où des milliers d'insectes identiques s'agitent avec frénésie dans une absurde cohue, mais progressent inexorablement vers un but commun. Cependant, toute fourmilière possède une reine, différente de ses sujets... Le chef de cette armée d'enfants, le légendaire Chaka, était imaginé par chaque citoyen de Kiloua comme un génie au charisme puissant, un stratège militaire exceptionnel doublé d'un fin psychologue, pour avoir su transformer de jeunes et chétifs esclaves abrutis par le travail et les coups en une invincible machine de guerre. Mais le grand conquérant tardait à faire son entrée en ville et, tandis que le temps passait, les habitants de la cité portuaire se sentaient à la fois frustrés de ne pas pouvoir le contempler, et soulagés qu'il se tînt à l'écart, tant ils craignaient que son arrivée ne donnât lieu chez ses troupes à une nouvelle soif de massacres.

Quinze jours après la défaite des milices cléricales, Chaka ne s'était toujours pas montré dans Kiloua. Al-Moutawakkil et Nashguen tombèrent d'accord pour se rendre dans le plus proche campement des enfants-soldats et demander qu'on les menât jusqu'à lui. L'énoncé de ce projet fit pousser de hauts cris à Slim Ali N'Dinga Opungwo :

— Vous allez entrer dans un de ces repaires de chacals ! Après ce qu'ils ont fait ! Vous voulez donc finir découpés en morceaux. J'ai déjà accepté de rester ici après leur victoire et, par chance, nous sommes toujours en vie ; je ne vais pas maintenant courir le risque de subir les pires tortures, et…

— Personne ne te demande de venir avec nous ! Je te rappelle que si moi je n'ai pas quitté Kiloua, c'est uniquement pour pouvoir parler à Chaka. Comme il n'est toujours pas apparu, il faut bien se décider à agir !

Nashguen avait interrompu les lamentations du griot sur un ton sec. La plupart du temps, il s'amusait de la couardise de son compagnon, mais parfois son ton geignard l'exaspérait. Al-Moutawakkil, plus patient que le lutteur, tenta d'expliquer à Slim Ali l'intérêt de la démarche qu'ils voulaient entreprendre :

— Nous avons de bons arguments pour demander une entrevue avec Chaka. N'oublie pas que lui et moi poursuivons un but commun : l'anéantissement du pouvoir des prêtres. Je peux lui proposer une aide utile. Les Frères de la Vérité représentent un excellent réseau d'espionnage, dont les ramifications s'étendent dans le sein du clergé. Nous avons la capacité de renseigner Chaka sur les intentions de ses ennemis, sur leurs mouvements de troupes, leurs projets pour le contrer… C'est forcément un homme très intelligent, alors crois-moi, il acceptera de nous écouter, c'est son intérêt.

Les jérémiades du griot se prolongèrent un long moment, mais finalement, lorsque ses deux amis s'apprêtèrent à quitter la maison, il décida de les accompagner. Ils gagnèrent une des garnisons des enfants-soldats, établie dans un entrepôt du port, assez près du domicile du prévôt. Al-Moutawakkil s'adressa à la première sentinelle qu'ils rencontrèrent, un gamin d'une dizaine d'années aux côtes saillantes et aux genoux cagneux. Il lui fit part de leur désir de rencontrer

Chaka et, à la stupéfaction des trois amis, le jeune guerrier ne posa aucune question, ne fit aucune remarque, et se contenta de leur signifier de le suivre. Il les conduisit jusqu'à un groupe de garçons plus âgés et parla très brièvement à l'oreille de l'un d'entre eux. Ce dernier se leva et, à son tour, sans proférer un son, eut un geste de la main pour leur indiquer de l'accompagner. Nashguen, en déambulant au milieu des enfants occupés à manger, à réparer leurs boucliers ou leurs sandales, affûter le fer de leurs lances et s'entraîner au tir à l'arc, eut l'étrange impression que l'armée de Chaka n'était pas composée de milliers d'individus distincts, mais formait une entité unique, une chose monstrueuse aux corps multiples et dotée d'un seul esprit...

Le soldat qu'ils suivaient les guida jusqu'à une autre garnison installée dans une filature désaffectée, leur montra du doigt un cercle d'une douzaine de jeunes guerriers, et tourna les talons. Les trois amis échangèrent des regards ébahis, et s'approchèrent de ceux qu'on leur avait désignés. Le bâtiment dans lequel ils se trouvaient était sombre et humide. Les métiers à tisser avaient été fracassés et entassés dans un coin, et l'espace libre était occupé par des centaines d'enfants divisés en escouades de dix à vingt. La plupart prenaient leur repas ou s'affairaient à le préparer.

Al-Moutawakkil s'était attendu à ressentir de l'angoisse, de l'effroi devant la perspective de rencontrer Chaka. Mais, en fait, il était plutôt désorienté, incapable de réagir et de réfléchir. Il cherchait des points de repère et n'en trouvait pas, tentait de comprendre les règles qui structuraient la société des jeunes guerriers et n'en décelait aucune, essayait de comparer l'étrange armée qui avait envahi Kiloua avec les différents types de communautés qu'il connaissait et ne parvenait à rien de concluant. Il songea que les tactiques de combat des enfants-soldats devaient être aussi difficiles à décrypter pour les généraux ennemis que le fonctionnement de leur groupe l'était pour lui. Il ne voyait autour de lui aucune manifestation d'une quelconque hiérarchie, ne comprenait pas pourquoi on l'avait conduit avec ses amis dans cette filature qui empestait le moisi au lieu de l'amener à l'extérieur de la ville jusqu'au campement de Chaka. Le prévôt des tisserands se racla la gorge et apostropha les enfants qui se trouvaient devant lui :

— Excusez-moi, nous désirons obtenir une entrevue avec votre chef suprême. On nous a dirigés jusqu'à vous...

Les soldats ne bronchèrent pas. Ils étaient douze, assis en cercle autour d'un feu, leurs sagaies et leurs boucliers posés à côté d'eux ou sur leurs genoux. Un treizième gamin, qui n'avait aucune arme, se tenait au milieu d'eux et remuait le brouet qui cuisait dans un gros récipient de fonte installé au-dessus des flammes. Il paraissait avoir treize ou quatorze ans. Il avait la peau aussi noire que celle de Slim Ali, un torse très étroit, un abdomen proéminent comme s'il souffrait d'une hypertrophie hépatique, un cou maigre qui semblait avoir de la peine à supporter sa grosse tête ronde au crâne rasé. À la place des oreilles, il avait deux cicatrices boursouflées et grisâtres. Au bout d'un moment qui parut interminable à Al-Moutawakkil, il fixa le prévôt de ses yeux immenses au regard fiévreux et demanda d'une voix qui n'avait pas encore mué :

— Que lui voulez-vous ?

— Nous avons la possibilité de l'aider dans sa lutte contre le pouvoir du clergé.

L'enfant eut un vague sourire. Tout en continuant à agiter sa cuillère de bois dans le brouet, il poursuivit la conversation :

— Qui vous a dit que nous étions en guerre contre les prêtres ?

— Vous... vous avez bien affronté à plusieurs reprises les milices cléricales.

— En effet, en effet... Mais pas uniquement les milices cléricales... Dans le Sud, nous avons aussi écrasé les sbires des grands exploitants agricoles, et ceux des propriétaires de mines. Il est vrai que désormais les prêtres sont les seuls à posséder une armée capable de s'opposer à la nôtre...

Nashguen commençait à perdre patience. Pas plus qu'Al-Moutawakkil, il ne comprenait la raison de leur présence dans l'ancienne filature ni le sens de leur discussion avec un adolescent loqueteux affecté à la corvée de cuisine. À son tour, il prit la parole, sur un ton moins diplomatique que celui employé par le prévôt, ce qui ne manqua pas de faire frissonner Slim Ali, qui s'attendait à tout moment à être dépecé vivant par les enfants-soldats.

— J'ai besoin de voir Chaka, et j'aimerais le voir rapidement. Contrairement à mon ami, je n'ai aucune aide à lui proposer, seulement un service à lui demander. Si vous n'avez pas l'intention de nous mener à lui, dites-le vite ; voilà dix ans que je cours après une ombre, et je suis fatigué d'attendre.

Il y eut un long silence, interrompu seulement par instants par les claquements de dents du griot. Puis le jeune cuistot répondit en souriant :

— Je t'écoute. Que désires-tu de moi ?

Les trois hommes se regardèrent, éberlués. Ils ne savaient quelle contenance prendre, ignorant s'ils avaient affaire à un plaisantin où à un malheureux gamin dont l'esprit avait été dérangé par les coups et les privations. Les soldats qui l'entouraient n'avaient même pas cillé lorsqu'il avait parlé, et Nashguen songea que si l'on cherchait à se moquer d'eux, tout le monde tenait bien son rôle. Alors, l'enfant s'adressa à nouveau aux trois compagnons, d'une manière moins amène :

— Qui pensiez-vous rencontrer ? Un adulte ? N'avez-vous pas remarqué que l'armée qui s'est emparée de votre ville est composée d'enfants ? Comment imaginiez-vous Chaka ? Comme un homme grand et fort, vêtu d'habits d'apparat ? Ne voyez-vous pas que vous êtes entourés de gueux malingres et crasseux ? Pourquoi croyiez-vous que j'étais différent de mes soldats ? Vous ne comprenez rien à notre monde, c'est normal, avant que nous prenions les armes, vous ne vous rendiez même pas compte de notre existence. Quand je ramassais la canne à sucre près de Bonteberg, les gardiens nous faisaient rentrer le soir dans nos baraquements comme ils auraient mené des ânes à l'écurie. Je suis certain que pas un d'entre eux ne se doutait que nous formions une société complexe, avec ses rites, ses lois, ses croyances, un univers invisible pour leurs esprits bornés. C'est pour cela qu'il a été si facile de se révolter, de les vaincre, de les massacrer !

Les trois amis étaient fascinés par la conviction extraordinaire que l'adolescent mettait dans ses propos. Autour d'eux, les soldats s'étaient arrêtés de manger, et les bruits de gamelle avaient fait place à un profond silence. Seule la voix flûtée de Chaka résonnait dans la grande filature, et tous buvaient ses paroles.

— La première fois que j'ai tenté de m'évader, ils m'ont coupé une oreille. La seconde fois, ils m'ont coupé l'autre oreille. Si j'avais encore récidivé, ils m'auraient tranché le nez ou le sexe. Les esclavagistes amputent leurs travailleurs seulement de ce qu'ils jugent inutile. Ils ne touchent jamais aux yeux, aux mains, aux pieds… Mais ils n'ont pas eu l'occasion de me mutiler une troisième fois. J'ai compris qu'il ne servait à rien de vouloir fuir, de rentrer dans mon village, chez mes parents, ou de me cacher ailleurs. J'ai compris qu'il n'y avait pas d'évasion possible, aucun refuge pour moi ni pour aucun autre forçat, parce que le monde entier appartient aux exploiteurs d'enfants. J'ai compris que la seule solution était de changer le monde !

Chaka avait hurlé sa dernière phrase. Tous les soldats présents dans la grande salle se levèrent alors en frappant la hampe de leur sagaie contre le cuir de leur bouclier et en poussant des cris de guerre. Puis ils se rassirent, et, une fois le silence revenu, leur chef poursuivit son discours :

— Nous sommes l'avenir de l'humanité, nous sommes ce que vous autres adultes devriez considérer comme précieux et sacré. Un enfant est comme une jarre dans laquelle ses aînés déversent ce qu'ils ont de meilleur en eux, la partie limpide d'une eau trouble longuement décantée pour en éliminer les impuretés. L'enfant devenu homme laissera à son tour se déposer les scories les plus épaisses et les plus noires de l'eau transmise par ses parents, et emplira sa descendance d'un liquide encore plus pur. Que chacun agisse ainsi, et un jour il y aura des êtres dont l'âme sera transparente comme du cristal…

Chaka s'arrêta de parler comme si son discours l'avait épuisé et qu'il avait besoin de reprendre des forces. Dans l'ancienne filature, chaque soldat était immobile, attentif, et veillait à ne pas produire le moindre bruit. Certains retenaient leur souffle. Après quelques minutes, le malingre adolescent fit à nouveau entendre sa voix :

— Mais la plupart des adultes ne perçoivent aucunement cela. Ils n'ont pas de respect pour les enfants, ils les considèrent seulement comme des êtres faibles, faciles à dominer, à exploiter. Nous vivons un temps où l'humanité n'a pas plus d'égards pour les futurs réceptacles de son eau vive qu'une bande de macaques n'en aurait pour la vaisselle de porcelaine d'une maison abandonnée... Si tous les vases sont brisés, le liquide cristallin retombera au sol, reviendra à la boue originelle, et le travail des générations précédentes sera anéanti. Je veux préserver ces vases précieux que sont les enfants. Je veux effacer ce monde mauvais et faire place à quelque chose de différent.

Chaka se tut, laissa retomber son menton contre sa frêle poitrine, comme si son cou décharné n'avait plus l'énergie de soutenir le poids de sa tête massive, et il y eut un long silence, que seul Nashguen osa interrompre :

— À ton âge, il est assez banal de désirer changer le monde en un tournemain... En général, cela passe en vieillissant, et les hommes acquièrent en même temps que le pouvoir une certaine sagesse, ou du moins un certain fatalisme qui leur fait comprendre la complexité et la difficulté de faire évoluer les choses. Toi, tu es un cas particulier. Tu détiens une puissance que bien peu d'individus ont possédée au cours des temps, et tu es encore un gamin ! Prends bien garde de ne pas aggraver la situation actuelle. Il est aisé de décréter qu'une maison est insalubre et d'y mettre le feu, il est bien plus long et bien plus difficile d'en reconstruire une autre. Tu ne m'apprends rien en déclarant que la demeure est à refaire. Elle a besoin d'un artisan qui la répare. Toi, tu es un incendiaire ! Lorsque nous n'aurons plus de toit sous lequel nous abriter, peut-être regretterons-nous notre masure... Tu prétends inculquer aux adultes l'amour des enfants. Crois-tu y parvenir par le spectacle des massacres et des tortures ?

— Je prétends leur inculquer le respect des enfants ! Le respect peut commencer par la crainte.

— La haine peut commencer par la crainte ! Le respect, certainement pas !

Nashguen avait haussé le ton, comme s'il s'était adressé à un fils insolent. Les douze soldats qui entouraient Chaka se levèrent d'un bond, la lance au poing. Slim Ali était sur le point de s'évanouir. Al-Moutawakkil jetait autour de lui des regards effarés, comme s'il cherchait désespérément une issue pour s'enfuir. Le lutteur aux muscles saillants et l'enfant rachitique se défièrent quelques instants du regard, puis Chaka eut un geste d'apaisement et ses guerriers se rassirent.

— Je crois que même si nous discutions des heures, il nous serait impossible de nous mettre d'accord. Il est donc inutile de poursuivre cette conversation. Tu es très courageux pour avoir osé me parler comme tu l'as fait. Tu as dit tout à l'heure avoir un service à me demander. Parle, et pour te prouver que j'apprécie ton courage, j'essaierai de satisfaire ta requête...

— Sais-tu ce qu'est le Niwaâd ?

— Je l'ignore. Je n'ai jamais entendu prononcer ce mot. Pourquoi as-tu risqué ta vie pour me demander cela, à moi ?

— La seule chose que je sache sur le Niwaâd, c'est qu'il a la capacité de briser le mur du Nord, et de détruire indifféremment les hommes et les dieux. Il y a longtemps que je cherche une réponse à ma question. J'ai envisagé bien des hypothèses, et celle qui me semble la plus plausible, c'est que toi, Chaka, tu sois le Niwaâd...

Depuis l'arrivée des trois amis dans l'ancienne filature, l'enfant qui commandait la plus puissante armée du monde n'avait à aucun moment cessé de remuer le brouet qui cuisait devant lui à l'aide de sa cuillère de bois. Mais lorsque Nashguen prononça sa dernière phrase, le mouvement circulaire de son bras s'interrompit soudain. Pendant quelques instants, son regard parut vide, totalement vide. Puis Chaka recommença à agiter le contenu de sa marmite et s'adressa à Al-Moutawakkil :

— Tu m'as proposé ton aide en arrivant. En quoi peux-tu m'être utile ?

Le prévôt des tisserands parla longuement des Frères de la Vérité, de leur lutte contre les prêtres, de leur capacité à renseigner l'armée des enfants. L'adolescent aux oreilles coupées écouta l'exposé, puis répondit d'une voix ferme :

— Voici ce que j'ai décidé. Demain, vous embarquerez tous les trois sur une felouque qui vous conduira jusqu'à Al-Qâhira, près des rives de la mer Intérieure au-delà de laquelle se dresse le grand mur. Dans cette cité se trouvent les plus hauts dignitaires du clergé. Officiellement, vous vous présenterez comme mes émissaires, des notables de Kiloua épargnés pour me servir d'intermédiaires au cours d'éventuelles négociations. Maintenant que leurs armées ont été vaincues à plusieurs reprises, les prêtres seront disposés à saisir la première occasion de parlementer, ne serait-ce que pour gagner du temps afin de rassembler leurs forces. Racontez-leur tout ce que vous voudrez, que je désire régner sur le continent, que je veux de l'or, un palais, percevoir des taxes sur le trafic des perles ou de la soie, improvisez selon votre inspiration. Dites-leur n'importe quoi, sauf les vraies raisons de notre combat. Et tandis que se dérouleront les palabres, entrez en contact avec les blasphémateurs, les Frères de la Vérité comme vous les nommez, qui infiltrent les rangs du clergé. Tâchez d'apprendre tout ce que vous pourrez sur les renseignements que détient le gouvernement des prêtres à notre sujet, sur ses réelles intentions, sur les moyens dont il dispose pour nous contrer. La mission que je vous confie est doublement importante. Vous me procurerez des informations précieuses, et vous égarerez nos ennemis sur de fausses pistes chaque fois qu'ils poseront des questions me concernant. Vous n'aurez aucune peine à les tromper, car ils ne demanderont qu'à croire ce que vous leur direz, et seront incapables d'imaginer la vérité. Pas un instant, ils ne penseront que mes légions vont avancer jusqu'à leurs terres du Nord et renverser leur pouvoir. J'ai été surpris tout à l'heure en entendant parler du Niwaâd, car mon désir, une fois acquise ma victoire sur les prêtres, est de briser le grand mur. On dit que les dieux ont créé le monde, alors c'est aux dieux que je demanderai des comptes ! Il faudra bien qu'ils m'expliquent pourquoi ils ont fait la terre si laide, la vie si cruelle, et l'humanité si misérable. Et, entendez tous mon serment, je saurai les contraindre à changer cela !

Chaka avait prononcé ses derniers mots les bras levés, la tête renversée en arrière, les yeux révulsés. Il paraissait être en transe. Dans l'ancienne filature, ses soldats furent alors pris d'une extraordinaire frénésie, hurlant le nom de leur chef en brandissant leurs armes. Al-Moutawakkil fut obligé de soutenir Slim Ali, qui menaçait de s'affaler sur le sol, car la peur vidait de leurs forces les jambes maigres du griot. Mais le saltimbanque demeura debout, et ce fut Chaka qui défaillit soudain. L'adolescent, le corps secoué de tremblements et ruisselant de sueur, s'allongea à terre en claquant des dents. Immédiatement, quatre guerriers se précipitèrent pour le prendre dans leurs bras et l'emportèrent à l'écart de la grande salle commune. Un des douze enfants qui l'entouraient pendant son discours s'approcha de Nashguen et de ses amis :

— N'ayez aucune crainte pour lui. Il est visité par l'esprit qui le guide dans ses décisions et nous mène vers la victoire. Tous les trois jours, l'esprit vient. Demain à l'aube, je vous retrouverai au port, pour les derniers détails de votre mission. Ce soir, préparez votre départ.

Le gamin tourna les talons et s'éloigna dans la même direction que ses quatre compagnons qui avaient emmené Chaka. Al-Moutawakkil, Slim Ali et Nashguen se regardèrent, l'air hébété. Au bout d'un moment, ils quittèrent l'ancienne filature et prirent la direction de la maison du prévôt. Ce fut le lutteur qui se décida à rompre le silence :

— Je crois que ma quête est enfin terminée. Chaka n'est qu'un enfant, et voyez ce qu'il a été capable de faire ! Il a une emprise incroyable sur ses troupes. Imaginez le pouvoir qu'il détiendra dans quelques années, lorsqu'il sera adulte et que les rangs de son armée se seront grossis des centaines de milliers d'esclaves qu'il aura libérés ! Et cet esprit qui a pris possession de son corps, sous nos yeux. Peut-être est-ce le même qui me permet d'atteindre la transe amok, celui qui m'a enjoint de chercher le Niwaâd... Si cet esprit avait un plan pour que le mur du Nord soit abattu, et que le règne des dieux prenne fin. J'ai l'impression d'avoir tâtonné dix ans dans l'obscurité, et d'entrevoir enfin la lumière !

Slim Ali, dont les jambes flageolaient lorsqu'il était sorti de l'ancienne filature, semblait retrouver de plus en plus d'assurance au fur et à mesure qu'il s'éloignait de la garnison des enfants-soldats. Il répondit au lutteur d'un ton catégorique :

— Je suis désolé de te décevoir, mon ami. Chaka n'est pas le Niwaâd de ta quête ! Son entreprise n'aboutira jamais. Il remportera peut-être encore quelques victoires, mais il ne brisera pas le grand mur, je doute même qu'il l'atteigne un jour. Les dieux ne sont nullement menacés par cet enfant.

Nashguen s'arrêta de marcher, interloqué. Al-Moutawakkil, qui était moins enthousiaste que le lutteur, avait néanmoins été très impressionné par Chaka, et pensait que la théorie de son ami était cohérente et ne méritait pas d'être réfutée abruptement comme venait de le faire le griot. Il se tourna vers Slim Ali en fronçant les sourcils :

— Qu'est-ce qui te permet d'être si sûr de toi ? Es-tu devin pour énoncer ainsi l'avenir ?

— Je n'ai pas cette prétention. Mais la peur qui me faisait transpirer, trembler et claquer des dents ne m'a pas empêché d'observer celui en qui Nashguen voit un peu vite un destructeur de divinités. Ce pauvre garçon n'est pas visité par un esprit tous les trois jours, comme semblent le croire naïvement ses soldats et vous-mêmes. Il a des accès de fièvre tierce... Sa mine est malsaine, son foie gonflé. Je connais bien ce genre de signes, je les ai déjà vus à maintes reprises. Les milices cléricales n'auront pas besoin de vaincre l'armée des enfants-soldats. Bientôt, elle se dispersera d'elle-même. Chaka souffre de la malaria et, dans quelques mois, il sera mort.

CHAPITRE V

« La terre qui nous porte est semblable au ventre de la femme, et l'esprit des dieux semblable à la semence de l'homme. Gardez-vous bien d'offenser les dieux et de proférer des blasphèmes contre eux, sans quoi la terre cessera d'être fécondée, et la désolation s'emparera du monde... »

Ainsi parlait Hakeem en s'adressant aux foules, mais il prêchait en vain, et ses ennemis finirent par s'emparer de lui. Ils lui tranchèrent les bras et les jambes, et les jetèrent en pâture aux hyènes, et tandis qu'il agonisait, se moquèrent de sa piété : « Que font les dieux pour toi aujourd'hui ? Appelle-les donc, qu'ils remettent en place tes membres sur ton corps. Fais cela, et nous croirons tes paroles. »

Alors, avant de mourir, Hakeem leur répondit : « En vérité, je vous le dis, le jour viendra où votre chair sera dévorée, et ce seront vos propres enfants qui la mangeront. »

Livre d'Uzmul – Livre VI, Verset 58

Drissa Okoyé serrait contre son corps massif la barre de la felouque, impassible, le regard rivé sur l'horizon, maintenant son cap en direction du nord et de la cité tentaculaire d'Al-Qâhira. Depuis plusieurs jours déjà, la lourde embarcation cinglait sur les eaux noirâtres et huileuses de la mer Étroite, et ses passagers pouvaient contempler à loisir le désolant spectacle du littoral tout proche, une rive aride dont le sable était imbibé d'une matière sombre, gluante, visqueuse, qui semblait avoir chassé au loin la moindre parcelle de vie, à l'exception d'une algue brunâtre dont les filaments malodorants avaient colonisé tout le biotope marin.

En plus de trente années de navigation, Drissa Okoyé avait observé la présence de ce liquide gras sur de nombreux rivages, notamment aux alentours des grands ports, mais la mer Étroite était le seul endroit au monde où on le trouvait en telles quantités. Deux longs rubans noirs ininterrompus bordaient ses flots à l'est et à l'ouest, et se rejoignaient dans sa partie la plus septentrionale, là où elle se divisait en deux doigts dont l'un était relié par un canal à la mer Intérieure. Drissa Okoyé avait souvent navigué dans cette partie de la mer Étroite, et il avait toujours eu l'impression de ne plus voguer sur de l'eau, mais sur une sorte de boue puante, née du mélange de cette huile noire qui engluait le littoral avec les rejets des égouts d'Al-Qâhira, intestins monstrueux de la plus gigantesque agglomération du globe. Le gros homme détestait cet endroit, de la même manière qu'il détestait la plupart des endroits sur Terre. Il s'était embarqué comme mousse, à l'âge de treize ans, pour fuir sa ville natale de Badagri, cet environnement urbain qui lui donnait l'impression de vivre dans un cloaque. Trente-trois ans plus tard, Drissa Okoyé pouvait se vanter d'avoir posé le pied sur tous les continents, d'avoir accosté dans tous les grands ports, d'avoir côtoyé tous les peuples du monde. Partout, il avait découvert les mêmes tableaux : d'immenses étendues poussiéreuses, dont les légendes prétendaient qu'elles avaient autrefois été couvertes d'arbres, mais où il ne subsistait plus que quelques pauvres lambeaux de verdure accrochés aux berges des fleuves, des steppes sans fin, royaume des zébus et des moutons, entrecoupées de zones de culture sur lesquelles des paysans miséreux subissaient l'oppression de bandes de pillards ; quelques forêts, en général dans les régions montagneuses, mais rongées toujours davantage par les bûcherons en quête de bois et les éleveurs à la recherche de pâtures pour leur bétail ; et des villes, des villes-cancers, des villes-parasites pareilles à de gros ixodes plantés dans la chair du monde pour se repaître de son sang, se gorgeant et enflant démesurément tandis que leur victime, lentement, s'affaiblissait, s'anémiait, se mourait…

Contractant ses lourdes mâchoires de dogue, Drissa Okoyé regardait de ses petits yeux enfouis derrière d'épais bourrelets graisseux le clapot qui venait se disloquer en une écume verdâtre contre les flancs de sa felouque. L'eau était de plus en plus sombre, de plus en plus grumeleuse, de plus en plus nauséabonde ; Al-Qâhira était proche… Sur son visage morne, dont les grosses lèvres pendaient tristement entre deux flasques bajoues, rien ne dénotait la jubilation intérieure du corpulent marin. Pourtant, il se réjouissait à l'idée de pouvoir bientôt débarquer ses passagers, repartir vers le sud, quitter la mer Étroite qui n'était pour lui qu'une énorme tranchée de latrines. Il faisait partie des rares personnes qui avaient voyagé aux quatre coins du monde, et savait que la Terre était semblable à un grand corps moribond, atteint en même temps des pires maladies qui fussent, dévoré par la lèpre, dégoulinant de la diarrhée et des vomissures du choléra, couvert des bubons de la peste. Son dernier souffle de vie était dans le vent du grand large, loin des côtes, au cœur des océans, là où l'eau avait goût de sel, où l'air n'était pas chargé d'effluves de porcherie, où les yeux pouvaient admirer le feu du soleil sans le filtre grisâtre d'un *peplos* crasseux. Depuis le jour où il avait posé pour la première fois les pieds sur le pont d'un bateau, Drissa Okoyé avait tout fait pour passer le moins de temps possible à terre, et avait toujours recherché des embarquements pour les expéditions transcontinentales, dédaignant le cabotage qui représentait l'essentiel de l'activité maritime.

Son intelligence et son goût pour la navigation lui avaient permis de progresser rapidement et, à l'âge de vingt-cinq ans, on lui avait confié son premier commandement. Depuis, il avait connu tout ce qu'un marin pouvait connaître. Il avait des dizaines de fois rallié le continent occidental, poussé par les alizés, avait souvent accosté la grande île australe, et accompli plusieurs tours du monde, aussi bien par le chemin du Sud en doublant les caps que par celui du Nord en traversant les canaux. Il avait essuyé les pires tempêtes, survécu à cinq naufrages, échappé aux pirates sous toutes les latitudes. Il aurait pu depuis longtemps abandonner sa vie aventureuse, acheter un commerce, fonder une famille, mais, loin de l'océan, il perdait ses forces et le désir de vivre. La pleine mer, avec ses lames gigantesques capables de soulever comme un fétu le plus lourd des navires, ses monstres formidables soufflant vers les cieux d'immenses colonnes liquides, ses myriades de dauphins aux corps luisants qui dansaient leurs ballets devant l'étrave des vaisseaux, était l'unique endroit où il sentait pénétrer en lui une énergie cosmique, indicible, quelque chose qui le rattachait à la fois aux étoiles du firmament et aux entrailles de la terre. Ailleurs, tout lui semblait mort...

Drissa Okoyé souhaitait ardemment achever ses jours au cœur de l'océan, broyé par des éléments déchaînés, aspiré vers le gouffre des abysses, avec pour linceul le sable des grands fonds et pour pierre tombale les eaux à l'étendue infinie, et le vent au souffle éternel. Il se réjouissait d'appartenir à une génération qui avait encore eu accès à un espace vierge, préservé de la corruption qui, selon lui, se dégageait de toute activité humaine. Mais il savait que le moment viendrait où la laideur et la pourriture gagneraient l'océan lui-même. Cette certitude conférait au gros marin un faciès morose et bougon, une lippe tombante, un regard triste. Cela n'adviendrait que dans très longtemps, mais les signes avant-coureurs étaient présents. Déjà la mer Intérieure et la mer Étroite n'étaient plus que d'infects marigots géants, et les eaux littorales des dégorgeoirs à purin. Drissa Okoyé n'avait jamais souhaité avoir d'enfants, car il était persuadé que la lointaine descendance de l'humanité actuelle était condamnée à une fin des plus misérable, sur un monde transformé en colossal dépotoir. Il savait que lorsque s'éteindrait la vie de cet océan qu'il aimait tant, toute vie s'éteindrait avec lui...

Une voix familière tira le capitaine de la felouque de ses rêveries :

— Par pitié, dis-moi si nous allons enfin arriver à destination. Je maudis sans cesse le jour où j'ai accepté d'embarquer sur cette chose qui n'arrête pas de rouler et de tanguer. Je n'ai pas pu digérer mon repas de ce matin...

Drissa Okoyé tourna lentement sa large tête vers celui qui venait de l'apostropher. L'homme avait la même peau d'un noir profond que lui, mais il était aussi filiforme et maigre que le marin était robuste et gras. Le capitaine eut une moue dédaigneuse, et répondit d'un ton rogue :

— Deux jours...

— Quel malheur ! Quel malheur ! Encore deux jours à supporter cela...

Slim Ali s'éloigna d'un pas hésitant, puis soudain se précipita vers le bastingage et vomit à plusieurs reprises le long de la coque du navire. Drissa Okoyé découvrit légèrement ses incisives jaunâtres en retroussant sa lèvre supérieure dans une sorte de rictus qui traduisait chez lui une franche hilarité. Il n'aimait guère le griot, qui l'agaçait depuis leur départ de Kiloua par ses plaintes et ses réclamations incessantes, et par son incroyable couardise qui lui faisait craindre une tempête effroyable dès que la brise forçait un peu, une attaque de pirates chaque fois qu'une voile se découpait sur l'horizon, l'apparition d'un monstre des abysses lorsqu'on apercevait le moindre morceau d'épave flotter entre deux eaux.

Heureusement pour Drissa Okoyé, ses autres passagers étaient très différents du geignard saltimbanque. Le gros marin connaissait bien Al-Moutawakkil, qui était son employeur actuel et le propriétaire du navire dont il avait le commandement. Le prévôt des tisserands s'était embarqué de nombreuses fois sur toutes sortes de vaisseaux, il avait le pied marin et savait se rendre utile à bord. Malgré sa richesse et son statut de patron, il ne rechignait jamais à accomplir une quelconque besogne, et sa force physique en faisait un auxiliaire précieux. Le troisième passager, de même que Slim Ali, n'avait jamais auparavant voyagé sur mer. Mais il était discret, calme, faisait de son mieux pour ne pas gêner le travail de l'équipage et rendait service chaque fois qu'il le pouvait. Drissa Okoyé éprouvait de la sympathie pour cet homme dont le corps et l'âme semblaient faits d'acier trempé. Il était certain que si un coup dur survenait, Nashguen le boiteux se montrerait à la hauteur.

Le capitaine de la felouque nourrissait en revanche de vives inquiétudes à propos de la présence à bord de Khaled, le plus jeune fils de son patron. L'adolescent ne posait aucun problème, suivait scrupuleusement les recommandations des marins, mais Drissa Okoyé ressentait un mauvais pressentiment chaque fois qu'il voyait déambuler le frêle jeune homme entre la proue et la poupe du bateau, regardant rêveusement l'ondulation des vagues, le visage grave, perdu dans ses pensées. Il avait fait remarquer à son père qu'il n'était guère prudent d'emmener un enfant dans une expédition qui pouvait présenter des risques, mais Al-Moutawakkil s'était montré très rassurant :

— Quels dangers veux-tu qu'il y ait pour lui à nous accompagner ? La liaison Kiloua-Al-Qâhira en naviguant à quelques encablures de la côte, voilà certainement un des voyages les plus tranquilles qu'on puisse faire par voie de mer. S'il y avait le commencement d'une menace de grain, nous pouvons très vite nous mettre à l'abri. De plus, bien que la mer Étroite n'offre pas un spectacle très agréable, elle est extrêmement sûre. Il n'y a pas l'ombre d'un pirate par ici, tu le sais. C'est Khaled qui a insisté pour venir et pour une fois qu'il manifeste l'envie de sortir le nez de dedans ses bouquins, je ne vais pas l'en empêcher. Si seulement ça pouvait lui donner l'idée de faire le même travail que son père ! Et puis, ce n'est plus un gamin ! Tu avais son âge lorsque tu es devenu mousse, et c'était autre chose que de se laisser paisiblement transporter. Tout ira bien, Drissa, ne t'inquiète donc pas...

Le marin avait hoché sa tête massive que sa boule de cheveux crépus faisait paraître encore plus grosse, et n'avait rien répondu. En fait, il n'avait aucun argument logique à opposer à Al-Moutawakkil. Cependant, il demeurait persuadé que la présence de Khaled serait une source d'ennuis, parce que son instinct le lui disait, et que son instinct ne l'avait jamais trompé en matière de prémonitions inquiétantes.

Drissa Okoyé était à la barre du navire depuis de longues heures, et il commençait à ressentir de la fatigue, et surtout un impérieux besoin de se sustenter. Son imposante carcasse réclamait des repas substantiels et fréquents, et les borborygmes qui émanaient de son estomac lui faisaient savoir qu'il était temps pour lui d'aller faire un tour dans la cambuse. Il demanda à son second de le relayer et quitta son poste. Tandis qu'il massait sa nuque de taureau et rejetait la tête en arrière pour étirer les muscles endoloris de son cou, il aperçut une sphère métallique qui tournoyait à quelques mètres au-dessus du sommet du mât de la felouque. Il avait déjà vu ces étranges objets brillants des centaines de fois, sous toutes les latitudes, et en avait même observé en plein milieu de l'océan, au cœur d'une tempête. Il connaissait quantité d'histoires de marins sur l'origine de ces boules argentées, mais à vrai dire ce problème ne le préoccupait guère. Pesamment, il descendit les marches qui menaient sous le pont, dans le ventre du navire.

Drissa Okoyé était attablé depuis une vingtaine de minutes dans la cambuse, et avait déjà dévoré l'équivalent d'un repas pour trois personnes d'appétit moyen, lorsque le prévôt des tisserands de Kiloua vint s'asseoir en face de lui.

— Mon ami, j'ai un grand service à te demander...

Le massif capitaine émit un son guttural qui semblait né du mélange d'un rot et d'un grognement de dépit. Il n'appréciait guère l'entrée en matière d'Al-Moutawakkil, qui laissait supposer qu'on allait le prier d'accomplir une corvée des plus désagréable. Et puis, cette façon qu'avait le prévôt de s'intituler son ami l'horripilait particulièrement. Le gros marin considérait qu'il n'avait pas d'ami ni la moindre intention de s'en faire. Il avait du respect et de l'estime pour son patron, mais souhaitait formellement en rester là, ne serait-ce qu'à cause de leur différence raciale. Drissa Okoyé était farouche et taciturne, et si parfois il témoignait de l'affection à l'égard de quelqu'un, il ne s'agissait jamais d'une personne d'une couleur différente de la sienne.

Il avait pourtant suffisamment voyagé, et était suffisamment intelligent, pour savoir que l'ensemble des qualités et des défauts humains étaient répartis avec une parfaite équité parmi toutes les ethnies du globe. Sa défiance ne provenait pas d'un quelconque préjugé raciste, mais simplement de son expérience qui lui avait appris qu'il n'était jamais bon d'être trop lié avec des gens d'une autre couleur.

Lorsqu'il était enfant à Badagri, il avait toujours vu la communauté noire vivre en harmonie avec les hommes à la peau claire venus du Nord. Ahmed, son meilleur copain, était doré comme la croûte du pain cuit à point, ce qui ne l'empêchait pas de s'entendre à merveille avec un gamin comme Drissa, aussi foncé que le charbon. Puis un jour de sécheresse, la disette et le choléra s'étaient abattus sur la région. Badagri retentissait des pleurs des mères qui voyaient mourir leurs nourrissons, et des cris des enfants qui n'avaient rien à manger. Alors, des rumeurs folles avaient envahi la ville. Chez les Noirs, on racontait que l'épidémie de dysenterie était due à l'eau des puits, empoisonnée par les gens à peau claire. Chez ces derniers, on prétendait que la sorcellerie des hommes noirs avait chassé les nuages porteurs de pluie vers le sud. Personne n'avait voulu voir l'absurdité de ces racontars, personne n'avait voulu comprendre que tous dans la cité étaient pareillement frappés et, au malheur des calamités naturelles, les habitants de Badagri avaient ajouté celui de la guerre.

Les deux communautés s'étaient affrontées avec une férocité proportionnelle aux douleurs engendrées par la faim et la maladie, comme si chaque homme avait imaginé que toute souffrance infligée à autrui pourrait soulager sa souffrance propre. Les Noirs avaient fini par emporter la victoire et Drissa Okoyé, après avoir pleuré la mort de son père dans les combats, avait vu ses frères massacrer à coups de hache et de machette son copain Ahmed. On avait exterminé les gens à peau claire, sans aucune pitié pour les plus jeunes enfants, et même les chiens et le bétail appartenant aux ennemis avaient été égorgés. Après cette flambée de violence inouïe, Badagri avait sombré dans une sorte d'hébétude, plusieurs jours pendant lesquels personne ne parlait à personne… Puis la vie avait repris son cours, et Drissa s'était juré de mener une existence le plus éloignée possible du monde des hommes.

Depuis, le marin avait maintes fois vu ou entendu parler de ces effroyables convulsions qui jetaient deux ethnies l'une contre l'autre, à la faveur d'une famine, d'une inondation, d'un cyclone, d'une épidémie, ou parfois sans que rien apparemment ne vînt rompre l'équilibre établi entre les communautés. Il se souvenait alors de ses propres frères faisant gicler le sang de son meilleur ami, et évitait soigneusement toute relation plus ou moins privilégiée avec les personnes des autres races, afin de ne jamais ressentir une deuxième fois la douleur qu'il avait éprouvée devant le martyre d'Ahmed. Il se sentait de nombreuses affinités avec Nashguen et Al-Moutawakkil, tandis qu'il n'aimait guère Slim Ali. Pourtant, il savait qu'il serait toujours plus proche du griot que de ses deux compagnons, car si, par malheur, ils se trouvaient pris au milieu d'une de ces affreuses tourmentes interethniques, le maigre saltimbanque se trouverait dans son camp, et les deux autres hommes dans celui de ses ennemis...

— J'aimerais que tu nous attendes dans le port d'Al-Qâhira, au lieu d'appareiller immédiatement. J'ignore combien de temps nous resterons là-bas, mais ce qui est certain, c'est que nous pouvons avoir besoin de quitter précipitamment la ville. La meilleure solution pour nous est de disposer d'un vaisseau dont l'équipage se tienne prêt pour un départ en catastrophe.

Les bajoues du gros homme s'agitèrent dans un frémissement de dégoût.

— Al-Qâhira... Cet endroit est le cloaque du monde... Et son port une vaste fosse à purin... Tu me demandes là un gros effort, sans me livrer aucune explication. Je croyais effectuer un voyage de routine, dénué de tout danger ; c'est du moins ce que tu as prétendu lorsque j'ai fait part de mes réticences à emmener Khaled. Maintenant, tu me parles d'être disponible pour appareiller à n'importe quel moment. Pour fuir quoi ? Je ne suis guère curieux, mais j'aimerais savoir dans quel genre d'aventure tu veux m'entraîner.

Le prévôt prit un air contrit. Les paroles de Drissa Okoyé lui faisaient prendre conscience que lui, le commerçant avisé, le sage notable, le rusé conspirateur de la secte des blasphémateurs, s'était lancé à l'aveuglette dans une entreprise périlleuse, en faisant courir de surcroît des risques à son propre fils. Ce qui le perturbait le plus, c'était que même s'il décidait de ne rien dissimuler au massif capitaine de la felouque, il serait incapable de lui donner une réponse précise.

Al-Moutawakkil devait se rendre à l'évidence, il ignorait lui-même les véritables raisons de son départ pour la titanesque cité au bord de la mer Intérieure. Il n'était plus vraiment sûr d'aller accomplir une mission qui ferait progresser la cause des Frères de la Vérité. Voulait-il, plus ou moins consciemment, venir en aide à Chaka, cet adolescent au corps malingre et souffreteux, mais à la si forte personnalité ? Ou bien était-il fasciné par un rêve encore plus fou que celui du roi des enfants-soldats, le rêve de Nashguen le boiteux, en quête de quelque chose dont il ignorait tout, hormis le nom, révélé dans un songe et entendu dans une légende ?

Le prévôt des tisserands demeurait silencieux, les yeux perdus dans le vague, incapable de répondre à son interlocuteur. L'arrivée soudaine dans la cambuse du lutteur à la peau cuivrée le tira de cette situation embarrassante. Tout en fixant son compagnon d'un regard implorant, il se mit à bredouiller :

— Notre ami Drissa aimerait... aimerait savoir quelles sont les... raisons de notre... notre voyage... Je... je n'arrive pas vraiment à trouver les mots... pour lui... lui expliquer, et...

Nashguen se tourna vivement vers le gros homme affalé sur un banc de la cambuse, sa bedaine calée contre la table où s'étalaient les restes de son plantureux repas. La réponse du lutteur claqua comme un coup de fouet :

— Le Niwaâd ! C'est la quête du Niwaâd qui nous emmène à Al-Qâhira...

Les larges épaules et le buste épais du marin furent alors secoués de convulsions spasmodiques, ses lourdes bajoues se soulevèrent, ses lèvres charnues découvrirent deux rangées de grosses dents jaunâtres, et il éclata d'un rire énorme, caverneux et sonore, qui résonna dans la cambuse comme le roulement d'un tambour géant. Al-Moutawakkil, sidéré, songea que depuis près de quinze ans qu'il connaissait Drissa Okoyé, il ne l'avait jamais vu manifester sa joie autrement que par de vagues sourires, délivrés avec une extrême parcimonie.

Nashguen, pour sa part, semblait passablement agacé par la surprenante réaction du capitaine de la felouque.

— Peux-tu me dire ce qui t'amuse tant ?

— Le Niwaâd ! Le Niwaâd... Moi qui te prenais pour un homme sérieux et pondéré... Le Niwaâd est un des sujets de délire favori des marins alcooliques qui ne trouvent plus d'embarquement et hantent les bordels des ports en déblatérant d'invraisemblables histoires à ceux qui ont le malheur de leur payer un coup à boire ! J'ai connu un homme qui, comme toi, s'était mis en tête de trouver le Niwaâd, et s'imaginait le découvrir au pays des dieux. Il a affrété un navire et a mis le cap au nord. Personne ne l'a jamais revu... Le miracle, c'est qu'il ait pu trouver un équipage pour l'accompagner dans son expédition. Ce devait être une sacrée bande d'ivrognes et d'inconscients, parce que n'importe quel marin sait parfaitement que tout bâtiment qui cingle vers les eaux septentrionales et dépasse la latitude du grand mur disparaît pour toujours... Si demain je voulais me lancer dans ce genre d'aventure, mes hommes se mutineraient, me jetteraient par-dessus bord et repartiraient en direction du sud. Sur mer, aucun obstacle n'empêche quiconque de voguer vers le pays des dieux, et pourtant personne n'a été capable d'aller là-bas et d'en revenir pour raconter ce qu'il a vu ! Le grand mur semble être un infranchissable obstacle, mais même s'il disparaissait par enchantement, nul ne pourrait quitter le monde des hommes et s'avancer au nord ! La seule volonté des divinités suffirait à anéantir tous ceux qui s'y risqueraient. Ce ne sont pas les discours des prêtres qui me font dire cela, mais ma seule expérience personnelle. J'ai navigué sur tous les océans, bourlingué dans toutes les contrées, parlé avec des gens de tous les peuples, et j'ai acquis une certitude... Il y a quelque chose au-delà du grand mur, quelque chose qui nous est totalement étranger et inaccessible. Chacun peut imaginer ce qu'il veut, prétendre comme le fait le clergé qu'il s'y trouve des dieux qu'il convient de vénérer, ou croire qu'il s'agit de démons vomis des entrailles de la terre, ou d'êtres célestes descendus des étoiles... Moi, je songe plutôt à une entité seule, infiniment puissante et immatérielle, un peu comme un ouragan, une de ces monstrueuses tempêtes auxquelles il m'a été donné d'assister, mais douée d'une intelligence et d'une volonté propre... Quoiqu'il en soit, nous ignorons tout de... de ça ! Je ne sais même pas si je dois dire eux, ou il, ou elle... Nous ignorons si c'est unique ou multiple, masculin ou féminin, physique ou éthéré, nous ignorons si ça existait longtemps avant l'homme, ou si c'est arrivé après... Nous ignorons si ça nous a créés, si ça a des projets pour nous, ou si ça ne se préoccupe pas plus de nous qu'un paysan des fourmilières de son champ.... En fait, nous ignorons absolument tout !

Alors, cette histoire de Niwaâd, qui détiendrait un pouvoir sur le mur, et sur ce qui est derrière le mur, pour moi, c'est une comptine pour gamins ! La seule question importante, ce n'est pas : qu'est-ce que le Niwaâd ? Où est le Niwaâd ? Que peut faire exactement le Niwaâd ? Là, je connais les réponses, qui sont : n'importe quoi ! Nulle part ! Rien du tout ! Je me demande simplement pourquoi, toi, Nashguen, tu cherches le Niwaâd.

Le large visage du marin avait retrouvé son habituelle mimique, moue boudeuse, front plissé, regard morne. Al-Moutawakkil le fixa longuement, ébahi, en songeant qu'après l'avoir vu rire pour la première fois, il l'avait entendu prononcer en quelques instants plus de mots qu'au cours des plus longs voyages qu'il avait effectués en sa compagnie. Puis il se tourna vers Nashguen, et en observant son attitude, se mit à craindre qu'il ne plongeât soudain dans la fureur meurtrière de la transe amok. Mais le lutteur se contenta de répondre sèchement à Drissa Okoyé : « J'ai mes raisons ! » avant de quitter la cambuse en claudiquant.

Jusqu'à leur arrivée à Al-Qâhira, les passagers de la felouque cessèrent d'échanger la moindre parole. Slim Ali souffrait toujours autant du mal de mer et après avoir passé des jours sans pouvoir absorber de repas qui ne fût immédiatement restitué par-dessus le bastingage, il n'avait même plus la force de se plaindre. L'esprit d'Al-Moutawakkil était en permanence occupé par de sombres pensées, remords d'avoir emmené son fils avec lui, doutes incessants au sujet de la conduite qu'il devrait avoir face aux prêtres, sourdes craintes à propos des risques qu'il allait bientôt courir, si bien qu'il ne parlait plus à personne. Quant à Nashguen, les propos que lui avait tenus Drissa Okoyé semblaient l'avoir considérablement vexé, et il se tenait à l'écart des autres. Khaled, comme à son habitude, demeurait perdu dans son rêve intérieur.

Ce mutisme général convenait parfaitement au capitaine de la felouque, qui s'évitait ainsi la corvée d'avoir à faire la conversation, et ne desserrait plus les mâchoires que pour aboyer des ordres à ses marins et engloutir d'ogresques repas.

Le navire, enfin, arriva à destination. Slim Ali, Nashguen et Khaled venaient pour la première fois à Al-Qâhira. Ni les nombreux voyages du griot et du lutteur ni l'imagination fertile de l'adolescent n'auraient pu les préparer au choc ressenti par chaque être humain devant la découverte de la plus grande cité du monde. Le port était une gigantesque cohue de vaisseaux, d'énormes felouques ventrues gorgées de mil, de riz ou de salaisons, de fines trirèmes de combat au rostre de bronze, hérissées des piques des soldats de la milice cléricale, des bateaux de pêche revenant des eaux océaniques et qui, chaque année, allaient plus loin traquer les bancs de poissons, car la vie ne cessait de fuir les côtes pour se réfugier au large. Il fallait être un bon barreur pour accoster à Al-Qâhira, et Slim Ali craignait à chaque instant une collision avec une autre embarcation. Mais Drissa Okoyé, en capitaine expérimenté, conduisit sans encombre sa felouque jusqu'à un appontement libre.

Avant même d'avoir posé le pied sur la terre ferme, on était déjà dans la ville, car les dizaines de milliers de navires grouillant de marins, les pontons surchargés d'échoppes de charpentiers, de tresseurs de cordages et de fabricants de voiles, les maisons-radeaux amarrées aux quais et qui abritaient des familles entières de coolies ou de mareyeurs constituaient une cité flottante aussi peuplée que Kiloua. Pourtant, le port dans lequel venaient d'accoster Nashguen et ses compagnons était le plus petit des trois que possédait Al-Qâhira, celui qui donnait sur la mer Étroite. En suivant le canal qui rejoignait la mer Intérieure, on en découvrait un autre, autrement imposant, une interminable forêt de mâts, une densité si incroyable de coques que les eaux grasses étaient masquées aux regards des hommes par un linceul de bois, de goudron et de toile. Le troisième était un port fluvial, implanté dans le delta bourbeux du plus long cours d'eau existant sur Terre, qui prenait sa source quelques quatre mille kilomètres au sud.

Tout au long des siècles, Al-Qâhira avait grandi entre les limites tracées par ces trois frontières liquides, à l'est la mer Étroite et le canal qui la prolongeait, au nord la mer Intérieure, à l'ouest le Long-Fleuve. Désormais, la ville avait recouvert tout l'espace disponible, et suintait son ordure, dégorgeait ses immondices, vomissait ses rebuts directement dans les eaux qui la cerclaient, des eaux sombres, grumeleuses, horriblement nauséabondes, des eaux qui avaient donné à la région des terres fertiles et permis d'intenses échanges commerciaux, et à qui la cité géante, tel un monstre glouton, répugnant et ingrat, avait donné en réponse à leurs bienfaits un poison noir, infect, dégoulinant à flots de ses milliers d'égouts...

Toutes les races de la Terre étaient présentes à Al-Qâhira, des Noirs grands et frêles, originaires des plateaux du Sidamo, d'autres, massifs et musculeux, venus de l'ouest du continent, de la région de Kankan, Niani ou Odienné, des hommes pâles aux cheveux clairs fuyant le désert qui s'étendait au-delà du Long-Fleuve, des mangeurs de cochons avec leur faciès plat et leurs yeux bridés, et même des gens qui avaient traversé les océans, depuis la grande île australe ou le continent occidental, venus dans la cité géante à la poursuite de quelque vague rêve de réussite et de grandeur, et qui n'avaient trouvé pour la plupart que misère, famine et maladie.

Ce qui frappait tout d'abord à Al-Qâhira, c'était l'extraordinaire grouillement de vie qui submergeait la moindre de ses ruelles, cette bousculade ininterrompue entre portefaix affairés, marchands et colporteurs en quête de clients, miliciens attentifs, voleurs à l'affût d'une victime, prostituées racolant de façon tapageuse, marins éméchés, troupes de porcs fouissant la gadoue à la recherche de déchets de nourriture, concurrencés par des chiens efflanqués et féroces, mendiants à la fois implorants et menaçants, saltimbanques, griots, prêtres, livreurs, rabatteurs de tripots, et des rats, des rats en nombre ahurissant qui se faufilaient en couinant au milieu de la forêt de jambes.

La canicule était effroyable, tout au long de l'année, et rendait encore plus méphitiques les odeurs qui inondaient la ville, puanteur de lisier dont les exhalaisons brûlaient les muqueuses nasales et oculaires, fumets de charognes en décomposition, parfums de goudron chaud en provenance des chantiers des ports. Le plus atroce était, lorsqu'on approchait du delta du Long-Fleuve, l'impression qu'on avait d'être jeté dans un immense égout.

Vivre à Al-Qâhira, c'était en permanence se sentir étouffer, asphyxier, avoir la trachée et les bronches brûlées par un air corrosif, et les poumons qui, peu à peu, se rétractaient, se sclérosaient, se recroquevillaient. La ville était un monstre au fiel acide, qui détruisait la chair de ses habitants. L'air et la tuberculose leur dévoraient l'appareil respiratoire, l'eau et la lèpre leur mangeaient la peau, la nourriture corrompue et le choléra leur rongeaient les intestins. Al-Qâhira, gigantesque éponge imbibée de fiente, pompait tout autour d'elle, et salissait tout, le fleuve, la mer, les marchandises, les hommes qui désertaient le pays environnant, toujours plus aride, plus sec, plus vide... La cité aurait dû mourir depuis longtemps, épuisée, exsangue, mais jamais elle n'avait été si vorace, si grasse, débordant de ses limites par des ponts jetés sur le Long-Fleuve, par des quartiers entiers bâtis sur les deux mers en empierrant le littoral, en érigeant des pilotis. Il n'y avait plus rien autour d'elle, plus de cultures, plus de vie, que le désert, et les milliers de bateaux qui allaient au loin lui chercher sa pitance ne pouvaient suffire à gaver son peuple, ses porcs, ses hordes de rats, ses meutes de chiens, de chacals et de hyènes, ses nuées de vautours, et ses humains, près d'un milliard d'humains entassés dans une cuvette de fange. Mais Al-Qâhira la pléthorique, la goulue, l'écœurante Al-Qâhira survivait et grossissait, car elle était devenue une cité-cannibale...

C'était il y a très longtemps, à l'occasion d'une terrible famine, que ses habitants avaient commencé à prendre goût à la chair humaine. On avait mangé tous les porcs, puis tous les chiens, et quelques hyènes, quelques chacals, avant que les charognards n'eussent fui la ville pour retourner dans leur désert. Ensuite, les gens s'étaient mis à consommer du rat, de toutes les manières, frit, bouilli, grillé, en ragoût... Les charcutiers en salaient la viande, pour la conserver en prévision des jours où le manque de nourriture serait encore plus épouvantable. Les rongeurs, d'ordinaire si arrogants, si effrontés, à force d'être pourchassés s'étaient terrés, dissimulés, ne sortaient plus que dans le noir. Le moment était venu où il n'y avait plus rien eu à manger. Alors, certains avaient osé dépecer et faire cuire des cadavres humains, d'abord en cachette, puis de plus en plus ouvertement. Très vite, le nombre des morts n'avait plus suffi à alimenter les vivants. On avait accéléré des agonies, hâté la fin des malades qui s'accrochaient trop longtemps à l'existence. Dans chaque maison, le mari épiait la femme, les enfants scrutaient les parents, la sœur surveillait le frère, à l'affût d'un signe de faiblesse, de la moindre défaillance. Parfois, il n'y avait rien, mais la faim égarait les esprits, et toute la famille se jetait sur un de ses membres pour le saigner et le découper, imaginant le soulager de pénibles souffrances alors qu'il était en aussi bonne santé que les autres.

Un jour étaient apparus les pêcheurs sur terre. On les avait nommés ainsi parce qu'ils se servaient de harpons, d'énormes hameçons gros comme des crocs de bouchers, et de filets. Ils se déplaçaient sur les toits des maisons, furtivement, à la recherche d'une proie, ou restaient embusqués pendant des heures. Lorsque quelqu'un passait dans la rue en contrebas, ils tentaient de le capturer à l'aide de leurs instruments, puis le hissaient jusqu'à eux, empêtré dans leurs rets, ou se débattant, couvert de sang, avec un fer gros comme le pouce enfoncé entre les omoplates...

Après avoir appris à travailler la viande de rat, les charcutiers avaient maîtrisé la conservation de la chair humaine. Peu à peu, ce que les habitants d'Al-Qâhira n'avaient au début consenti à manger que sous la torture de la faim était devenu un mets quotidien, en général apprécié. Enfin, le temps était venu de nouvelles récoltes, et elles avaient été bonnes. La cité géante avait vu revenir les cargaisons de riz, de mil, les charrettes des maraîchers. On avait recommencé l'élevage des porcs et des chiens, les vautours et les hyènes étaient réapparus en ville, et les rats avaient quitté leurs cachettes... Mais après cette longue famine, Al-Qâhira n'avait plus jamais été la même. Trop de gens avaient appris à chasser le gibier humain, à le débiter en quartier, à le saler, le cuisiner, l'apprêter, à en manger la chair, à en aimer la chair... Grâce à cela, la disette ne s'était plus représentée dans la cité géante. Ses habitants avaient compris qu'ils disposaient du plus énorme stock de nourriture du monde. Désormais, à Al-Qâhira, on pouvait se faire servir de la chair humaine dans n'importe quel restaurant, en acheter dans les boucheries de n'importe quel quartier. La viande des enfants, très tendre, était la plus recherchée. Le travail des marchands d'esclaves en était grandement facilité. Ils pouvaient se dispenser des interminables palabres et tractations, il leur suffisait d'acheter les gamins par lots entiers, et d'effectuer ensuite leur tri comme bon leur semblait : les plus jolis pour la prostitution, les plus robustes pour le travail, et les autres pour la consommation... Les pêcheurs sur terre participaient au maintien d'un minimum de salubrité dans la cité. Sans eux, les porcs, les chiens et les hyènes n'auraient pas suffi à empêcher une insupportable prolifération de miséreux, d'estropiés, de malades, l'envahissement des ruelles d'Al-Qâhira par des cohortes immenses d'humains squelettiques plongés dans un extrême dénuement, propageant les miasmes les plus redoutables à la vitesse d'un incendie. La ville monstre enfantait des gens sans abris et sans ressources par millions, puis les dévorait, semblable à ces bêtes dégénérées et gloutonnes capables de manger leur propre progéniture.

Drissa Okoyé, l'œil triste et l'air dégoûté, observait ses quatre passagers en train de débarquer sur les quais pullulant de marins et de coolies de la cité géante. Pour lui, Al-Qâhira symbolisait parfaitement l'état d'abjecte corruption dans lequel se trouvait plongé le monde des hommes. L'air de la ville était vicié et nauséabond, ses rues infectes et malsaines, l'eau qui la cerclait noire et morte, et surtout, le cœur et l'âme de ses habitants cannibales méritaient tous ces qualificatifs à la fois.

En regardant s'éloigner Nashguen de son allure claudicante, il songea à la manière dont il s'était moqué des rêves du lutteur, et combien lui, Drissa Okoyé, aurait aimé pouvoir partager ces rêves, croire qu'il était possible de briser le grand mur, et espérer que les dieux, écœurés par le spectacle d'Al-Qâhira, cette chose immonde tapie dans son ordure, déchaîneraient une formidable tempête qui balaierait la ville monstre, et remplacerait la pestilence par de l'air pur, la fange par de l'eau bleue, et les charognards par des hommes véritables.

CHAPITRE VI

Ainsi s'acheva l'âge d'or de l'humanité, par le feu purificateur et l'érection du grand mur. Une dernière fois, les hommes entendirent résonner la parole divine : « Vous devez apprendre à courber la tête, à être humbles, tellement humbles qu'il vous sera interdit de chercher à imaginer l'Eden, de le décrire ou le représenter de quelque manière que ce soit, pas plus que nous autres, vos créateurs. Contentez-vous de nous vénérer, d'adorer notre nom, de prendre garde à ne jamais le salir ou même l'invoquer en vain, et d'obéir au moindre de nos désirs dont vous aurez connaissance par l'intermédiaire des prêtres que nous choisirons parmi vous. Et si c'est la vie de vos enfants qui vous est réclamée, donnez-la, donnez-la sans hésiter ; n'attendez en retour ni l'accès à l'Eden, ni une existence meilleure, ni même le pardon de vos fautes. Faites-le simplement pour éviter la destruction. »

Livre d'Uzmul – Livre IV, Verset 33

Immobile devant l'embrasure d'une des fenêtres du temple, Khaled contemplait, fasciné et admiratif, le spectacle des rayons du soleil se reflétant sur le grand mur. Depuis son arrivée dans les terres noires, l'adolescent ne se lassait pas de regarder la falaise argentée, lisse et plane comme une eau calme, qui barrait l'horizon du nord. Le jeune homme avait l'impression qu'en tendant le bras, il pourrait toucher le métal luisant, mais le gigantesque édifice était distant de plusieurs kilomètres, et seule son inconcevable énormité le faisait paraître si proche. Khaled avait enfin devant les yeux la preuve matérielle de la puissance divine, et chaque fois qu'il se délectait de la vision du colossal rempart, son échine était parcouruc par un indiciblc frisson mystiquc.

— Voilà près d'un demi-siècle que je l'ai découvert, mais sa proximité me procure toujours autant de joie et d'énergie.

Khaled se retourna en entendant la voix familière de Xiao-Ming. Le prêtre souriait largement, son visage tout plissotté et sillonné de rides comme une vieille pomme fripée.

— Les dieux nous ont laissé deux signes irréfutables de leur toute-puissance : le grand mur, et les terres noires... Quiconque vient ici sait ce qu'ils sont capables de construire, et à quel point ils sont capables de détruire. Malgré cela, mécréants et blasphémateurs continuent à pulluler.

— Peut-être les hommes ont-ils davantage besoin de recevoir des preuves d'amour, plutôt que des preuves de force. Je n'ai jamais douté du pouvoir que mon père détenait sur moi, cependant, je m'interroge toujours sur l'affection qu'il me porte. Et face aux dieux, nous sommes un peu comme des enfants.

Le sourire du vieillard s'agrandit encore plus, découvrant sa bouche édentée. Xiao-Ming adorait converser avec l'adolescent, se régalait de ses réponses pertinentes, de son intelligence et de sa sensibilité.

— Tu as raison, mon jeune ami, tu as raison... Pourtant, sois convaincu que les dieux nous aiment, puisque nous sommes là, tous les deux, bien vivants, en train de contempler leur œuvre ! Sans l'indulgence infinie qu'ils ont pour nous, le feu qui a brûlé les terres noires autrefois aurait embrasé le monde entier, et l'humanité n'existerait plus. Les dieux nous ont châtiés pour nos fautes, durement, mais le pardon est allé de pair avec la punition, et ils nous ont laissé une chance de nous racheter.

Khaled se tourna à nouveau vers la fenêtre, et contempla longuement le sol de cendre qui s'étendait au pied du grand mur, ces terres noires où rien ne poussait, où rien ne pouvait vivre, depuis des siècles, depuis que la colère divine avait déchaîné le feu du ciel contre l'arrogance des hommes. Il essaya d'imaginer cette effrayante désolation étendue à l'ensemble du globe, mais n'y parvint pas.

— Comment être sûr que ce sont les dieux qui ont extirpé la vie de cette région ? Comment être sûr que le grand mur est leur ouvrage, et non pas celui des hommes, en des temps où leur science eût été plus grande qu'aujourd'hui ?

— Il y a un moment où le doute et les interrogations doivent laisser place à la foi. Tu peux toujours tout remettre en question, Khaled, car tu n'obtiendras jamais d'absolue certitude sur rien. Où est la véritable vie, mon enfant, dans les histoires de tes rêves nocturnes, ou maintenant lorsque tu es éveillé ? Es-tu d'ailleurs réellement réveillé en cet instant, ou bien rêves-tu ? Comment sont nés le soleil, la lune et les étoiles ? Que devient l'âme après la mort, se décompose-t-elle comme le corps, ou bien existe-t-il un autre destin pour elle ? Les certitudes les plus profondément ancrées dans notre esprit sont parfois amenées à s'effondrer... Sans la foi, l'homme n'est qu'un fétu de paille ballotté par les événements. Il n'est pas si difficile de croire en l'enseignement du clergé, car tout ce que nous avançons est solide, cohérent, et les propos des blasphémateurs de tout poil semblent en comparaison de folles élucubrations...

— Pourquoi dans ce cas les traquer impitoyablement, et les punir si cruellement ? Laissez-les parler, et chacun se moquera de leurs discours !

— Tu aurais raison, Khaled, si les hommes étaient dans leur majorité bien meilleurs qu'ils ne le sont. La plupart des gens sont réfractaires à la logique, ils n'aiment guère entendre la vérité, surtout lorsque cette vérité leur paraît désagréable. Ils sont toujours prêts à écouter le premier bonimenteur venu pourvu qu'il prononce des paroles douces à leurs oreilles. Le clergé réclame des sacrifices nécessaires. Tout le monde oublie la nécessité, et ne voit que le sacrifice. Les blasphémateurs ont beau jeu de prétendre que les dieux n'existent pas, qu'il est inutile de faire des offrandes de vies humaines, que les prêtres et leur dîme ne servent à rien... N'importe qui aime entendre cela. Mais combien se demandent ce qui arriverait si nous arrêtions nos fonctions ? La mémoire des peuples est ridiculement courte, Khaled, ils sont toujours prêts à recommencer les mêmes erreurs. Mais en ce qui concerne notre attitude face aux dieux, une nouvelle erreur est impossible, elle signifierait la fin de l'humanité.

L'adolescent acquiesça d'un hochement de tête. Le calme et la conviction de Xiao-Ming le rassuraient, le confortaient dans son désir de devenir prêtre. Il lui était agréable d'entendre que le sacrifice de sa sœur Leïla avait été quelque chose d'inéluctable et de capital, une manière d'apaiser la colère divine et d'éviter qu'un nouvel ouragan de feu se déchaînât sur le monde des hommes.

— Maître, quand commencerai-je mon apprentissage ?

— Le plus tôt sera le mieux, mon enfant. J'espère que tu pourras être rapidement admis dans notre école d'Al-Qâhira, qui est une des toutes meilleures. Il faut d'abord que ton père et ses amis achèvent leur mission ici. Ensuite, ton éducation pourra suivre un cours, disons, plus normal...

Le vieux prêtre savait que les multiples questions que se posait Khaled étaient non seulement dues à son intelligence et sa curiosité acérées, mais aussi au fait qu'il n'aurait jamais dû se trouver dans un des temples des terres noires, à proximité du grand mur et du pays des dieux, alors qu'il n'était qu'un gamin sans aucune formation théologique. Il n'était absolument pas prêt aux découvertes qu'il faisait, et sa présence en ces lieux saints était une véritable hérésie, ainsi que celle des trois autres individus qui l'accompagnaient. Seule une position suffisamment élevée au sein du clergé permettait l'accès aux terres noires, et à la connaissance de Xiao-Ming, on n'avait jamais dérogé à ce principe jusqu'alors...

Le vieillard soupira profondément. Il savait qu'il s'était fait des tas d'ennemis en amenant des laïcs depuis Al-Qâhira. Mais c'était lui que le conseil des douze avait désigné pour s'occuper de cette affaire, et il lui avait bien fallu prendre des décisions et faire des choix. À ses détracteurs, du moins à ceux qui l'affrontaient ouvertement, il répondait que si effectivement jamais un être impie n'avait pénétré dans un des trois temples sacrés, jamais non plus la civilisation bâtie par les prêtres n'avait été à ce point menacée, et qu'à situation exceptionnelle, il fallait des solutions exceptionnelles…

Xiao-Ming se demandait encore par quelle ironie du sort, après avoir suivi une carrière sans réelles embûches, une progression régulière dans la hiérarchie ecclésiastique, et avoir su se faire apprécier de tous par sa compétence et sa bonhomie, il se retrouvait, à soixante-dix ans passés, empêtré dans un tel guêpier. Il savait pertinemment qu'il était jusque-là le prêtre le mieux placé pour accéder au conseil des douze, l'instance suprême du clergé, le groupe d'hommes qui détenait le plus grand pouvoir au monde. Il lui suffisait, à lui qui jouissait d'une bonne santé insolente pour son âge, d'attendre qu'un des vieillards cacochymes de cette vénérable assemblée vînt à mourir pour prendre sa place. Au lieu de cela, ce même conseil l'avait désigné pour accomplir la mission la plus épineuse qu'on lui eût jamais confiée. Xiao-Ming avait reçu carte blanche, ce qui revenait à dire qu'il serait tenu pour entièrement responsable en cas d'échec…

— Va rejoindre ton père, mon garçon, et demande-lui de venir me retrouver, ainsi que ses deux amis, devant la porte de la crypte.

Le vieil homme venait de prendre une grave décision. Ce qu'il s'apprêtait à faire était indubitablement un sacrilège, mais après tout, il n'était plus à un sacrilège près, et il désirait en finir au plus vite avec cette histoire. Tout en cheminant à pas menus dans les sombres couloirs du temple, il songea à la façon dont tout avait commencé…

C'était un mois auparavant que les sages du conseil l'avaient envoyé à Al-Qâhira pour rencontrer des hommes qui se disaient des émissaires de Chaka, épargnés lors de la prise de Kiloua afin de porter un message aux instances suprêmes du clergé. Xiao-Ming avait pour mission de déterminer s'ils étaient sincères ou s'ils étaient des espions du terrible chef de guerre et, dans tous les cas, obtenir d'eux le plus possible de renseignements utiles à la lutte contre celui qui était désormais considéré comme le pire fléau qui se fût jamais abattu sur l'humanité depuis l'époque où les flammes avaient consumé les terres noires. Le vieillard savait que la solution la plus simple pour lui eût été de les confier aux mains expertes des meilleurs bourreaux, qui auraient fait couler de leurs bouches des flots de paroles aussi aisément que s'il se fût agi d'extirper du jus en pressant une orange. Cette méthode aurait eu l'avantage de lui épargner ses tracas actuels, mais il était convaincu d'une part que la torture révélait davantage ce que le tourmenteur désirait entendre plutôt que la vérité, d'autre part que si les douze avaient souhaité l'utilisation de ce genre de technique, ils eussent fait appel à un prêtre tel que Ravij Satri, le suprême responsable de la traque des blasphémateurs, un homme froid et inflexible, et pas à lui, Xiao-Ming, réputé pour son affabilité et sa douceur. Malice et psychologie étaient les armes favorites du rusé vieillard, mais il avait parfois le sentiment de s'être fait battre à son propre jeu par les trois messagers de Chaka.

Le père de Khaled lui semblait le plus transparent. Il le jugeait comme un homme certes très intelligent, mais trop dépendant de ses passions, et pas assez retors pour être capable de feindre et de dissimuler. De plus, il disposait sur lui d'un solide dossier, puisqu'il était, comme tous les prévôts, l'objet d'une surveillance particulière de la part des services de renseignement du clergé. Sa haine des prêtres, même s'il s'efforçait de la cacher soigneusement, était évidente pour quelqu'un d'aussi perspicace que Xiao-Ming. Ce sentiment était d'ailleurs d'une grande banalité chez les notables dont un des enfants avait été choisi pour participer à un rituel sacrificiel. Il était cependant soupçonné d'appartenir à une secte de blasphémateurs, et les contacts qu'il avait eus à Al-Qâhira avec des gens particulièrement louches aux yeux de la milice aggravaient encore la suspicion qui pesait sur lui. Xiao-Ming avait conscience de jouer avec le feu en permettant à un éventuel ennemi du clergé d'accéder jusqu'aux lieux les plus sacrés qui fussent, mais il escomptait obtenir ainsi de biens meilleurs résultats que par une attitude rigide et brutale. D'autre part, il était convaincu que l'affection que lui portait Khaled et le désir du jeune homme d'accéder à la prêtrise seraient le moment venu de puissants moyens d'action sur son père.

La personnalité de Slim Ali N'Dinga Opungwo était bien plus difficile à cerner. Le griot affichait une naïveté désarmante et une amusante couardise, mais selon Xiao-Ming, cette façade servait avant tout au maigre baladin à dissimuler une exceptionnelle roublardise. La quasi-totalité des renseignements obtenus par le vieux prêtre lui avait été communiquée de la bouche de Slim Ali, qui servait véritablement de porte-parole au groupe. Le saltimbanque était capable de discourir des heures durant sur Chaka, qu'il décrivait comme un terrifiant géant borgne doté de pouvoirs magiques qui lui permettaient de plonger ses soldats dans des transes furieuses les rendant invincibles au combat. Souvent, le griot semblait affabuler complètement, mais jamais

Xiao-Ming n'avait pu le prendre en défaut ou le désarçonner par ses questions. Il était impossible de déterminer si Slim Ali rapportait des faits exacts, enjolivait la réalité ou mentait effrontément. Le prêtre aurait aimé, par exemple, avoir des précisions sur les rumeurs et les rapports de certains miliciens rescapés des défaites contre Chaka à propos d'enfants-soldats présents dans les armées de ce dernier. Dès que le sujet était abordé, le saltimbanque roulait des yeux effarés et se lançait dans d'interminables descriptions des guerriers ennemis, hommes farouches et cruels couverts de tatouages et de cicatrices, bardés de cuir et de métal, des colosses sanguinaires qui n'avaient rien de juvénile. Si Xiao-Ming insistait, le griot concédait que Chaka utilisait les services d'un grand nombre de jeunes esclaves tirés de l'enfer des mines et des filatures pour transporter les bagages de son immense armée, et que sans doute des observateurs doués d'une imagination trop fertile en avaient fait des combattants. En écoutant Slim Ali, le vieux prêtre ne savait jamais s'il devait se mettre en colère ou éclater de rire.

C'était le troisième homme, le lutteur dénommé Nashguen, qui occasionnait le plus de tracas à Xiao-Ming. Froid, introverti et terriblement obstiné, il était à l'origine de leur présence sacrilège dans l'enceinte d'un des temples des terres noires. Dès le début des entretiens à Al-Qâhira, le vieux dignitaire du clergé n'avait pu tirer de lui qu'une seule chose : Chaka lui avait confié un secret capital : « Dans le *Livre d'Uzmul*, tu découvriras le signe que je suis l'envoyé des dieux... » Nashguen ne cessait de marteler cette phrase, et demandait inlassablement à consulter l'ouvrage sacré.

La première fois qu'il avait entendu cette requête, Xiao-Ming était resté interloqué. L'existence du *Livre d'Uzmul* n'était révélée qu'aux prêtres confirmés, et son contenu était divulgué par bribes, de façon très progressive, au fur et à mesure de leur ascension dans la hiérarchie cléricale. Quant à sa lecture, elle était réservée à un petit groupe d'hommes, moins d'une centaine au total. Les paroles du lutteur boiteux ne permettaient que deux interprétations : soit Nashguen mentait, et désirait accéder au livre pour des motifs inavoués, mais alors le simple fait qu'il eût prononcé le nom sacré de l'ouvrage signifiait que des prêtres avaient rompu leurs vœux, divulgué de lourds secrets aux laïcs, mis en péril la stabilité du clergé et l'ordre du monde ; soit il disait la vérité, et les conséquences que cela impliquait étaient encore bien plus terrifiantes.

Xiao-Ming avait passé des nuits blanches à réfléchir au problème. L'unique élément à peu près sûr qu'il détenait à propos des intentions de Chaka, c'était son désir d'obtenir une trêve, d'entrer en contact avec les plus hauts dignitaires cléricaux, de leur faire passer un message. Mais la nature du message était ahurissante. Le vieux prêtre connaissait le texte très saint du *Livre d'Uzmul*, il avait tenté à maintes reprises d'y déceler la moindre phrase pouvant évoquer l'incarnation de la colère divine dans la personne d'un redoutable chef de guerre. Il n'y avait rien trouvé, mais l'ouvrage était énorme, abscons, plein d'images et de paraboles et, depuis des siècles, sujet à d'interminables controverses entre les plus grands experts en théologie. Et si le boiteux disait vrai, s'il était, lui, le seul à pouvoir découvrir un signe caché parmi les milliers de lignes du livre ? Les services de renseignement de la milice avaient appris à Xiao-Ming quelque chose qui l'avait fort troublé : Nashguen était un lutteur amok, en d'autres termes, il détenait un pouvoir inexplicable, surnaturel, un pouvoir que certains qualifiaient de divin. Certes, ce dernier adjectif sentait le blasphème, mais l'hypothèse n'était pas forcément absurde. La qualité du messager semblait aussi étrange que la nature du message.

Après d'innombrables séances de prière et de méditation, Xiao-Ming avait décidé de quitter Al-Qâhira, et d'emmener le boiteux et ses amis vers le nord-est, jusqu'au temple le plus proche. Il s'apprêtait désormais, malgré ses doutes et ses hésitations, à franchir un dernier pas...

Nashguen, Al-Moutawakkil et Slim Ali se tenaient devant la porte de la crypte, une énorme masse de bronze gardée par vingt et un soldats d'élite. Sur un geste du prêtre, les miliciens s'écartèrent pour lui permettre de s'approcher du lourd panneau de métal rouge. Xiao-Ming sortit une clé de sa poche, fourragea dans la serrure et déclencha le mécanisme d'ouverture, révélant devant lui le gouffre noir des entrailles du temple. Un des gardes lui tendit une torche qu'il venait d'allumer, et le vieillard s'engagea dans l'escalier de la crypte, tout en ordonnant aux trois compagnons de le suivre. Le griot, qui, tremblant de la tête aux pieds, s'était avancé en dernier, entendit juste derrière lui le claquement de la porte qui se refermait.

Après avoir descendu des dizaines de marches et suivi d'interminables et tortueux couloirs, les quatre hommes arrivèrent dans une vaste salle voûtée cerclée de torchères que Xiao-Ming alluma les unes après les autres. La pièce était équipée de quelques fauteuils et d'un banc. Au centre, un superbe lutrin de bois sculpté supportait un gros livre relié de cuir sombre. Le prêtre se tourna vers Nashguen, et, d'un geste un peu théâtral, lui désigna l'ouvrage.

— J'ai accédé à ta requête. Voici le texte sacré, la plus sainte de toutes les écritures, le *Livre d'Uzmul*. Consulte-le autant qu'il te sera nécessaire. Il y a plusieurs appartements attenants à cette pièce, tout est prévu ici pour que l'on puisse rester des semaines entières sans ressortir de la crypte. J'ai donné des ordres pour que l'on vous serve des repas à heures régulières. Nous ne quitterons le sous-sol du temple que lorsque tu auras trouvé le signe dont tu m'as parlé, le signe que Chaka est un envoyé des dieux !

Le lutteur resta immobile et silencieux un long moment, puis il secoua la tête, faisant ondoyer sa chevelure grise, et répondit d'une voix très basse :

— C'est impossible… Je ne sais pas lire…

Xiao-Ming eut un mouvement d'agacement, puis, avec une promptitude surprenante pour un homme de son âge, vint se placer entre Slim Ali et Al-Moutawakkil et, agrippant les manches de leurs vêtements, se mit à leur secouer les épaules.

— Vous deux, vous savez lire, forcément ! Alors vous allez vous relayer derrière le lutrin ! Vous lui raconterez tout, à haute et intelligible voix !

À ces mots, le griot poussa un glapissement d'effroi :

— Moi, poser les yeux sur les saintes écritures ! Jamais, pas question ! Je ne devrais pas être ici, je n'ai rien à faire dans un temple, c'est interdit aux laïcs. Si j'apprends ce qu'il y a dans ce livre, je sais bien que je ne sortirai pas vivant de cette crypte ! Je ne veux pas ! Non…

Devant la panique du griot, le prêtre sembla se radoucir.

— Je comprends ta peur. Il est bien évident que vous allez connaître des secrets que je ne pourrai vous laisser divulguer à aucun prix. Mais je n'ai jamais eu l'intention de vous faire exécuter. Vous ne pourrez simplement plus jamais quitter ce temple. Vous serez les hôtes du clergé jusqu'à la fin de vos jours.

— Ma famille ! Je ne reverrai donc jamais ma famille !

Al-Moutawakkil semblait à son tour agité par l'angoisse. Le vieillard posa sa petite main décharnée sur la robuste épaule du prévôt.

— Si tu le souhaites, je ferai venir ta femme et tes enfants. Ils devront alors aussi rester dans les terres noires. Vous partagerez la vie de la communauté des prêtres qui demeure ici. Vous serez très bien traités.

Slim Ali, toujours aussi excité, pointa un index accusateur en direction de Nashguen.

— Tout ce qui arrive est de ta faute ! Tu m'as entraîné dans cette histoire, et...

— Cela suffit ! Tu es pareil à un chacal ! Incroyablement pleutre et couard, mais encore plus fouineur et curieux... Tu es ici parce que tu l'as bien voulu, parce que cela te démangeait d'avoir les réponses aux questions que tu te posais. Maintenant, tu peux tout savoir, tout savoir ! Tu n'as qu'à faire ce qu'on te demande... Alors, arrête de jérémier, et lis !

Le griot, maté par la réponse de son compagnon, s'avança jusqu'au lutrin, tourna précautionneusement l'épaisse couverture de cuir, et posa son regard sur la première ligne de l'ouvrage sacré. Puis sa belle voix grave résonna entre les murs froids de la crypte du temple.

Ils demeurèrent sept jours et sept nuits dans les sombres souterrains. À la voix chaude et chantante du saltimbanque succédait celle d'Al-Moutawakkil, plus lente, à l'articulation parfaite. De temps en temps, celle de Xiao-Ming, chevrotante et nasillarde, prenait le relais. Les quatre hommes se ménageaient de nombreux temps de repos, pour manger, dormir, se laver, mais ils n'échangeaient pas la moindre parole. Les révélations du *Livre d'Uzmul* occupaient entièrement l'esprit de Nashguen et celui de ses deux compagnons. Enfin, Slim Ali, qui avait prononcé la première phrase du texte sacré, en acheva la lecture. Le griot rabattit lentement la couverture de l'ouvrage et vint s'asseoir sur le banc, entre Al-Moutawakkil et le lutteur. Le vieux prêtre, face à eux, observa longuement leurs visages. Ils avaient changé, profondément changé. On ne pouvait impunément recevoir en une semaine de temps la connaissance à laquelle seule une élite triée sur le volet avait normalement accès, après une vie entière de préparation. Pour n'importe quel individu, lire le *Livre d'Uzmul* signifiait un bouleversement de l'esprit et de l'âme, une remise en question de sa foi ou de son absence de foi, de ses convictions les plus profondes, de sa vision du monde, de sa conception du bien et du mal...

Slim Ali semblait le plus affecté. Le griot qui, d'ordinaire, ne tenait pas en place, ses grandes mains toujours en mouvement, son faciès mobile et expressif passant sans cesse de mimiques insouciantes, hilares ou perplexes, à d'autres effarées, ébahies ou indignées, était devenu étrangement figé. Ses bras pendaient, inertes, son visage n'était plus qu'un masque sombre. Ce fut lui qui, le premier, rompit le silence :

— Si j'en crois ce livre, tu n'es pas si clément que tu voudrais en avoir l'air, prêtre ! En nous maintenant prisonniers dans ce temple, tu nous condamnes à une mort bien plus atroce que si tu nous faisais décapiter sur-le-champ par un bourreau.

La voix du saltimbanque, elle aussi, avait changé ; il n'y avait plus de musique en elle. Ce détail troubla beaucoup Xiao-Ming, qui répondit cependant sans hésitation, car il s'était préparé à toutes les possibilités de réaction de la part des trois hommes.

— Il est exact qu'en demeurant ici, votre espérance de vie sera d'environ deux ans. Vous perdrez vos cheveux, votre peau se desquamera, se couvrira de brûlures. Vous souffrirez de diarrhées et de vomissements, vous maigrirez énormément, vous vous affaiblirez, et vous mourrez... Mais ces quelques mois dans un temple sacré peuvent, si vous le souhaitez, être plus enrichissants que toute votre existence passée. Les prêtres qui vivent ici ont été volontaires pour venir, et croyez-moi, il y a de nombreux candidats pour bien peu d'élus. C'est un extraordinaire privilège de passer une année, ou deux, voire trois pour les plus robustes, au pied du grand mur, si proche du pays des dieux, immergé dans la création divine... Car chacune des pierres qui bâtissent ce temple provient de l'autre côté du monde et nous a été offerte par les divinités en échange de la vie de nos enfants. Vous allez demeurer au cœur même du symbole de l'alliance retrouvée entre les hommes et les dieux, et cela, à condition d'en avoir le profond désir, peut élever votre âme jusqu'à des sommets dont vous ne soupçonnez pas l'existence.

— Qu'ai-je à faire de l'élévation de mon âme ? Qu'ai-je à faire des secrets du *Livre d'Uzmul* ? Je ne demandais qu'à jouer de la kora, chanter mes balades et conserver mon ignorance ! Et si le sort des habitants de ce sinistre endroit est si enviable, pourquoi ne pas rester avec nous ?

— J'ai émis le souhait, lorsque j'étais un jeune prêtre, d'être admis dans une des communautés des gardiens des temples. Cet honneur m'a été refusé. Mes supérieurs ont sans doute jugé alors que je serais plus utile au clergé en remplissant d'autres fonctions. Depuis que j'ai atteint un grade suffisamment élevé pour avoir accès aux terres noires, je n'y fais que de brefs séjours, pas trop fréquemment renouvelés, afin que mon corps ne soit pas brûlé par le feu divin. C'est ainsi que je suis devenu un vieux bonhomme... Toi, tu connaîtras un sort différent, un sort que tu as recherché, bien que tu prétendes le contraire. Qui t'obligeait à venir jusqu'ici ? Tu as souhaité entrevoir l'ultime vérité, et maintenant tu t'étonnes des conséquences ! Un griot comme toi n'ignore pourtant pas la légende de cet homme qui avait réussi à voler comme un oiseau, et qui s'approcha si près du soleil que la chaleur fit fondre ses ailes...

Slim Ali baissa la tête et resta sans réponse, ce qui démontrait bien à quel point il avait changé. À son tour, Al-Moutawakkil prit la parole. Le prévôt, habituellement si grave, si sérieux, semblait exalté comme un adolescent aux émotions bouillonnantes et incontrôlées.

— Ainsi donc, vous ne pratiquez pas vraiment de sacrifices humains ! Il n'y a pas de sang versé, pas de macabre mise en scène ! Ceux que vous arrachez à leur famille pour les emmener ici, vous ne les tuez pas ! Mais vous les envoyez DE L'AUTRE CÔTÉ DU MUR ! Je n'arrive pas à y croire... Pourquoi mentir, mentir à l'humanité tout entière ? Pourquoi m'avoir menti à moi ? J'ai tant souffert, depuis si longtemps, à imaginer chaque jour qui passe le poignard du bourreau égorgeant ma fille, lui arrachant le cœur, et son sang arrosant la pierre d'idoles grotesques et ignobles. Leïla est vivante, ma petite fille est vivante.

Xiao-Ming lissa de sa main gauche sa fine barbichette grise, en signe de perplexité. Le prévôt semblait se moquer éperdument de savoir que la maladie des terres noires allait ronger son corps en quelques mois, qu'il ne pourrait plus jamais revoir sa femme et ses fils à moins de les condamner à la même mort lente que lui, qu'il devrait abandonner tout ce qu'il avait réalisé au cours de son existence. Sa seule préoccupation, c'était cette adolescente dont il aurait dû logiquement avoir fait son deuil depuis des années. Le prêtre haussa les épaules, et répondit de sa voix aiguë et nasillarde :

— Nul ne sait, nul ne peut savoir ce qu'il est advenu de ta fille. La seule certitude que nous ayons, c'est que les dieux ont ménagé trois portes dans le grand mur, trois portes souterraines. L'une se situe sur le continent occidental, une autre en Extrême-Orient, là d'où vient mon peuple, les mangeurs de cochons, comme nous désignent en général les autres. La troisième est à quelques kilomètres d'ici. On y accède par des tunnels, dont les entrées se trouvent dans chacun des trois temples. Au moment de la pleine lune, les portes s'ouvrent, et les dieux nous envoient les pierres noires avec lesquelles tout ce que vous voyez autour de vous est bâti. Pour chaque bloc de mille pierres, nous devons donner un être humain, pur de toute maladie, mutilation, difformité. Tel est le pacte, dont tu as pu toi-même lire les termes dans le texte sacré. Depuis des siècles, le clergé sélectionne des jeunes gens choisis parmi les plus beaux et les plus sains, à égalité de garçons et de filles, pour les offrir aux dieux. Ils sont acheminés, de façon ininterrompue, vers les temples des terres noires, afin qu'à chaque pleine lune, un nombre adéquat d'entre eux franchisse les portes. Ce qui leur arrive ensuite, je l'ignore. *Le Livre d'Uzmul* ne le révèle pas… C'est un des sujets de discussion favori des théologiens. Certains disent qu'ils doivent servir les dieux, d'autres que leur chair nourrit les dieux, et un éminent dignitaire du clergé a même un jour évoqué l'hypothèse qu'ils puissent en fait devenir des dieux. Tout ce que je peux t'affirmer, car je l'ai vu de mes yeux, c'est que lorsque les pierres noires ont été enlevées et comptées, et que les élus franchissent le mur, la porte se referme très vite derrière eux, et qu'elle ne s'ouvre plus avant qu'un nouveau cycle lunaire ne soit achevé…

— Mais pourquoi mentir ? Pourquoi cacher cela ? Pourquoi nous faire croire que nos enfants sont sacrifiés sur un autel, égorgés comme des porcs ?

— Et divulguer à tout le monde l'existence des portes ! Pour que des millions d'imbéciles prennent d'assaut les temples dans l'espoir de franchir le mur ! Crois-tu alors que les dieux hésiteraient un instant à nous envoyer un fléau pire encore que le feu du ciel qui jadis a décimé l'humanité ? Notre fol orgueil nous a conduits à imaginer que nous étions l'égal des divinités, que nous pouvions vivre parmi elles, et cela a justement attiré sur nous la mort et la désolation. Le grand mur désormais préserve le peuple de toute nouvelle tentation de ce genre ; le grand mur et nous autres, les prêtres ! Depuis des siècles, nous sommes les humbles exécutants de la volonté divine, qui détermine combien d'humains peuvent quitter ce côté-ci du monde, et à quel moment. Notre organisation, notre travail et notre discrétion protègent l'humanité contre elle-même. Rien ne doit perturber cet équilibre, si nous voulons échapper à la colère des dieux. Ni les blasphémateurs, maudits soient-ils, ni... cette engeance qui se nomme Chaka !

Le sourire qui d'habitude éclairait le visage ridé de Xiao-Ming avait disparu. Le vieux prêtre apostropha rudement Nashguen :

— As-tu trouvé le signe que tu cherchais, le signe qu'il est un messager divin ?

Auprès d'un Slim Ali effondré, d'un Al-Moutawakkil surexcité et d'un Xiao-Ming en colère, le boiteux semblait étrangement détendu. C'était comme s'il avait ôté son masque d'homme dur et imperturbable, et affichait une sorte de béatitude. Il eut un petit sourire à l'intention du prêtre :

— Maintenant, toutes les paroles de Chaka deviennent claires pour moi... Tout ce qu'il m'a confié... Cela me paraissait incompréhensible, mais maintenant....

— Mais que t'a-t-il dit que tu n'aies pas révélé ? Pourquoi m'avoir caché quelque chose ?

— Parce que cela n'avait aucun sens pour moi. Après avoir entendu le texte sacré, tout devient évident. Une seule phrase de Chaka constitue la clé.

— Quelle est-elle ?

— À la pleine lune, regarde la porte ; derrière les pierres, tu verras mon nom.

Xiao-Ming sentit sa tête tourner. D'une main, il tâtonna pour s'agripper à son fauteuil...

Le vieux prêtre savait qu'il s'était mis dans une situation extrêmement compliquée en emmenant des laïcs dans un temple, et surtout en leur faisant lire les saintes écritures. Maintenant, il allait devoir aller plus loin encore. L'interprétation des dernières paroles prononcées par Nashguen ne permettait aucune équivoque. Chaka lui avait en fait demandé d'assister à l'ouverture d'une des portes du grand mur, et avait prophétisé qu'entre le moment où on retirerait les blocs de pierre envoyés par les dieux, et celui où le passage se refermerait derrière les élus, on verrait apparaître son nom, preuve irréfutable de son statut de messager divin. Xiao-Ming savait que déjà ses ennemis intriguaient auprès du conseil des douze pour qu'on le relevât de ses fonctions, arguant du scandale représenté par la venue de personnes non autorisées dans un temple des terres noires. Lorsqu'on apprendrait que ces mêmes personnes avaient eu accès au *Livre d'Uzmul,* ce serait la curée... Le seul atout du vieux prêtre était que la lune serait pleine dans moins de quarante-huit heures. Si le terrible Chaka était, ainsi qu'il semblait le prétendre, le fléau des dieux, alors Xiao-Ming en détiendrait la preuve avant que ses adversaires n'eussent agi efficacement contre lui. Dans le cas contraire, il valait mieux ne même pas songer aux conséquences.

Le petit homme au visage ridé se leva de son siège avec difficulté et, regardant les trois compagnons, parla d'une voix faible et lasse :

— Nous allons quitter cette crypte, et vous pourrez regagner vos appartements pour vous reposer un peu. Ensuite, nous emprunterons le tunnel qui mène à la porte. Elle va bientôt s'ouvrir, et nous saurons si Chaka a dit la vérité. Je l'espère pour vous, car sinon il est probable que je ne m'occuperai plus de cette affaire, et ce ne sera pas aux questions d'un vieux prêtre gâteux que vous devrez répondre, mais à celles des tourmenteurs les plus experts dont dispose le clergé.

Peu de temps auparavant, en entendant ce genre de propos, Slim Ali se serait mis à geindre, se lamenter, gémir, hurler, gesticuler et implorer. Mais la lecture du *Livre d'Uzmul* avait fait de lui un homme différent, et il resta calme et silencieux. Il regarda simplement Nashguen avec un air admiratif. Il savait que le lutteur avait entièrement inventé cette histoire de secret que lui aurait confié Chaka. Il savait qu'il s'agissait seulement d'un habile moyen pour avoir accès aux informations du *Livre d'Uzmul*, et pour en apprendre plus long sur la seule chose qui intéressait le boiteux, à savoir le Niwaâd. Il savait également que son compagnon continuait à affabuler, d'une manière que lui, le griot, le spécialiste des mythes, des contes, des aventures inventées et des mondes imaginaires, appréciait à sa juste valeur. Il savait que Nashguen, depuis le début, avait réussi l'exploit de manœuvrer un vieux roublard tel que Xiao-Ming pour obtenir en fin de compte exactement ce qu'il souhaitait, se trouver devant la porte du grand mur au moment où celle-ci s'ouvrirait…

Ce qu'ignorait le griot, c'était ce qu'avait alors l'intention de faire cet étrange lutteur dont il avait partagé depuis des mois toutes les aventures sans parvenir vraiment à le comprendre. Slim Ali avait cependant son idée. Cela paraissait fou, totalement fou, mais si les projets du boiteux étaient bien ceux qu'il lui prêtait, alors le saltimbanque se sentait prêt à accepter la captivité dans le temple et la maladie des terres noires, ou une mort plus brutale de la main du bourreau, comme prix à payer pour assister au spectacle. Slim Ali N'Dingua Opungwo ne doutait pas que sa propre vie n'était rien devant la possibilité d'être témoin d'un acte plus incroyable, plus magnifique et plus grandiose que tous les exploits légendaires qu'il avait passé son existence à raconter...

ÉPILOGUE

Les deux miliciens avaient réveillé Mourad sans le moindre ménagement, et l'avaient littéralement traîné jusqu'au réfectoire principal du temple. Le jeune prêtre, en tant que secrétaire particulier de Xiao-Ming, était habitué à de plus grands égards. Complètement abasourdi, il n'avait réussi qu'à grommeler de vagues protestations, sans effet sur les deux brutes qui l'encadraient.

Laissé seul dans la travée principale de l'immense pièce, Mourad s'avança lentement entre les rangées de tables, essayant d'accoutumer sa vision au faible éclairage du réfectoire. Soudain, il s'immobilisa, figé d'horreur par ce qu'il venait de découvrir. À quelques mètres devant lui, un frêle corps d'adolescent était suspendu, ligoté par les poignets, à une poutre du plafond. Sous ses pieds s'étalait une large flaque écarlate, dans laquelle venait goutter, à intervalles réguliers, le sang qui ruisselait de l'enfant supplicié. Mourad parvint à réprimer les nausées qui lui secouaient l'estomac, s'astreignit à respirer profondément plusieurs fois, et au prix d'un énorme effort sur lui-même, réussit à s'avancer de quelques pas. Le torse et le dos du malheureux gamin étaient lacérés, ses membres couverts de plaies et vraisemblablement fracturés en plusieurs endroits, mais son visage était intact. Le prêtre reconnut Khaled, ce jeune protégé de Xiao-Ming qui rêvait d'être admis au sein du clergé. Mourad savait que sa présence dans un lieu saint, ainsi que celle de trois autres laïcs, avait choqué bien des esprits dans la communauté du temple. Mais il n'arrivait pas à comprendre un tel déchaînement de violence, une telle cruauté. Aucun prêtre n'ignorait que l'entorse à la règle était due à la volonté de Xiao-Ming, lui-même doté des pleins pouvoirs par le conseil des douze. Jamais il n'aurait imaginé que tant de rancœur se fût accumulée chez des hommes qui avaient choisi de sacrifier leur vie et de se vouer entièrement à la prière et la contemplation, au point de les conduire à un meurtre perpétré avec une pareille sauvagerie.

Mourad tourna les talons, bien décidé à tout mettre en œuvre pour que les coupables de cet effroyable assassinat fussent châtiés comme ils le méritaient. Mais au bout de quelques pas, il s'arrêta, et essuya les flots de sueur qui inondaient son front. Ses mains tremblaient, ses jambes tremblaient, et il était incapable de maîtriser ce tremblement. La peur l'envahissait, car l'évidence venait de s'imposer à son esprit. Aucun membre de la communauté du temple n'avait fait le moindre mal à Khaled et le pauvre enfant n'avait pas été victime d'un meurtre, mais bien d'une exécution… Les deux soldats qui l'avaient amené jusqu'au réfectoire ne faisaient pas partie de la garde des terres noires, cette unité d'élite dont les éléments prononçaient les mêmes vœux que les prêtres, et dont pas un homme n'aurait osé le traiter de cette façon. Mourad savait à qui appartenaient ces manières de soudards insolents, cet uniforme rouge choisi, disait-on, pour masquer le sang des captifs torturés. Mourad savait qui venait d'arriver au temple, et d'entrer en matière en exposant le corps martyrisé d'un malheureux enfant. Mourad savait qui l'avait fait sortir de son lit pour lui parler, le questionner, et obtenir par n'importe quel moyen les réponses qu'il souhaitait entendre. Mourad savait, et la terreur s'était emparée de son cœur qui battait à se rompre, de sa peau, qui pâlissait et transpirait, et de son âme, d'où la moindre volonté semblait avoir été extirpée.

L'ombre glissait entre les tables. Elle rejoignit la travée centrale, et s'approcha du prêtre. Un rai de lumière l'éclaira, révéla son visage, un beau visage sombre, au nez aquilin, aux lèvres minces, aux grands yeux noirs. Mourad tomba à genoux, se prosterna, et écouta sans relever la tête la voix suave de Ravij Satri, grand-maître de l'Inquisition, l'homme qui avait juré de faire disparaître les blasphémateurs de la surface de la Terre.

—J'imagine combien tu as dû souffrir en silence tandis que des laïcs se pavanaient au sein de nos lieux les plus sacrés. Je suis arrivé dans la nuit et nous avons mis la main sur celui-ci. J'ai dû improviser un interrogatoire, avec, disons, les moyens du bord... J'ai choisi ce réfectoire, car il est assez loin des chambres, et je ne voulais surtout pas que ce blasphémateur dérange quiconque par des cris stridents. Et puis les cuisines sont juste à côté, et nous y avons trouvé quelques instruments qui nous ont rendu service pour obtenir des réponses. Je préfère mon propre matériel, mais nous avons quitté Al-Qâhira dans la précipitation la plus totale, sans emporter grand-chose. Oh, ne t'inquiète pas, tout sera nettoyé avant l'aurore, je ne voudrais pas que le petit déjeuner de la communauté soit perturbé si peu que ce soit. J'ai appris des choses effrayantes, Mourad, absolument effrayantes... Cet enfant m'a révélé que son père est un blasphémateur très actif, qui complote contre le clergé avec une clique d'individus de son acabit. Et dire que ce pauvre Xiao-Ming les a amenés jusqu'ici... Tu savais qu'il leur a fait lire le *Livre d'Uzmul*, bien sûr. Mais tu sanglotes, Mourad. Ne crains rien, mon garçon, je suis là maintenant, le cauchemar est terminé. Nous allons tout remettre en ordre. La vieillesse est une chose dramatique, vois-tu, réellement dramatique. Dire qu'un homme aussi intelligent que Xiao-Ming a pu commettre de telles erreurs ! J'avais mis en garde le conseil des douze, pourtant, lorsqu'il est parti vers les terres noires avec ces soi-disant émissaires de Chaka. Mais ce sont des hommes âgés, eux aussi, ils imaginent que chaque année qui passe ajoute à la sagesse. Et puis je crois que ton maître avait réussi à les convaincre que sa fameuse théorie sur la mission divine de Chaka méritait d'être vérifiée. Quitte à tolérer les pires abominations ! Mais les événements ont fait, les dieux en soient mille fois remerciés, que la vérité, la vérité simple et pure est apparue dans toute son évidence à notre vénérable conseil. Figure-toi, cher Mourad, que Chaka est mort. Non pas vaincu par nos troupes, mais emporté par la maladie, d'après nos informations. Ses armées se sont dispersées. Lorsque j'ai appris cette nouvelle, j'ai immédiatement obtenu des douze carte blanche pour venir ici réparer les bévues de Xiao-Ming, et empêcher qu'il en commette d'autres. Mais ton maître est introuvable, lui et les trois laïcs adultes, les trois blasphémateurs, devrais-je dire... Et le gamin est mort avant de m'apprendre où ils se cachaient. Ma faute, ma faute, je l'admets... La fatigue d'un voyage à marche forcée, la précipitation, pas de véritables instruments de professionnel, une certaine exaspération de ma part de voir des lieux sacrés souillés par une présence impure. Nous avons eu la main un peu lourde, et il n'a pas tenu aussi longtemps que je l'aurais imaginé. Mais toi, Mourad, tu dois pouvoir me renseigner ?

Le jeune prêtre était toujours prosterné, la face contre terre, baignant dans sa propre urine, car sa peur était si intense qu'il n'avait pu contrôler sa vessie. Pour qui connaissait Ravij Satri, le simple fait de se trouver en sa présence suffisait à entraîner l'esprit dans un abîme de terreur. Mourad l'avait rencontré à plusieurs reprises lors d'entrevues entre son maître et le Grand Inquisiteur. Les deux hommes se détestaient. Xiao-Ming considérait que la répression contre les blasphémateurs était indispensable, puisqu'ils faisaient courir un danger mortel à l'humanité tout entière, mais il pensait que Ravij Satri agissait de manière véhémente, aveugle et impitoyable, condamnant aux pires supplices des innocents à qui on arrachait de grotesques aveux sous la torture. De simples dénonciations, motivées par des querelles et des jalousies mesquines, suffisaient à jeter des milliers d'hommes et de femmes dans les griffes de l'Inquisition, où ils avouaient n'importe quoi. Xiao-Ming, ulcéré par ses méthodes, avait plusieurs fois affronté violemment Ravij Satri. Aujourd'hui, ce dernier tenait sa revanche.

— Excellence, j'implore votre pitié ! Je n'ai fait qu'obéir aux ordres de mon maître. Je ne suis pour rien dans tout cela.

— Je le sais, mon garçon... Je le sais. Contente-toi de me dire où je peux les trouver, lui et ces maudits blasphémateurs.

— Ils sont à la porte, la porte du grand mur. Ils attendent l'ouverture de la pleine lune. L'un des hommes, le boiteux, a dit que les dieux enverraient un signe pour prouver que Chaka est leur messager.

Mourad, toujours le nez dans son urine, entendit des bruits de pas précipités, une chaise renversée d'un coup de pied rageur, un juron, puis une porte qui claquait. Ce ne fut qu'au bout d'un très long moment qu'il osa se redresser. Puis, seul avec le cadavre de Khaled dans l'immense salle obscure, il pleura comme un enfant.

Les prêtres achevaient d'enlever les dernières pierres du tunnel qui béait, noir comme un four, derrière la grande porte. Elles étaient très faciles à manipuler, étonnamment légères, faites d'une matière étrange, lisse, dure, inaltérable. On en avait compté quarante cubes de mille, aussi, des ordres furent donnés pour faire avancer vingt garçons et vingt filles pris parmi les élus. Les jeunes gens étaient revêtus de robes blanches et coiffés de couronnes de fleurs, et ils marchaient en file indienne en chantant, encadrés par des prêtres qui agitaient des encensoirs.

Xiao-Ming observait intensément la sombre ouverture de la porte, guettant la moindre anomalie. Il fallait absolument que le signe annoncé par le lutteur apparût, devant des dizaines de témoins, prêtres et soldats… À côté de lui, Nashguen paraissait extrêmement détendu, confiant, et en le regardant, le vieillard se sentit rassuré.

Soudain, des clameurs s'élevèrent, provenant du tunnel qui menait au temple. Xiao-Ming se retourna et se dirigea vers l'endroit d'où émanait ce brouhaha. Un groupe d'hommes vêtus de rouge semblait vouloir forcer le poste de garde. Le prêtre se rapprocha encore, et reconnut parmi les trublions les longs cheveux noirs et le visage émacié de Ravij Satri. Le Grand Inquisiteur pointa alors un doigt accusateur dans sa direction, et se mit à hurler :

—Xiao-Ming, au nom des pouvoirs qui me sont conférés par le conseil des douze, je te destitue de toutes tes fonctions ! Soldats, arrêtez-le ! Arrêtez-le, lui et les blasphémateurs ! Mettons fin au sacrilège !

Les hommes de la garde des terres noires, interloqués, ne savaient plus ce qu'ils devaient faire. Aucun d'entre eux ne connaissait Ravij Satri, mais ils avaient tous identifié l'uniforme des troupes qui l'accompagnaient. Ils n'avaient guère envie d'obéir aux ordres de ce nouveau venu sombre et maigre, mais hésitaient également à refouler des gens appartenant à la redoutable Inquisition. Tout à coup, un des soldats en rouge, bousculant ceux qui se dressaient devant lui, parvint à atteindre Xiao-Ming, et lui saisit un bras. Le prêtre se débattit, et le milicien le jeta violemment au sol. Plusieurs membres de la garde des terres noires se portèrent alors au secours du vieillard et frappèrent son agresseur. Alors, les sabres sortirent des fourreaux, et une bataille s'engagea entre les deux groupes de soldats...

Pendant ce temps, les quarante adolescents aux vêtements immaculés s'étaient tous avancés dans l'obscur passage de la porte. Al-Moutawakkil, l'air totalement exalté, et profitant de la confusion générale, tenta de les rejoindre en criant : « Leïla, Leïla ! Je vais enfin retrouver mon enfant ! Leïla... »

Plusieurs prêtres parmi ceux qui avaient escorté les élus jusqu'à l'ouverture du grand mur se jetèrent sur lui pour l'arrêter, mais le prévôt, grâce à sa force physique et sa connaissance des techniques de lutte, les repoussa tous. Il était sur le point d'atteindre l'endroit où le monde des hommes prenait fin, lorsque le javelot d'un milicien le frappa entre les omoplates et traversa son torse de part en part. Al-Moutawakkil s'effondra, sans toutefois cesser de répéter le nom de sa fille. Des prêtres et des soldats s'agglutinèrent autour de son corps, pour l'achever et le traîner loin de la porte. Slim Ali N'Dinga Opungwo, jusque-là plongé dans une sorte de torpeur, indifférent à tout, ressentit soudainement le besoin irrésistible de porter secours à son ami. Son habituelle couardise, l'évidente inutilité d'un tel geste, rien ne fut plus fort en cet instant que le désir de venir en aide à son compagnon agonisant.

Plusieurs coups de poignard et de sabre déchirèrent les maigres flancs du griot. Sa grande carcasse dégringola au sol, où son sang se mêla à celui du prévôt. Slim Ali, dans un dernier effort, tendit son long bras et agrippa dans sa main osseuse la main inerte d'Al-Moutawakkil. Puis, juste avant de mourir, il eut un grand sourire, car tandis qu'il se jetait dans la mêlée, il avait vu Nashguen, ses forces sans doute décuplées par la transe amok, bondir vers l'obscure ouverture découpée dans le grand mur, projeter loin de lui tous ceux qui tentaient de l'arrêter, et s'engouffrer dans le passage juste avant que la titanesque porte de métal ne vînt tirer son infranchissable rideau entre le monde des hommes et celui des dieux...

FIN DE LA PREMIÈRE PARTIE

DEUXIÈME PARTIE

CHAPITRE I

Comme un de ses disciples lui demandait pourquoi il était interdit de représenter l'image des dieux, Hakeem répondit :

— Si la représentation était fausse, ceux qui se prosterneraient devant elle se livreraient à une grotesque idolâtrie. Si la représentation s'approchait de la vérité, ce serait une souffrance intolérable de savoir que la contemplation de l'original nous est interdite à jamais, car les dieux face aux hommes sont comme la perfection devant l'inachevé, l'eau du ciel devant la fange, la lumière devant les ombres de la nuit.

Livre d'Uzmul – Livre VI, Verset 9

Ève déploya ses ailes, quatre longues ailes translucides et bleutées aux nervures d'argent, et s'élança dans le vide. Pendant quelques instants, elle survola le désert ocre, paysage lunaire, tourmenté et crevassé, dont elle connaissait désormais le relief par cœur. Soudain, elle plongea vers un énorme canyon, et atteignit rapidement une vitesse vertigineuse. Elle se délecta du souffle de l'air qui caressait son corps et sifflait à ses oreilles, tandis que sa chute libre l'entraînait vers le fond du gouffre. Puis elle se rétablit, décrivit une large courbe, et vint planer juste au-dessus du mince filet d'eau qui ruisselait entre les rocailles. Elle savait que bientôt ses ennemis allaient surgir devant elle, bondissant hors des alvéoles creusées dans les falaises sombres du canyon, et se prépara à utiliser ses armes redoutables. Elle prit un peu d'altitude et diminua sa vitesse de vol. Alors, ils apparurent, cinq monstres hideux, hybrides de coléoptères géants et de robots métalliques. Le vacarme infernal produit par le vrombissement de leurs ailes trapues et le claquement de leurs énormes mandibules d'acier devenait presque assourdissant tandis qu'elle se rapprochait d'eux. De la corne magique qui ornait son front, elle fit jaillir un éclair rouge qui pulvérisa celui du milieu. Les autres fondirent sur elle, deux sur sa gauche, deux sur sa droite, leurs épouvantables mâchoires dentelées largement ouvertes.

Ève esquiva l'assaut par un gracieux looping, et les brutes s'entrechoquèrent dans un grand fracas de ferraille. Rapidement, elle choisit sa proie, celui qui semblait le plus déboussolé par la collision, fit jaillir ses faux rétractiles de l'extrémité de ses six pattes, et lacéra sauvagement la carapace du monstre, qui partit en vrille et s'écrasa lourdement au sol. Derrière elle, Ève entendit le bourdonnement des trois autres qui la prenaient en chasse. Elle battit des ailes à la cadence maximale et distança ses poursuivants, beaucoup plus lents, puis se retourna et eut le temps d'en désintégrer deux grâce à son rayon de licorne avant que le dernier n'arrivât à son contact pour le corps à corps. Ève tenta de le maintenir à distance en lui plantant ses faux dans les flancs, mais le coléoptère d'acier saisit ses longues et fines pattes dans les grosses pinces qui équipaient ses membres robustes, et l'attira vers le piège menaçant de ses mandibules tranchantes.

Elle replia alors violemment son abdomen fusiforme et enfonça son dard à poison dans le thorax du monstre. Elle injecta d'un coup la totalité de l'acide contenu dans sa glande à venin, et vit devant ses yeux le corps massif de son adversaire se liquéfier, se dissoudre, et dégouliner sous forme de longs filaments gluants. Ève s'ébroua avec dégoût pour détacher de sa cuticule de jade les restes répugnants qui y adhéraient encore, et reprit son vol dans le corridor rocheux. Elle était heureuse et fière d'avoir enfin surmonté l'obstacle des cinq gardiens du passage. Désormais, elle allait pouvoir découvrir un nouveau paysage, et peut-être de merveilleuses surprises...

Enfin, elle émergea de l'interminable canyon. Une mer de nuages roses s'étendait devant elle. Elle s'y plongea avec délice, planant au sein de l'étendue cotonneuse, se laissant soulever par des courants d'air chaud qui caressaient son corps. Ève se sentait très excitée par sa victoire, elle percevait des ondes de désir se propager dans ses membres et réchauffer son bas-ventre. Au-delà des nuages, elle était certaine de faire une rencontre éminemment agréable, un étalon-libellule qui l'amènerait à l'orgasme en plein ciel, au cours d'une acrobatique copulation...

Les dernières nuées s'écartèrent, découvrant un firmament indigo et lumineux. Ève fonça droit devant elle, de toute la vitesse que lui permettait le battement de ses quatre ailes membraneuses. Elle vit des éclairs blancs zébrer l'espace, dans un concert de craquements électriques. Puis ces éblouissements étincelants se dissipèrent, laissant apparaître une forme venue de nulle part, un humanoïde plutôt répugnant, sorte d'hybride de crapaud et de bouddha bedonnant. La chose flottait dans les airs, en tournant lentement sur elle-même. Ève ralentit son vol, s'approcha, déçue et intriguée. L'irruption de cet être à l'apparence immonde était totalement incongrue, et venait gâcher une aventure qui avait pourtant bien commencé. L'homme batracien s'immobilisa, fixa Ève de ses yeux globuleux, et coassa d'une voix grave :

— Mademoiselle Sorensen, je suis désolé de venir interférer dans votre premier niveau, mais je suis chargé d'établir avec vous un contact prioritaire. Je me présente, Frank Welp. C'est à moi que vous devrez rendre compte de tous les résultats obtenus au cours de la mission qui va vous être confiée.

— J'espère que vous vous présenterez sous un aspect moins écœurant à l'avenir !

— Ah ! Je vous ai choquée ? Je pensais avoir adopté une forme de circonstance, étant donnée l'histoire dans laquelle vous évoluiez.

La frustration rendait Ève ivre de colère. Elle comprit néanmoins très rapidement qu'elle avait tout intérêt à se calmer. Ce Frank Welp devait être un personnage important pour obtenir un accès direct à son premier niveau. Elle adopta un ton plus courtois :

— Ce n'est rien... J'ai été surprise, voilà tout. Que désirez-vous ?

— Je m'adresse à vous en tant que spécialiste du cinquième niveau. Je souhaite vous confier un travail d'observation sur un élément qui en est issu.

— Mais c'est mon boulot. Ça n'a rien de spécial, je fais cela tous les jours. Je ne vois pas bien en quoi...

— Vous ne m'avez pas compris, mademoiselle Sorensen. Il s'agit d'une observation beaucoup plus directe que celles que vous effectuez d'habitude ; pas par les canaux usuels ; et pas *in situ*, si j'ose dire. En fait, le sujet dont je vous parle se trouve dans le troisième niveau, actuellement...

— Alors, cela n'est pas de ma compétence. Il y a des équipes qui passent leur temps à s'occuper de tout ce qui provient du cinquième niveau, moi je n'ai aucune envie de me mettre à ce genre de tâche.

— Non ! Non ! Vous n'y êtes pas du tout ! Ce que je vous demande n'a rien à voir avec le traitement habituel que vous évoquez. Il s'agit uniquement d'observation, et éventuellement d'une prise de contact directe.

— Une prise de contact directe ! Vous plaisantez ! Qu'est-ce que je suis exactement censée faire avec ce, ce...

— Calmez-vous, mademoiselle, calmez-vous. Le sujet dont je vous parle est un cas exceptionnel. Il n'est pas sorti du cinquième niveau par la procédure habituelle, et...

— Alors, nous ne devrions même pas avoir cette conversation ! Il est déjà assez éprouvant, pour quelqu'un comme moi, qui sais ce qui se passe dans le cinquième niveau, d'imaginer que nous laissons s'effectuer des transferts jusqu'au troisième niveau. Mais enfin, il paraît que c'est un mal nécessaire. Tant que tout est parfaitement contrôlé, soumis à des règles strictes, je veux bien l'admettre. Mais ce que vous évoquez là ! Cette abomination aurait dû être détruite, annihilée… Au lieu de cela, vous me parlez de prise de contact directe, comme si nous devions prendre le thé ensemble ! Dites-vous bien que je me refuse absolument à…

— Je ne crois pas, Ève Sorensen, que vous soyez habilitée à refuser quoi que ce soit. Je vous rappelle que c'est moi qui ai pris contact avec vous, dans votre premier niveau, et non pas l'inverse.

Le crapaud humanoïde s'était mis à coasser plus fort, et ses paroles firent l'effet d'une douche glacée à son interlocutrice. Franck Welp venait de lui rappeler une vérité première : au cœur du réseau, le pouvoir de chacun était déterminé par ses capacités d'accès, accès aux banques de données, accès aux programmes d'activation, accès aux terminaux individuels. En l'occurrence, quelqu'un dont elle ignorait tout venait de pénétrer dans sa propre infosphère, et ce simple fait conférait à ce quelqu'un l'autorité suffisante pour lui donner des ordres. Dès le début, Ève avait compris la situation, mais ce qu'on exigeait d'elle lui répugnait tellement qu'elle se cabrait comme un cheval rétif.

— Très bien. Je suis désolée de m'être emportée. Mais ce que vous me demandez n'est guère facile…

— Au contraire, tout vous semblera très simple. Nous allons insérer le sujet de votre observation dans le deuxième niveau, au sein d'une domosphère greffée sur la vôtre, isolée par un opercule dont vous aurez le contrôle total. Vous pourrez lui donner une transparence unidirectionnelle, et ainsi voir sans être vue ; ou bidirectionnelle lorsque vous le désirerez. Vous disposerez des mêmes possibilités en ce qui concerne les sons, isolation complète, écoute, ou conversation, à votre convenance. Vous aurez également tout loisir de rétracter la séparation...

— Ben voyons ! Et quoi d'autre ?

— Vous ne ferez que ce que vous souhaiterez. Tout ce que nous demandons, ce sont des informations sur le sujet, le plus d'informations possible. Votre travail sera jugé sur la quantité et la qualité des éléments que vous me transmettrez, et vous serez récompensée en proportion. Sachez que vous pouvez espérer des possibilités d'accès très étendues...

— De quel ordre ?

— Quatre-vingts pour cent du réseau si nous sommes pleinement satisfaits...

— « Nous » signifie qui exactement ?

— Moi-même et ceux qui m'ont contacté...

— Je n'ai pas la moindre idée de ce que représente la gratification que vous me faites miroiter. J'ignore totalement à quelle proportion du réseau j'ai actuellement accès.

— C'est tout à fait normal. Vous n'êtes pas hiérarchiquement assez élevée pour le savoir. Connaître l'étendue de son ignorance, c'est ce qui distingue l'élite de la masse.

— Et vous, monsieur Welp, vous faites partie de l'élite ?

— J'en fais partie.

— Et dans quel pourcentage du réseau avez-vous la possibilité de vous balader ?

— C'est personnel... Je peux en revanche vous révéler deux informations : en dessous d'un seuil d'accès de soixante pour cent, on se trouve dans ce que j'ai appelé la masse, là où vous vous situez actuellement, mademoiselle Sorensen. Cela vous permet d'évaluer à sa juste valeur la possibilité de progression dans la hiérarchie qui vous est offerte. D'autre part, les personnes qui m'ont mandaté pour vous contacter ont accès à plus de quatre-vingt-dix-huit pour cent du réseau, ce qui vous donne une idée du sérieux de votre mission. Tous les renseignements dont nous disposons et qui pourraient vous être utiles ont été transférés dans la mémoire de votre infosphère. Pour y accéder, utilisez le code N.A.S.H.G.U.E.N.

— N.A.S.H.G.U.E.N. ?

— C'est le nom de votre sujet d'observation. Et maintenant, mademoiselle Sorensen, je vais devoir vous laisser. Dans quelque temps, je prendrai des nouvelles de votre travail. Passez une bonne journée...

Ève vit l'homme-crapaud se dissoudre au milieu d'un jaillissement d'éclairs et d'étincelles, de la même façon qu'il était apparu. Elle se retrouva seule, battant des ailes dans un ciel indigo. Franck Welp lui avait ôté tout désir de poursuivre son aventure. Elle grommela d'un ton aigre :

— Arrêt du programme ! Retour sur niveau deux...

Les couleurs changèrent autour d'elle, et les formes... Ses ailes disparurent, elle sentit son corps devenir beaucoup plus lourd, se modifier. Sa corne frontale s'estompa, son long abdomen segmenté se rétracta, ses fines pattes articulées laissèrent place à deux bras et deux jambes plus épais, sa cuticule aux reflets irisés devint terne et sombre. La gravité la clouait au sol. Elle était hébétée, lasse et déprimée, comme à chaque fois qu'elle quittait le premier niveau. Elle ôta son visiocasque et cligna des yeux à plusieurs reprises. Elle avait toujours des problèmes d'accommodation lorsqu'elle passait de la réalité virtuelle au monde physique. Puis elle entreprit de se débarrasser de sa cyberpeau, une combinaison moulante faite d'une matière synthétique douce et chaude dans laquelle était noyé un fin maillage métallique à mémoire de forme, relié par une sorte de cordon ombilical au générateur central de sensations virtuelles. Les impulsions électriques envoyées par ce dernier provoquaient des contractions et des variations thermiques de la cyberpeau capables de recréer une gamme très étendue d'impressions tactiles, de la caresse d'une main au choc d'un coup de poing, de la froidure de la glace à la tiédeur agréable d'un bain dans une mer tropicale, de la douleur d'une morsure à l'agrément d'un baiser.

L'enveloppe dont Ève était en train de s'extirper avait également une autre fonction. Sa trame de métal permettait à tous ceux qui pénétraient dans le premier niveau d'être affranchis des lois de la gravité. En effet, un puissant champ magnétique était généré dans la bulle de réalité virtuelle, capable de soulever celui ou celle qui avait revêtu la cyberpeau, de le faire tournoyer, virevolter, osciller, procurant ainsi les sensations de la nage, du vol ou de l'apesanteur totale.

Une fois entièrement nue, Ève ouvrit la lourde porte qui la séparait du deuxième niveau, et regagna sa domosphère. Elle s'approcha de la console de son terminal, et éjecta la disquette qui y était insérée pour la replacer dans son boîtier. Machinalement, elle lut le texte imprimé sur l'enveloppe de plastique :

« Devenez une libellule aux pouvoirs extraordinaires, volez dans des cieux à la surprenante beauté, affrontez des périls terrifiants et livrez-vous à une inoubliable séance de cybersexe. »

D'un geste rageur, Ève jeta l'objet contre la paroi de sa domosphère, où il se brisa en dizaines de fragments.

— Quel enfoiré, ce Welp ! Quel salaud ! Comme s'il ne pouvait pas attendre que j'aie quitté le premier niveau… Ça devait l'amuser de montrer son importance, de frimer ! J'ai dû recommencer cinq fois cette aventure pour réussir à sortir du canyon, et juste au moment où… Ah, merde !…

Ève était extrêmement frustrée d'avoir raté la copulation virtuelle promise par le scénario. Comme la plupart des gens, elle était friande de cybersexe, au point de se passer complètement de relations sexuelles avec d'autres humains. Elle avait toujours été plutôt déçue par ses rapports érotiques avec divers partenaires. Les quelques expériences homosexuelles qu'elle avait connues l'avaient totalement convaincue de son aversion pour les plaisirs saphiques. Quant aux mâles, elle les trouvait rustres et égoïstes. Le cybersexe garantissait l'obtention d'orgasmes intenses, la réalisation de tous les phantasmes, et surtout permettait d'éviter l'odieuse présence d'un intrus dans sa propre domosphère. Rien ne révulsait davantage Ève que de voir déambuler chez elle un homme arrogant et content de lui, se croyant tout permis parce qu'elle l'avait laissé jouir de son propre corps. Il y avait bien longtemps qu'elle avait décidé, une bonne fois pour toutes, de ne plus avoir à supporter ce genre de situation. Elle trouvait la satisfaction de tous ses désirs dans le premier niveau, au sein d'un univers virtuel, grâce aux immenses possibilités de son ordinateur personnel et de la cyberpeau. Celle-ci pouvait dispenser les caresses les plus subtiles, procurer à ses zones érogènes tour à tour chaleur, froid ou douleur, s'invaginer pour former un sexe aux formes et aux dimensions les plus diverses, la pénétrer comme un membre d'homme ou d'animal, lisse ou rugueux, mobile comme un appendice vivant ou rigide comme un dard de métal, et lui faire connaître, sans contrepartie, d'interminables plaisirs.

Pour l'heure, Ève Sorensen devait tenter d'oublier sa frustration. Elle s'immergea avec délices dans le bain bouillonnant et fumant de son jacuzzi, et articula avec force :

— Wolfgang Amadeus Mozart, piano concerto numéro vingt-trois...

Le capteur de la salle de bains identifia son empreinte vocale et transmit l'ordre à l'unité centrale, laquelle rechercha le morceau demandé parmi le colossal stock d'informations d'un mémo-disque, une galette métallique de trente-cinq centimètres de diamètre où se trouvait contenu tout le génie musical de l'humanité. Immédiatement, les enceintes ultraplates intégrées dans la structure même des parois de la domosphère inondèrent l'habitation de sons parfaits. Ève, progressivement, se détendit...

Lorsque les dernières notes de l'*Allegro assai* se furent envolées, elle était apaisée. Elle quitta sa vaste baignoire circulaire et se plaça devant le miroir mural. Un puissant courant d'air chaud jaillit de la grille qui se trouvait sous ses pieds et la sécha en quelques instants. Eve Sorensen contempla son reflet dans la glace. À quarante-cinq ans, elle avait toujours un buste ferme, une peau lisse, un visage dépourvu de rides. Une diététique rigoureuse, des exercices physiques quotidiens et de multiples opérations de chirurgie esthétique lui avaient permis de conserver une plastique avantageuse. Elle nota un léger empâtement au niveau de ses hanches et se promit d'envisager bientôt une liposuccion pour corriger ce défaut. Puis elle enfila un long kimono, rejoignit la pièce principale de sa domosphère et s'installa confortablement dans un fauteuil. On lui avait confié une mission qui risquait de déranger considérablement ses habitudes, aussi souhaitait-elle s'en débarrasser le plus rapidement possible.

— Autant se mettre tout de suite au boulot..., grommela-t-elle. Puis, plus fortement :

— Accès demandé aux informations concernant le dossier N.A.S.H.G.U.E.N.

Devant elle et au-dessus d'elle, toute la paroi hémisphérique de sa demeure s'illumina. Un écran géant plat à cristaux liquides tapissait une large portion du dôme. Plusieurs heures durant, elle vit s'y projeter des scènes enregistrées par les autocaméras qui sillonnaient le cinquième niveau.

La plupart concernaient des compétitions de lutte, ces spectacles d'une ignoble brutalité auxquels elle avait souvent eu l'occasion d'assister au cours de son travail d'observatrice. Ève bénéficiait d'un confort supérieur à la moyenne de ses concitoyens, mais savait qu'elle en payait le prix en s'immergeant quotidiennement, par le truchement d'un écran, au cœur de la fange de la dernière strate du monde. Pendant des années, elle n'avait cessé de découvrir les diverses expressions des plus bas instincts humains. Pour Ève Sorensen, le cinquième niveau était un enfer où sévissaient la guerre, l'esclavage, le pillage, le viol, la torture et le cannibalisme. Au cours de son adolescence, sa facilité à apprendre une langue étrangère et sa grande curiosité l'avaient orientée vers ce travail d'étude et de surveillance bien rémunéré. Parfois, elle en éprouvait de vifs regrets. Un autre métier, ou même l'existence oisive des inactifs, gavés de fictions et de jeux par l'écran de leur domosphère modèle réduit, eussent peut-être été préférables. Pourtant, au fond d'elle-même, Ève éprouvait l'indicible satisfaction de savoir, de connaître la vérité et, si cette connaissance était douloureuse, elle la préférait à l'ignorance.

Assez rapidement, elle comprit ce qui intéressait Welp et ses mystérieux commanditaires chez ce barbare dénommé Nashguen. L'individu, un lutteur itinérant, semblait jouir d'une force prodigieuse, une force inexplicable même chez un homme doté de la plus énorme des musculatures.

Le travail d'Ève Sorensen et de ses collègues, des gens possédant tous parfaitement la langue principale et la plupart des dialectes parlés dans le cinquième niveau, et choisis pour leurs capacités d'analyse, était de compulser les innombrables enregistrements effectués par les autocaméras qui parcouraient le ciel du monde au-delà du mur. Chaque mois, un rapport complet était inséré dans le réseau, à destination d'autres personnes qui effectuaient une synthèse et tiraient des conclusions. Ève ignorait tout des éléments fournis par ses collègues, et de ce qui pouvait ressortir de cette somme d'informations en fin de compte. Comme le lui avait fait remarquer Franck Welp, elle appartenait à la masse, non à l'élite. Cependant, son intelligence et sa longue expérience professionnelle lui permettaient de se faire une idée quant au rôle de l'énorme machine dont elle n'était qu'un rouage, une machine constituée de dizaines de milliers d'autocaméras et de l'infrastructure nécessaire à leur entretien ou leur remplacement, de milliers d'observateurs, et de nombreuses voies d'accès au réseau pour injecter une colossale quantité de données. Maintes fois, elle s'était posé la question de savoir dans quel but de tels moyens étaient déployés. Pourquoi se donner tant de mal à décortiquer les faits et gestes d'une sous-humanité grouillante et répugnante ? Depuis longtemps, un rideau de métal avait été tiré, le cinquième niveau totalement isolé. Qu'une sorte de curiosité amenât certains à vouloir connaître ce qui s'y passait, Ève trouvait cela compréhensible. Mais une observation aussi intense, aussi systématique, aussi minutieuse, avait forcément d'autres motivations. La seule réponse logique, aussi désagréable fût-elle, était que les niveaux supérieurs avaient besoin du cinquième niveau, et besoin de lui tel qu'il était. Il fallait donc le surveiller, de la manière la plus rigoureuse possible, afin de s'assurer qu'il ne changeait point...

Même si Ève n'appartenait pas au groupe restreint d'individus ayant accès à la quasi-totalité du réseau, elle pensait avoir suffisamment d'éléments en main pour reconstituer en partie le puzzle. Elle connaissait l'existence des portes, les échanges réguliers que celles-ci autorisaient, l'importance de la religion officielle du cinquième niveau et de son clergé dans le bon fonctionnement du troc qui s'effectuait entre les deux univers séparés par le grand mur. Vingt années passées à observer l'enfer qui occupait le sud du monde lui permettaient de ne rien ignorer des convulsions qui le secouaient. Elle savait les résistances rencontrées par les prêtres, émeutes violentes contre les taxes, conflits avec les seigneurs de la guerre qui pillaient les campagnes, opposition organisée des mystérieux blasphémateurs.

Le système politique qui maintenait des échanges ténus entre les terres méridionales et le Septentrion était fragile, et pourtant il durait depuis fort longtemps, depuis l'érection du mur. Ève, en tant que spectatrice privilégiée, se posait de multiples questions : comment le clergé du cinquième niveau pouvait-il résister, contre vents et marées ?

Recevait-il une aide des niveaux supérieurs ? Pourquoi accordait-on tant d'importance à l'enfer du Sud et à la persistance d'un résidu de communication au moyen des portes ? Pourquoi avait-on ménagé trois passages dans le grand mur, plutôt que de clore hermétiquement et définitivement le monde civilisé ? L'esprit d'Ève s'insurgeait contre cette idée, cette insupportable idée... Parfois, elle faisait des cauchemars, rêvait qu'une des portes s'ouvrait pour qu'on la rejetât dans le cinquième niveau.

Les réponses auxquelles elle avait eu accès jusqu'à présent ne lui paraissaient pas convaincantes. Les informations qui circulaient dans le réseau évoquaient un flux d'immigration contrôlé, une sorte de charité raisonnée, équilibrée. Apparemment, cette version des faits semblait satisfaire tous ceux avec qui elle avait discuté de la question. Mais elle n'arrivait pas à croire que tant d'énergie était déployée simplement pour permettre à une poignée d'élus d'échapper à leur géhenne et d'accéder au paradis.

Ève commanda l'extinction de son écran géant, se leva et, se sentant un peu engourdie par les heures passées assise dans un fauteuil, fit quelques pas et des mouvements de gymnastique. Elle songea que si elle parvenait à mener à bien sa mission, et si Franck Welp tenait ses promesses, elle découvrirait enfin tout ce qu'elle désirait savoir sur les relations entretenues avec le cinquième niveau. Cet espoir lui paraissait, en fin de compte, une raison suffisante pour surmonter sa naturelle répugnance envers le travail qu'on lui avait confié.

Des bruits sourds résonnant contre la paroi de sa domosphère la tirèrent soudain de ses pensées. Elle déclencha l'ouverture automatique des volets qui occultaient les baies vitrées de son habitation, et découvrit qu'une équipe technique était en train d'installer une cellule de logement attenante à la sienne. Elle savait qu'en moins d'une heure, tout serait achevé, et que, bientôt, elle aurait un voisin tout droit venu du cinquième niveau. Un frisson glacé parcourut son échine, et elle s'allongea en attendant que se dissipât son malaise.

Confortablement installée sur son lit, Ève songea que si elle comprenait parfaitement le langage des barbares, jamais elle n'avait eu l'occasion de le parler. Elle s'essaya à prononcer quelques phrases, trouva son accent épouvantable et grommela :

— Ma chère, si tu veux communiquer avec ce Nashguen, il va falloir faire des efforts.

Ève se releva, se dirigea d'un pas décidé vers son ordinateur, s'installa derrière la console, et prépara rapidement un programme de travail. Les enceintes de sa domosphère se mirent à émettre des conversations captées par les autocaméras dans le cinquième niveau. Les phrases étaient séparées par des plages de silence qu'elle mettait à profit pour répéter devant un capteur les paroles qu'elle venait d'entendre. Au bout d'une demi-heure de cet exercice, elle se repassa la totalité de l'enregistrement. Le résultat était catastrophique. Son élocution était lente, hésitante... Elle soupira profondément. Avant d'établir un contact avec son sujet d'observation, il lui serait nécessaire de s'entraîner plusieurs semaines.

À l'extérieur, les bruits de construction s'étaient arrêtés. Ève s'approcha d'une fenêtre, et vit qu'une petite domosphère, du genre de celles qui, agglutinées en grappe, abritaient les inactifs, était accolée à sa demeure. L'équipe technique s'était retirée. Ève songea que l'intrus était là, à quelques mètres d'elle...

Elle revint à son ordinateur, et afficha l'arborescence des programmes. Il y avait une nouvelle ligne : N.A.S.H.G.U.E.N. Elle cliqua dessus, et découvrit les options. Immédiatement, elle activa « transparence unidirectionnelle avec isolation phonique »... Lentement, elle se retourna.

Ceux qui avaient monté la nouvelle bulle d'habitation avaient bien travaillé. Ils l'avaient greffée sur sa domosphère au niveau d'une baie vitrée, plaquant contre le verre composite un large opercule de matière à propriétés variables, capable d'être tour à tour opaque, totalement transparent, ou de se comporter comme une glace sans tain. Pour le barbare, de l'autre côté, rien n'avait changé. Mais Ève, elle, pouvait le voir. Les enregistrements des autocaméras lui avaient déjà montré son image, mais des vidéos sur les habitants du cinquième niveau, elle en avait visionné des milliers d'heures dans sa vie, et celles concernant Nashguen ne l'avaient pas marqué davantage que les autres. Là, elle connaissait une expérience nouvelle. Sans la paroi de la domosphère, il lui aurait suffi de quelques pas pour pouvoir le toucher...

Cet être confirmait ce qu'elle pensait de ceux qui vivaient au-delà du mur. Il était une injure vivante aux canons de la beauté. Sa peau sombre, ses cheveux gris, son visage anguleux, émacié, son corps efflanqué aux muscles secs, zébré de cicatrices, son genou difforme, tout en lui était à l'opposé de l'idéal physique de blondeur, de jeunesse, de symétrie, d'épiderme lisse et sans défaut. En le regardant, Ève se sentit soudain dans la situation d'un entomologiste qui eût passé vingt années de sa vie à observer des insectes à la loupe binoculaire, et à qui on demanderait, pour parfaire ses connaissances, de vivre désormais dans une maison infestée de cafards.

CHAPITRE II

Une foule immense d'hommes et de femmes suivait Hakeem, et il les entraîna hors de la ville pour faire son sermon :

— Il n'y a en vérité que trois commandements à respecter, et celui qui les respectera, fût-il le plus humble parmi les humbles, le plus petit parmi les petits, celui-là sera l'objet de la bienveillance divine. Mais celui qui bafouera un seul de ces commandements, même s'il détient toutes les richesses de la terre, même s'il commande à toutes les armées du monde, celui-là sera maudit des dieux... Ces trois commandements, je vous les livre, tels qu'ils m'ont été livrés. Le premier est de ne jamais blasphémer en doutant de l'existence des dieux ou de leur pouvoir, en insultant ou en raillant leur nom, en essayant de les représenter de quelque manière que ce soit, eux dont la nature dépasse notre entendement. Le second est de leur offrir à chaque lune des adolescents en sacrifice, au nombre demandé. Le troisième est de ne point vénérer d'autres divinités qu'eux, de ne point se prosterner devant des idoles, de ne point pratiquer une religion contraire à celle établie par les commandements.

Alors, un homme, au milieu de la foule, prit la parole et apostropha Hakeem par ces mots :

— Pourquoi devrais-je abandonner ma croyance ? J'ai foi en mon dieu, unique et tout puissant, béni soit-il ! Les commandements qu'il a donnés aux hommes par la voix de son prophète, gloire à lui, des siècles avant ta naissance, pourquoi devrais-je les négliger ?

Mais à peine l'homme eût-il achevé de parler que les nuées du ciel s'écartèrent et qu'un trait de feu venu du firmament le réduisit en cendres. Et à la foule médusée, Hakeem lança :

— Voici la réponse !

Livre d'Uzmul – Livre VI, Verset 51

Nashguen était sûr, désormais, que le monde dans lequel il s'était jeté en traversant le grand mur n'était pas habité par des dieux, mais simplement par des humains tels que lui.

Au début, lorsqu'il avait franchi la porte et qu'une lumière blanche étincelante l'avait aveuglé, qu'une force invisible avait tétanisé les muscles de son corps, qu'un son strident avait déchiré ses tympans, il avait cru, juste avant de perdre conscience, que toute la colère divine se déchaînait contre sa présence impie parmi les quarante élus. Ensuite, lorsqu'il s'était réveillé, seul, dans une étrange demeure ronde aux murs lisses comme du métal et chauds comme le pelage d'un animal, il avait été persuadé d'être l'hôte des puissances créatrices de l'univers. Puis, au fil du temps, il avait douté. La lumière avait beau jaillir comme par miracle de lampes mystérieuses où ne brûlait aucun feu, la nourriture avait beau apparaître à intervalles réguliers dans une sorte de four qui trônait au milieu de la cuisine, l'eau avait beau couler d'étincelantes et multiples fontaines sur une simple pression de la main, Nashguen constatait, jour après jour, qu'aussi fascinant fût l'univers qui l'entourait, cet univers était matériel, purement matériel, ainsi que l'était celui qu'il venait de quitter. Sans doute un autre que lui, qui n'aurait pas fait l'expérience de communications provenant de son être intérieur, dont l'esprit n'aurait jamais quitté le corps pour voir ce dernier mû par des forces titanesques, quelqu'un qui serait demeuré ignorant de l'existence d'une conscience supérieure s'étendant infiniment au-delà des états mentaux ordinaires, sans doute un tel homme se fût-il imaginé arrivé au pays des dieux. Mais Nashguen avait eu un aperçu de cette autre réalité existant derrière l'illusion du monde physique. Il savait que de là venait sa force, là était née sa quête, et là se trouvait, si cette notion avait une signification, l'essence même du divin.

Pendant des semaines il était resté prisonnier dans sa bulle douillette et confortable, totalement isolé, ne percevant aucun son, aucun signe, coupé de tout contact. Dans une telle situation, beaucoup auraient sombré dans la folie, se seraient fracassé le corps contre la coque de l'œuf géant qui dissimulait le ciel et la terre, auraient hurlé à perdre la voix pour déchirer l'absolu silence de l'étrange matrice inerte, auraient cherché un moyen de se tuer pour échapper à l'insupportable vide où était plongé leur esprit. Mais Nashguen ne craignait pas cette vacuité dans laquelle les sens n'avaient aucune prise à saisir. Il vivait désormais dans un lieu sans bruit, sans odeur ni goût, excepté ceux de la fade cuisine qui surgissait invariablement du four magique, sans changement tactile ou visuel, puisqu'il n'y avait rien d'autre que des meubles et des parois englobant un air sans mouvement ni variation de température. Il avait appris à affronter ce type de situation, dans lequel le mental panique comme un grimpeur dont les mains ne trouvent plus d'aspérité où s'accrocher. Nashguen savait qu'il suffisait de lâcher prise, totalement. Il l'avait fait, déjà, lorsque sa femme et ses enfants étaient morts, lorsque son village l'avait rejeté, lorsqu'il avait perdu, d'un seul coup, tous les repères de son existence. Il l'avait fait, il avait accepté le vide dans son esprit, et le vide avait été comblé par autre chose, une conscience plus vaste, infinie, qui lui avait donné une direction à suivre.

Le vieil ermite qui l'avait soigné alors l'avait aidé à comprendre ce phénomène, à l'accepter, à le rechercher. Depuis, la quête effrénée qui l'avait déplacé d'un continent à l'autre, l'avait mené au travers de la plus grande ville du monde et des terres les plus désolées, lui avait révélé les secrets des prêtres et ceux de leurs ennemis, pour finalement le conduire au-delà du grand mur, cette quête qui durait depuis plus de dix ans ne lui avait quasiment jamais laissé de répit propice aux méditations permettant d'écarter le mental pour laisser la conscience infinie se manifester. Désormais, l'occasion lui était offerte de renouer le contact avec son guide intérieur. Chaque jour, Nashguen s'y était employé, et chaque jour il avait perçu avec plus de netteté que le monde dans lequel il était passé appartenait aux humains. Le *Livre d'Uzmul* ne lui avait pas révélé la nature du Niwaâd, aussi avait-il décidé de s'adresser à ceux qui l'avaient rédigé. Les voix de Slim Ali, Al-Moutawakkil et Xiao-Ming lui avaient appris que l'ouvrage sacré avait été écrit au nord du grand mur, et remis aux prêtres aux temps anciens pour guider l'humanité. Cela avait conduit Nashguen à imaginer un subterfuge pour franchir la porte, et se retrouver là où quelqu'un, enfin, lui permettrait de découvrir le Niwaâd.

Lorsque, au bout de plusieurs semaines, la voix retentit dans sa prison-bulle, venant de partout et de nulle part, comme surgie des parois mêmes qui l'entouraient, Nashguen n'eut à aucun moment l'illusion qu'elle pût appartenir à un être divin, malgré l'impressionnante sensation qu'il avait d'être baigné dans les sons et traversé par eux. La méditation lui avait permis de retrouver les communications de son être intérieur, des idées, des émotions, des sensations qui naissaient en lui-même, au cœur de son esprit. Ces manifestations-là, il voulait bien les accepter comme émanant d'une entité supérieure ; les sons qui résonnaient dans sa demeure, il les considérait comme provenant d'un humain.

La voix était féminine, et s'exprimait avec lenteur, parfois avec difficultés, donnait souvent l'impression de chercher ses mots. Elle était affublée d'un accent étrange, un accent que le lutteur n'avait jamais entendu, malgré ses nombreux voyages. Il arrivait que Nashguen ne pût s'empêcher de sourire en l'écoutant, songeant que si les habitants de ce côté-ci du mur voulaient se faire passer auprès de lui pour des dieux, ils s'y prenaient fort mal en choisissant comme contact une femme qui n'arrivait pas à parler correctement la langue de leur hôte.

Cinq jours durant, il demeura muet, ne répondant jamais aux questions diverses dont il était pressé. L'absence de courtoisie de celle qui s'adressait à lui ne méritait, de son point de vue, rien d'autre qu'un silence méprisant. Nashguen avait vécu plus de quarante ans dans un monde où, malgré l'omniprésence de la misère, de la maladie et de la violence, et peut-être à cause d'elle, l'hospitalité avait un caractère éminemment sacré. Même si le destin vous forçait la main pour accueillir quelqu'un, une fois qu'on lui avait ouvert sa porte, on lui ouvrait aussi ses bras et son cœur.

Le lutteur savait qu'il avait pénétré par effraction de l'autre côté du grand mur. Mais puisqu'il n'avait pas été rejeté, puisqu'il n'avait pas été tué, puisqu'il avait été hébergé et nourri, alors toutes les lois de l'hospitalité devaient lui être appliquées. Il attendait du respect et de la politesse. Au lieu de cela, une femme qui demeurait cachée le harcelait de questions, sans jamais lui dire qui elle était, où il se trouvait, pour quelles raisons on le tenait enfermé. Nashguen avait l'impression d'être traité comme une sorte d'objet ; et comme un objet ne parle pas, il demeurait silencieux.

Le sixième jour, lassé d'être dérangé à n'importe quel moment, pendant son sommeil ou ses méditations, il décida de répondre. Très en colère, il se mit à apostropher les murs de sa prison :

— Que suis-je donc pour vous ? Me prenez-vous pour un porc, enfermé dans une fosse, à qui l'on jette des restes chaque jour ? Pourquoi me laisser dans un silence indifférent, si longtemps, pour ensuite m'interroger sans cesse, avec indiscrétion et grossièreté ? N'avez-vous donc pas d'âme pour ignorer ce que ressent un être humain ? Jamais je n'oserais agir comme vous agissez avec moi. Parlons d'égal à égal, ou ne parlons pas du tout ! Changez d'attitude ou laissez-moi en paix...

À la suite de cet éclat, Nashguen ne fut plus importuné par la voix féminine. Il était soulagé, mais en même temps inquiet, car il craignait d'avoir perdu la seule possibilité de quitter sa prison. Souvent, il regrettait de s'être montré orgueilleux, susceptible, et se disait que s'il avait simplement répondu aux questions qu'on lui posait, sa situation aurait évolué. Mais, lorsqu'au cours de ses méditations, il repoussait le voile du mental, son guide intérieur lui affirmait toujours qu'il avait bien agi.

Puis, au bout de quelques semaines, la voix résonna à nouveau dans sa cellule ovoïde. Elle s'exprimait avec plus d'aisance qu'auparavant. Son accent était toujours aussi marqué, mais Nashguen se surprit à le trouver agréable, et il réalisa qu'il aimait entendre parler cette femme. Sans doute, songea-t-il, était-ce dû à la nature des propos qu'elle tenait, qui étaient devenus très différents.

— Je tiens à m'excuser pour l'attitude que j'ai eue à votre égard. Je ne désirais pas vous offenser, mais je l'ai fait, par manque de discernement, par stupidité... Je me nomme Ève Sorensen, et je suis chargée de votre accueil. Si vous voulez bien quitter la pièce où vous vous trouvez et tourner à gauche dans le couloir, nous pourrons nous voir, et discuter de manière plus agréable pour vous.

Nashguen suivit les recommandations de la voix, et assista à un véritable miracle. Le mur qui se trouvait en face de lui prit des couleurs irisées, chatoyantes, et soudain sembla disparaître. Il tendit la main devant lui et constata que la paroi était toujours là ; elle était simplement devenue transparente comme du cristal. De l'autre côté, à quelques mètres de lui, se tenait une femme. En la voyant, le lutteur ressentit une grande déception et une sorte de répulsion. Il n'avait pas imaginé découvrir un être d'une telle laideur et d'une telle étrangeté. Elle était grande, approximativement de la même taille que lui, et son corps, moulé dans une longue robe bleue, paraissait harmonieux et bien fait. Mais sa peau, la peau de ses bras nus, de ses chevilles et de son cou, sa peau était blanche comme du lait, pâle comme la lune, et Nashguen se demanda quelle effroyable maladie rongeait la malheureuse. Ses traits étaient fins et réguliers, et son visage eût été agréable à regarder s'il n'avait pas semblé sculpté dans un bloc d'albâtre, et sans la couleur de ses yeux, gris comme un ciel brumeux. Ses cheveux étaient des fils d'or, qui ruisselaient en cascade sur ses épaules, ornements brillants, clinquants, de ceux dont on eût décoré une statue. Malgré son apparence physique, la présence d'Ève Sorensen réjouissait le lutteur, car elle seule brisait une solitude qui commençait à lui peser. Il s'inclina légèrement, en joignant les paumes de ses mains devant sa poitrine :

— J'accepte vos excuses. Pouvez-vous m'expliquer où je me trouve actuellement ?

— Vous êtes dans une domosphère voisine de la mienne, dans le deuxième niveau.

— Je crains de ne pas bien comprendre ce que cela signifie.

— Nous divisons le monde en cinq niveaux. Le cinquième niveau se trouve de l'autre côté du grand mur ; c'est de là que vous venez. Le quatrième niveau fait partie de notre univers, mais il est hors contrôle… Nous n'y vivons pas, nous n'y allons jamais, il est à l'air libre, laissé à la vie sauvage. Le troisième niveau, c'est l'espace commun, public, sous contrôle. Il est affecté aux activités de production essentiellement. Le deuxième niveau représente l'espace privé, les demeures de chacun. Quant au premier niveau, j'ai bien peur de ne pas pouvoir vous expliquer de quoi il s'agit.

— Je suis venu dans votre monde sans y être invité. Pourquoi suis-je encore vivant ? Pourquoi suis-je prisonnier ? Et qu'attendez-vous de moi ?

— Il semble que vous soyez un sujet d'étude qui passionne certaines personnes. C'est pour cette raison que vous n'avez pas été tué ; c'est pour cette raison que vous êtes enfermé dans une cellule de logement ; et c'est également pour cette raison que nous sommes en train de nous parler en ce moment.

— Qui sont ces personnes qui s'intéressent à moi ? Et pourquoi ?

— Je ne peux pas répondre à votre première question, car j'ignore moi-même qui ils sont. Quant aux raisons de leur intérêt, j'ai mon idée là-dessus. Je pense que c'est en rapport avec votre force. J'ai assisté à vos combats, au cours des compétitions de lutte ; c'est très impressionnant. Je crois qu'ils veulent connaître le secret de votre invulnérabilité.

Nashguen baissa la tête et resta longtemps silencieux. Puis il regarda à nouveau en direction d'Ève et demanda :

— Vous n'êtes pas une déesse, n'est-ce pas ?

— Non, je n'en suis pas une. Mais vous n'y avez jamais cru, sinon vous ne vous seriez pas comporté comme vous l'avez fait. Vous avez commencé par ignorer superbement toutes mes questions, et ensuite vous vous êtes mis en colère contre moi. On n'agit pas ainsi avec une déesse.

— Et les dieux n'ont pas besoin de chercher à découvrir les secrets des hommes, ils les connaissent tous. Ainsi, vous êtes des humains, comme nous... Alors que signifient le mur, le *Livre d'Uzmul,* les pierres noires que vous nous envoyez, les élus qui franchissent les portes à chaque pleine lune ? Que s'est-il réellement passé au moment du grand feu ? Ou bien est-ce là encore une pure élucubration ? Pourquoi sommes-nous séparés de vous, pourquoi ?

— Attendez, attendez ! Je ne peux pas vous expliquer tout ça. Et moi aussi j'aimerais bien avoir des réponses à mes questions.

— Et lorsque je vous aurai donné ces réponses, que fera-t-on de moi ? Et pourquoi dois-je vous parler à travers un mur, puisque nous sommes tous deux des êtres humains ? Pourquoi encore et toujours un mur ?

Nashguen s'était mis à frapper violemment du plat de la main contre la paroi transparente. Puis soudain, il tourna les talons et se retira dans la chambre de sa domosphère. Ève rétablit l'opacité de l'opercule de communication. Ils étaient à nouveau totalement séparés.

Un mois entier s'écoula sans que l'un ou l'autre tentât de renouer le contact. Ève rédigea deux rapports dans lesquels elle faisait état de la tenue d'une conversation avec son sujet, et des grandes réticences de ce dernier à répondre aux questions. Elle avertissait que sa mission serait certainement très longue à mener à bien. Franck Welp ne se manifesta pas, et Ève conclut qu'il admettait les problèmes dont elle lui faisait part. Elle était perturbée, dérangée dans sa vie quotidienne par la présence toute proche de Nashguen, mais pas du tout de la façon qu'elle avait imaginée. Elle avait cru qu'elle souffrirait d'un malaise quasi physique engendré par la promiscuité avec un barbare, un de ces sauvages dont elle voyait quotidiennement la bestialité sur ses écrans de contrôle. Mais ce qui la déstabilisait, c'était qu'elle ne ressentait justement pas ce à quoi elle s'était attendue, et que ses certitudes les plus solidement ancrées étaient en train de s'effondrer. Au lieu d'analyser la colère de Nashguen comme une manifestation prévisible chez un être fruste et violent, elle la comprenait, la partageait d'une certaine façon. Quelle que fût la façon dont elle abordait la question, sa conclusion était toujours identique : « À sa place, j'aurais réagi comme lui. »

Cette idée l'obsédait, lui faisait perdre l'appétit et le sommeil. Le cybersexe ne l'attirait plus, elle avait cessé de se rendre dans sa bulle de réalité virtuelle. Admettre qu'un être venu du cinquième niveau était son semblable, c'était admettre que le grand mur n'était pas une protection, pas un cordon sanitaire, mais une monstruosité. Avant de parler à nouveau à Nashguen, elle aurait voulu trouver une réponse, obtenir des certitudes. Elle passait des heures à visionner des enregistrements d'autocaméras, répétant inlassablement les conversations des barbares pour perfectionner son accent. Son point de vue sur ce qu'elle observait avait changé. Elle regardait moins les pillages et davantage la misère, moins la violence et davantage la peur, moins la haine et davantage la souffrance. Comme chaque jour qui passait ne faisait qu'ajouter à ses interrogations, elle finit par rendre transparent l'opercule de communication et appeler Nashguen.

Ils décidèrent de se parler chaque jour à la même heure, ce qui était la meilleure solution pour que l'intimité de chacun fût préservée. Longtemps, leurs rapports demeurèrent très tendus. Le lutteur supportait mal le fait d'être isolé de son interlocutrice, tel un fauve enfermé dans une cage. De son point de vue, maintenir la séparation, c'était maintenir la perception de l'inégalité, d'un côté la divinité, de l'autre l'être mortel, d'un côté l'humain, de l'autre la bête. Cela le rendait extrêmement susceptible, et il interprétait facilement les phrases les plus anodines comme des expressions de mépris. Ève le comprenait, mais elle était incapable de dissiper instantanément l'image qu'elle s'était forgé des hommes du cinquième niveau au cours de vingt années passées à observer des écrans. Elle avait trop vu de massacreurs, de tortionnaires et de violeurs pour ne pas avoir peur, et être capable de parler à Nashguen sans la rassurante présence d'une indestructible barrière dressée entre leurs deux corps. Les colères du barbare ne faisaient que la conforter dans l'idée qu'elle avait raison de se montrer prudente.

Néanmoins, au fur et à mesure qu'ils apprenaient à se connaître, leurs relations s'amélioraient. Ève découvrait sur la vie derrière le mur bien des choses que les autocaméras ne lui avaient jamais révélées. À travers l'histoire de Nashguen, elle se familiarisait avec un quotidien qu'elle avait au fond toujours ignoré. Étonnée, elle se rendait compte que la majeure partie de l'existence de son nouveau voisin avait été rythmée par le cycle de la culture du riz, par les fêtes villageoises, par les événements primordiaux qu'étaient les mariages, les naissances et les décès. Nashguen était un paysan, qui avait vécu durement et simplement, avait aimé une femme avec laquelle il avait eu cinq enfants, et c'était cela, les trois-quarts de sa vie, la réalité de son être. Le reste, le déchaînement de violence, les tueurs, les pillards, la mort, le rejet, tout ce qu'Ève Sorensen, assise derrière son écran, prenait pour le résumé exact de l'histoire du monde qu'elle était chargée d'observer, tout cela était une tragique déchirure de ce qu'avait construit Nashguen, ce n'était pas son existence.

Peu à peu, elle comprenait qu'elle avait eu sous les yeux, pendant des années, un livre aux pages maculées de boue. Jamais elle ne s'était donné la peine d'essuyer les taches, et au lieu d'employer son temps à compulser un écrit, elle avait persisté à ne voir devant elle qu'une répugnante trace sale.

Nashguen, lui, découvrait un univers totalement nouveau, un univers qu'il devait imaginer à partir des explications de son interlocutrice, en se servant de concepts qui lui avaient toujours été étrangers. Son seul point de référence concret était le mobilier de sa domosphère. Malgré la difficulté de cet exercice, il réussissait à se représenter assez justement ce monde qu'il avait longtemps cru habité par des dieux.

Tandis que grandissait sa compréhension de son nouvel environnement, il se montrait plus tolérant envers l'attitude de méfiance d'Ève Sorensen. En effet, les deux sentiments qui selon lui exprimaient le mieux la nature de la société de ses hôtes étaient la peur et l'isolement. La principale préoccupation, de ce côté-ci du mur, semblait être de se protéger de tout ce qui était autre que soi. On poussait le cloisonnement à l'extrême. Les humains vivaient totalement à l'écart de la terre, du vent, de la pluie… Cette notion paraissait tellement ahurissante à Nashguen qu'il avait longtemps cru ne pas bien comprendre ce que lui disait Ève, mais il avait demandé plusieurs fois des précisions et avait fini par admettre que les gens ne sortaient jamais à l'air libre. Ils étaient en permanence abrités par des dômes de matière transparente. Même les cultures destinées à produire la nourriture étaient réalisées sous de gigantesques serres. Les racines des plantes ne plongeaient pas dans le sol, mais dans des bacs où circulait une sorte de soupe composée de tous les éléments nécessaires aux végétaux. Les villes étaient reliées entre elles par des souterrains dans lesquels circulaient des véhicules transportant des passagers à des vitesses prodigieuses. Pour se déplacer d'un endroit à un autre, les piétons empruntaient eux aussi des galeries creusées dans la terre, ou des passages entièrement couverts. L'air respiré par chacun des habitants de ce côté-ci du mur était filtré par de complexes machines, et l'eau subissait un traitement analogue. D'après les explications d'Ève, les gens pensaient ainsi se protéger des maladies, dont les multiples causes étaient, selon elle, cachées dans les quatre éléments. Elle assura à Nashguen, qui trouvait cette théorie absurde, que personne ici ne souffrait des terribles fléaux qui ravageaient la population du cinquième niveau. Le barbare avait cependant beaucoup de mal à croire que la terre, l'eau, l'air, et même le feu du soleil, dispensateurs de toute vie, fussent en même temps porteurs des germes de la mort.

La classification qui concernait les différents espaces du monde symbolisait ce désir d'isolement et de protection. La plus basse strate était celle où tout se mêlait, infernal chaos rejeté derrière un titanesque rempart de métal. Dans le quatrième niveau commençait à se mettre en place un semblant d'organisation et de contrôle, dévolu à des myriades de robots qui arpentaient, roulaient, grimpaient, volaient dans les airs ou plongeaient sous les eaux pour surveiller, prélever, analyser et éventuellement agir. Le troisième niveau était le premier à partir duquel l'existence humaine était jugée possible, derrière l'abri de verrières qui filtraient les rayons solaires, de conduits d'aération saturés de bactéricides, de fongicides, de virucides, de purificateurs d'eau truffés d'analyseurs. Malgré ces protections multiples, les séjours à ce niveau étaient en général peu appréciés, à cause de la présence des autres humains. Les agressions n'étaient pourtant pas à craindre, chaque mètre carré de l'espace commun étant filmé par des caméras reliées à des postes de surveillance qui déclenchaient l'intervention rapide des forces de l'ordre au moindre incident. Il n'y avait d'ailleurs rien à voler puisque l'argent n'existait pas, toutes les transactions se réglant de façon informatique. La violence était exceptionnelle, perpétrée par un petit nombre de détraqués qui étaient rapidement appréhendés et dirigés vers des centres de soins. La répugnance des citoyens à se trouver dans le troisième niveau s'expliquait simplement par le fait qu'ils préféraient être seuls plutôt qu'en groupe. Les contraintes du travail et des déplacements les obligeaient à se côtoyer, mais cela ne concernait qu'une petite partie de leur temps. Malgré tout, un métier comme celui d'Ève, qui permettait de ne jamais quitter sa domosphère, était considéré comme particulièrement gratifiant.

Car c'était seulement à partir du deuxième niveau que la plupart des gens se sentaient vraiment à l'aise, cloîtrés dans un cocon qui les isolait totalement du monde et des autres. Ce qui stupéfiait le plus Nashguen dans cette société qu'il découvrait à travers les propos d'Ève Sorensen, c'était que l'immense majorité des humains y vivaient absolument seuls. Il n'y avait pas de couples, pas de famille. La curiosité du lutteur à ce sujet était intarissable, car il ne parvenait pas à comprendre...

— Vous, par exemple, vous n'avez pas de mari.

— Non, effectivement, et je crois que je suis bien mieux seule.

— Mais il y a bien des femmes qui vivent avec un mari !

— Vous voulez dire des couples qui habitent la même domosphère ? Non, chaque individu possède sa propre cellule de logement, c'est un principe de base. Je connais certaines femmes qui ont fait l'expérience de partager la demeure d'un homme, mais ça ne dure jamais bien longtemps, elles rentrent vite chez elles.

— Mais les enfants... Vous avez des enfants. Vous élevez des enfants.

— Oui, bien sûr, certaines femmes choisissent d'avoir un enfant. Il faut faire une demande au bureau de procréation. Ils étudient le profil génétique de la candidate et déterminent le meilleur père possible parmi les donneurs dont ils détiennent du sperme congelé. Ensuite, la candidate est inséminée. Il y a beaucoup d'avantages à être mère, forte rémunération sans travail, attribution d'une très grande domosphère, nombreuses aides à l'éducation de l'enfant... Cela étant dit, personnellement, j'ai préféré échapper à cette corvée, je n'en avais vraiment pas besoin, j'ai un bon boulot, plutôt bien payé.

Nashguen avait souvent besoin de très longues explications complémentaires pour saisir des notions telles que l'analyse des gènes, la conservation de la semence ou l'insémination artificielle. Mais il était intelligent, et Ève savait trouver des images adéquates pour l'aider à tout assimiler. Le plus difficile pour lui était de comprendre le premier niveau. Il avait très tôt réalisé que cet endroit représentait une sorte de paradis dans lequel chacun aimait passer le plus de temps possible. La place dans la hiérarchie sociale semblait se manifester à travers la taille et l'équipement de la domosphère, et les possibilités d'accès au premier niveau. Les mieux lotis, comme Ève Sorensen, possédaient une bulle de réalité virtuelle privée. Pour d'autres, elle était commune à un groupe de personnes, ce qui en limitait le temps et les facilités d'utilisation. Nashguen pensait que si le premier niveau était extrêmement prisé par des gens qui recherchaient par-dessus tout l'isolement et la coupure du monde, cela signifiait peut-être qu'il permettait d'atteindre un état mental comparable à celui qu'il connaissait au cours de ses méditations. Mais il ne comprenait pas l'utilité des appareils complexes que tentait de lui décrire Ève ni l'importance considérable que paraissait tenir ce qu'elle nommait la réalité virtuelle dans la vie sexuelle des gens en général, et dans la sienne en particulier. Il avait fini par conclure qu'il ne pourrait savoir ce qu'était le premier niveau que le jour où il y pénétrerait lui-même.

Le temps s'écoulait, et six mois passèrent pendant lesquels chaque jour, à la même heure, Ève et Nashguen s'entretenaient, chacun de leur côté d'un mur de verre. Leurs discussions étaient parfois courtes, s'achevant en de violentes disputes, parfois très longues et plus calmes. Se parler l'un à l'autre, ce qui au début représentait pour elle une obligation professionnelle et pour lui l'unique chemin vers une hypothétique liberté, était devenu une expérience agréable, qu'ils attendaient tous deux chaque jour avec impatience. Nashguen était avide de connaître mieux l'étrange univers dans lequel il s'était introduit. Il n'oubliait pas sa quête, mais s'était bien gardé de parler du Niwaâd et des véritables raisons qui l'avaient conduit à franchir le grand mur. Il jugeait hautement imprudent de dévoiler ses buts alors qu'il était enfermé dans une geôle au cœur d'un monde qu'il n'avait jamais vu et dont tout ce qu'il apprenait lui semblait d'une extrême bizarrerie. Mais peu à peu, tous les sentiments négatifs qu'il ressentait à l'égard d'Ève Sorensen s'estompaient. Il devenait moins méfiant, admettait mieux qu'elle laissât une barrière entre elle et lui, puisqu'elle avait tant de mal à accepter le contact avec les humains de son propre univers, et s'habituait à son aspect physique, sa pâleur, l'or de ses cheveux et de ses sourcils, la grisaille de son regard…

Le changement qui s'opérait en Ève était plus intense, plus profond. Nashguen avait ignoré sa vie durant ce qui existait au nord du grand mur, il découvrait tout comme un enfant, sans véritables idées préconçues. Mais pour elle, les habitants du cinquième niveau n'avaient rien d'un mythe, elle avait vu, pendant vingt ans, leur rudesse, leur cruauté, leur barbarie. Désormais, la présence près d'elle d'un de ces êtres l'obligeait à changer sa perception du monde et à se poser des questions qui auparavant ne lui auraient jamais effleuré l'esprit :

« Est-il une exception parmi les siens ? S'ils sont tous semblables à lui, des humains proches de nous, pourquoi la terre est-elle coupée en deux ? Pourquoi vivons-nous séparés ? Pourquoi le cinquième niveau est-il tellement différent si ceux qui y vivent connaissent les mêmes sentiments que moi ? Pourrions-nous les aider ? Devrions-nous les aider ? Pourquoi ne les aidons-nous pas ? »

Elle se surprenait à regarder le corps de Nashguen, qu'elle avait trouvé tout d'abord si repoussant, avec une certaine fascination. Elle songeait aux amants qu'elle avait eus, à leur peau soyeuse et rosâtre, à leurs joues rebondies, à la rondeur de leur cou, à leurs épaules un peu tombantes, à la courbe douce de leurs hanches, et les comparait au barbare, sombre, le visage maigre crevassé de rides, veines et muscles saillants comme un lacis de cordes. Il y avait une histoire gravée sur sa peau de cuivre, comme tracée par le burin d'un scribe. Les profondes plissures qui barraient son front et soulignaient ses yeux noirs au regard taciturne imprimaient sur son visage un masque de souffrance qui racontait les douleurs de son passé. Ses mains calleuses aux doigts courts et puissants témoignaient de sa rude existence de paysan. Son torse de lutteur, les boursouflures blanchâtres de ses cicatrices, la difformité de son genou étaient les preuves de ses combats.

En le contemplant, Ève voyait un homme, et songeait qu'elle n'avait connu que des enfants, de jolis enfants à qui rien n'était jamais arrivé. Elle réalisait que ce qu'elle avait perçu comme de la laideur, elle l'interprétait dorénavant comme une marque de virilité. Le regard qu'elle portait autrefois sur les images de ses écrans cathodiques s'était transformé en un regard porté sur un être vivant, et cela changeait son univers. Elle avait la sensation qu'un filtre avait été retiré de devant ses yeux. Elle savait cependant qu'un autre était toujours en place, mais était décidée à s'en débarrasser désormais.

Un jour, à l'heure habituelle de leur conversation quotidienne, Nashguen eut la surprise de voir Ève les mains jointes devant la poitrine, légèrement inclinée, et de l'entendre déclarer :

— Soyez le bienvenu dans ma demeure.

Il s'avança lentement, et constata que le mur de cristal qui les séparait l'un de l'autre avait disparu.

CHAPITRE III

Le but suprême, l'ultime épreuve pour chaque homme est la rencontre avec son créateur. Celui qui suit le rude chemin menant vers le centre de son propre esprit, affronte les obstacles dressés par l'illusion du monde, et soulève le voile jeté sur le mystère de la mort, celui-là, même s'il ne trouve pas son dieu, mesure à l'aune exacte la valeur de l'existence.

Mais aux temps de l'âge d'or, contempler le divin était le quotidien de tous, et les hommes cessèrent d'accorder de la valeur à ce qui ne leur demandait nul effort, considérèrent avec désinvolture les merveilles de l'Eden, et avilirent leur esprit sans qu'aucun d'entre eux ne vît qu'ainsi s'approchait leur chute.

Livre d'Uzmul – Livre II, Verset 44

Ève contempla longuement le dos de l'homme endormi près d'elle, un dos puissant dont la peau sombre était striée de cicatrices blanchâtres et sur lequel venaient s'étaler d'immenses cheveux gris défaits. Elle sourit en songeant que moins d'un an auparavant, elle aurait traité de fou quiconque lui eût prédit que celui qu'elle considérait alors comme un barbare à peine sorti de l'animalité deviendrait son amant…

Elle passa en revue les différents sentiments qu'elle avait ressentis à l'égard de Nashguen depuis qu'elle le connaissait, l'horreur, l'aversion, l'animosité, le respect, la compassion, la complicité, l'amitié et le désir… Elle savait que leurs rapports avaient évolué au fur et à mesure que les barrières qui les séparaient étaient tombées. Il avait d'abord été pour elle un étranger surgi du cinquième niveau, au-delà des portes de l'enfer, effrayant et répugnant, puis un sujet d'étude emprisonné dans une cage dorée, déconcertant, agaçant mais en même temps fascinant, un voisin et un confident, et enfin, lorsqu'elle s'était décidée à retirer le dernier obstacle dressé entre eux, un véritable ami. Deux mois durant, ils avaient noué des relations de plus en plus étroites, jusqu'au jour où Ève avait éprouvé l'envie de faire l'amour avec lui. Elle avait alors connu une expérience nouvelle, incomparable, et avait compris que ce qu'elle avait désiré auparavant avec ses amants précédents, c'était uniquement l'acte sexuel. Pour la première fois de son existence, elle avait aimé un autre être humain, pour la première fois, elle avait essayé de donner du plaisir au lieu de chercher à en recevoir, et cela lui avait procuré une jouissance que même les plus extraordinaires séances de cybersexe ne lui avaient jamais fait découvrir.

Ève se leva, se doucha et s'habilla, puis vint s'installer devant la console de son ordinateur. Elle savait que sa vie avait complètement changé, ce qui la préoccupait désormais n'était plus son propre avenir, mais l'avenir du couple qu'elle formait avec Nashguen. Il lui avait révélé les véritables raisons qui l'avaient poussé à franchir le grand mur, lui avait parlé de son étrange quête. Désormais, Ève, elle aussi, recherchait le Niwaâd…

Elle avait passé des heures derrière ses écrans, errant au sein du réseau à l'affût d'un indice, mais en vain. L'accès à la moindre information intéressante lui était impossible. Elle s'acharnait pourtant, et recommençait inlassablement à pianoter sur le clavier de sa machine.

Elle sentit soudain les mains de Nashguen se poser doucement sur ses épaules. Même lorsqu'il la caressait avec une extrême délicatesse, les doigts de son amant lui semblaient être les serres d'acier d'un rapace géant, tant il émanait de tout son corps, de toute sa personne, l'expression d'une force brute, primitive, animale. Elle savait que c'était cela qui l'avait révulsée au début, parce qu'elle n'avait jamais rien rencontré de tel chez aucun homme, et que c'était cela qui l'avait attirée vers lui par la suite, pour les mêmes raisons.

— Tu crois vraiment trouver une solution maintenant ? Tu as déjà essayé des dizaines de fois.

— Je ne sais pas quoi faire d'autre pour t'aider. Si tu as mieux à proposer…

— Et ton fameux Welp ? Il t'a promis un accès étendu au réseau en cas de réussite de ta mission. Où en sont vos contacts ?

— Rien depuis ma dernière demande… J'attends de ses nouvelles.

Ève avait scrupuleusement établi ses rapports mensuels et, si pendant longtemps elle n'avait guère communiqué d'éléments intéressants, l'évolution de ses relations avec Nashguen lui avait permis de faire récemment ce qu'elle pensait être des propositions alléchantes pour Franck Welp. Mais ce dernier n'avait pas encore réagi. Alors Ève continuait à fouiller l'immensité du réseau, en quête de tout ce qui pouvait évoquer, de près ou de loin, le *Livre d'Uzmul*, le grand mur, la religion des barbares, et le Niwaâd...

À sa grande surprise, Nashguen avait très vite assimilé toutes les notions concernant un univers qui aurait dû être pour lui totalement abstrait et quasiment inaccessible, celui des ordinateurs, des autoroutes informatiques et de la réalité virtuelle. D'après ce qu'Ève avait compris, il s'appuyait sur les capacités particulières et étonnantes de son propre mode de pensée pour dresser des comparaisons et appréhender la complexité du domaine de l'intelligence artificielle. Il assimilait les machines à son cerveau, les informations stockées sur disquettes aux connaissances qu'il avait acquises, et la prodigieuse masse de données circulant dans le réseau à ce qu'il nommait sa conscience supérieure. En discutant avec lui, Ève se rendait compte peu à peu qu'elle devenait l'élève et lui le maître, qu'il avait absorbé tout le savoir qu'elle pouvait lui transmettre tandis qu'elle peinait à suivre son enseignement.

Nashguen prétendait que grâce aux techniques de méditation que lui avait apprises le vieil ermite qui l'avait soigné, il pouvait avoir un dialogue intérieur avec une entité au savoir infini, et obtenir des réponses à de multiples questions. De la même manière, il arrivait à atteindre l'état amok dans lequel son corps détenait une force gigantesque et ne percevait plus la douleur. Ève avait souvent essayé de suivre ses indications pour parvenir à ces états modifiés de conscience qu'il lui avait décrits, mais sans jamais réussir. Elle en concevait un certain agacement et ne ratait jamais une occasion de se moquer des affirmations de son amant sur cet étrange monde de pensée pure et de rêves dirigés dont il lui parlait…

Brusquement, Ève se leva de son fauteuil, retira les mains de Nashguen de sur ses épaules, et se retourna pour lui faire face.

— Pourquoi ne fais-tu pas appel à tes superpouvoirs pour trouver ton fichu Niwaâd ? Tout serait si simple, alors. Tu n'as qu'à t'accroupir par terre, tourner tes paumes vers le plafond, fermer les yeux, penser aux couleurs de l'arc-en-ciel. Arrête-moi si je me trompe… Tu te branches en direct avec ton informateur universel, et le tour est joué.

— J'ai dit quelque chose que je n'aurais pas dû dire ? Il y a longtemps que je ne t'ai pas vue si agressive. Je t'ai déjà expliqué que la conscience supérieure est un peu comme le réseau de votre monde, elle contient la connaissance totale. Mais tu n'as pas accès à cent pour cent du réseau, et je n'ai pas accès à cent pour cent de ma conscience supérieure. C'est tout.

— Mais quelle signification a cette histoire ? C'est absurde ce qui nous arrive. Tu entends une voix dans un rêve, tu risques ta vie pour ce que t'a dit cette voix, et moi, de l'autre côté du mur, je me trouve mêlée à ça, et comme une idiote je me mets à agir moi aussi en fonction de tes songes, de tes délires. Pourquoi ? Pourquoi ?

Ève avait éclaté en sanglots. Nashguen la serra dans ses bras et lui parla très doucement :

— Tu as passé beaucoup trop d'heures à travailler sur ton ordinateur ces dernières semaines. Il faut te changer les idées. Pourquoi ne te rends-tu plus jamais dans le premier niveau ? Peut-être que cela t'aiderait à te relaxer.

Depuis qu'il vivait avec Ève, le lutteur avait découvert le monde de la réalité virtuelle. Sa première expérience n'avait entraîné ni rejet ni fascination ; il l'avait trouvée amusante, sans bien comprendre pourquoi ses hôtes ne songeaient qu'à s'évader de leur quotidien en se glissant dans une cyberpeau. Il avait recommencé une deuxième fois, parce qu'il aimait bien la sensation de voler, et s'était permis d'essayer un scénario en apesanteur. Mais Ève, elle, ne quittait plus le deuxième niveau.

— Je ne veux pas ! Ça ne m'attire plus du tout ! C'est artificiel, totalement bidon !

— C'est plutôt distrayant. Tu m'as dit toi-même que tu y passais des heures chaque jour, avant que…

— Justement ! C'était avant ! Tout a changé désormais ! Tu te rends compte que, pendant des années, j'ai fait l'amour avec une machine.

— Il n'y a pas que le cybersexe. Des tas de programmes ne l'incluent pas. Il faut prendre ça comme un jeu, Ève, uniquement comme un jeu.

— Tu ne peux pas comprendre, tu viens d'un autre monde, d'un autre univers. Je n'arrive même plus à me rappeler pendant combien de temps, avant que nous nous connaissions, je n'ai pas parlé directement à quelqu'un, sans l'intermédiaire d'un visiophone ou d'un engin quelconque. Je ne m'en souviens plus, Nashguen, je ne m'en souviens plus ! Tout ce que je sais, c'est que j'avais horreur que quelqu'un d'autre soit près de moi, dans mon espace, dans ma sphère. Je voulais être seule, avec mes écrans, mon clavier, mon générateur de réalité virtuelle. Je crois qu'avant toi, la seule présence humaine que j'ai aimée, c'est celle de ma mère, mais je n'en suis même pas sûre... Maintenant, je veux me débarrasser de tout ça, de cette fiction, de cette illusion, je ne veux plus avoir affaire à cette maudite machine à remplacer la vie, je veux fuir cette bulle de métal où je suis enfermée ! S'il le faut, j'irai avec toi dans le cinquième niveau !

Ève se jeta sur son lit en pleurant à chaudes larmes. Nashguen s'assit près d'elle et lui caressa doucement les cheveux, ces fils d'or qui l'avaient tant étonné la première fois qu'il les avait vus, et qu'il avait appris à trouver beaux.

— Tu es confrontée à un grand changement dans ton existence, toutes tes valeurs sont bouleversées. Tu découvres que de l'autre côté du mur, il n'y a pas ce que tu croyais. Ça implique que de ton côté à toi, tout n'est pas exactement comme tu l'imaginais auparavant, et que par conséquent toi-même, tu n'es peut-être pas ce que tu pensais être. Je comprends ce que tu ressens, je suis en train de vivre la même expérience, mais j'étais sans doute mieux préparé que toi à ce genre de choc. La meilleure façon de supporter tout cela, c'est d'utiliser le nouvel univers dans lequel tu es en train de pénétrer comme une lumière capable d'éclairer les zones d'ombre de celui que tu es sur le point de quitter.

Ève se redressa et fixa son amant de ses yeux embués de larmes.

— Explique-toi.

— Je vais te donner un exemple. Je t'ai déjà parlé des parallèles que j'avais faits entre le fonctionnement de mon esprit et celui de vos ordinateurs. Eh bien, contrairement à ce que tu pourrais croire, ce n'est pas tant la compréhension de mon mode de pensée qui m'a aidé à appréhender l'informatique, que la découverte de l'intelligence artificielle qui m'a apporté des réponses aux problèmes posés par la complexité de l'esprit humain. Avec la technologie, tout est simplifié, schématisé… Il y a cette machine, cette boîte, un peu comme la boîte crânienne, à l'intérieur de laquelle, peu importe comment, se déroule un processus de pensée. D'un côté de cette interface se trouve l'opérateur, c'est-à-dire le monde physique, et de l'autre l'information, c'est-à-dire le monde spirituel. Ont-ils un sens séparément ? L'opérateur a besoin de l'information, il n'existe que pour aller chercher l'information, par l'intermédiaire de l'ordinateur. Et l'information n'est rien sans quelqu'un pour l'utiliser, la faire passer de l'autre côté de l'écran. C'est ainsi, en découvrant tous tes appareils, que j'ai réussi à établir une représentation de la conscience supérieure. C'est une pensée pure, au-delà de l'écran de mon cerveau, qui se sert de moi pour agir dans le monde physique. Et je me sers d'elle et, sans elle, sans doute n'existerais-je pas…

Ève ne pleurait plus. Elle avait l'air joyeux, et lorsque Nashguen s'arrêta de parler, elle éclata de rire.

— Et tu voudrais me faire croire que tu n'as rien appris à part la culture du riz et les techniques de lutte ? Tu ne parles pas comme un paysan…

— Que sais-tu des paysans ? Y en a-t-il dans ton monde ? Vous vivez séparés de la terre, de la pluie et du soleil, tu ne peux donc connaître de paysan ! Je suis certainement le premier que tu rencontres.

Ève se leva et se mit à déambuler dans sa domosphère, d'un pas saccadé, nerveux.

— Tu as raison… Je suis simplement surprise, voilà tout. Je ne voulais pas t'offenser.

—Je ne sais ni lire ni écrire, et pendant trente-cinq ans, je n'ai presque jamais quitté mon village. Je ne suis pas pour autant un imbécile. Je crois que tu ne mesures pas vraiment tout ce qu'il est possible d'apprendre en faisant pousser du riz. L'ermite qui m'a sauvé n'était qu'un paysan, lui aussi, mais il avait plus de sagesse qu'aucun homme ne pourra jamais en acquérir dans ton drôle de monde. Il m'a dit un jour que pour obtenir la clé de la connaissance, on avait le choix entre deux méthodes : parcourir les continents, traverser les océans, franchir le grand mur et voler jusqu'au cœur des étoiles ; ou bien consacrer toute sa vie à étudier l'aile d'un papillon.

Ève s'approcha de Nashguen et passa doucement ses longs doigts diaphanes sur la joue burinée du lutteur.

—J'ai toujours considéré le cinquième niveau comme un enfer, mais je vois qu'il te manque. Que pourrais-je faire pour alléger ta peine ?

—J'aimerais savoir ce qui s'est passé après mon départ, tout ce qui est arrivé aux gens que j'ai rencontrés dans ma quête.

— Rien de plus facile ! J'ai accès à tous les enregistrements effectués par les autocaméras, il suffit de programmer une sélection.

Lorsqu'Ève eût achevé son travail préparatoire, les deux amants virent défiler sur l'écran géant de la domosphère les images atroces des événements survenus après le passage de Nashguen à travers l'ouverture du grand mur. Les soldats en rouge avaient vaincu les gardes qui protégeaient Xiao-Ming, et le grand Inquisiteur avait pu donner libre cours à sa fureur meurtrière. Tous les prêtres avaient été impitoyablement massacrés, et on avait entassé leurs têtes pour ériger une macabre pyramide devant la porte sacrée. Les enregistrements montraient un Ravij Satri empli d'une rage fanatique, à la fois terrorisé par l'étendue des sacrilèges perpétrés dans le temple, et obsédé par le désir de racheter les fautes commises aux yeux des dieux grâce à une débauche de sang, de souffrances et de morts. Xiao-Ming, considéré comme le principal responsable des multiples profanations qui avaient souillé les lieux saints, avait subi un châtiment estimé proportionnel à ses crimes. Le malheureux vieillard, cloué par les poignets au linteau de l'énorme porte qui donnait accès à l'autre côté du mur, avait été livré aux bourreaux de l'Inquisition qui, armés de crochets à long manche, l'avaient écorché, démembré, éviscéré vivant…

Ève et Nashguen avaient ensuite découvert le sort des enfants soldats de l'immense armée de Chaka. Après la mort de ce dernier, terrassé par la malaria ainsi que l'avait prédit Slim Ali, ses troupes, privées du seul chef capable de maintenir leur cohésion, s'étaient morcelées et dispersées. Chacun de ses lieutenants avait entraîné avec lui une partie des combattants pour se lancer dans des conquêtes et des aventures personnelles, oubliant le rêve de leur général, son fol espoir de libérer tous les esclaves. Sans la figure emblématique de Chaka, sans l'union et la cohésion de leurs gigantesques effectifs, sans la force que leur donnait la conviction de se battre pour un monde meilleur, les enfants-soldats avaient été vaincus par les milices cléricales. Beaucoup avaient été tués au cours des batailles, certains s'étaient enfuis, la plupart avaient été capturés. Les prêtres s'étaient alors retrouvés avec des centaines de milliers de prisonniers dont ils ne savaient que faire…

Un des enregistrements visionnés par Ève et Nashguen avait été pris par une autocaméra à l'intérieur même du Saint-Siège d'Al-Qâhira.

On y voyait une réunion de prélats débattant de la manière dont il convenait d'agir avec les jeunes captifs. Les restituer à leurs anciens maîtres semblait à tous une tâche impossible. Pour les trier et les identifier, chacun s'accordait à dire qu'il faudrait des mois, pendant lesquels on devrait les loger et les nourrir tout en les empêchant de s'évader, ce qui coûterait une fortune. La solution d'une mise à mort massive et exemplaire recueillait la majorité des suffrages, et les prêtres rivalisaient d'imagination quant aux techniques à adopter. Ève et Nashguen assistèrent, éberlués, à d'interminables discussions sur les méthodes d'exécution, leur facilité de mise en œuvre, leur coût, leur effet dissuasif. Les hommes en blanc filmés par l'autocaméra s'affrontaient dans des joutes oratoires véhémentes et absurdes mettant aux prises les partisans du pal avec ceux de la pendaison, les adeptes de la crucifixion avec ceux du bûcher, les défenseurs de la roue avec ceux de la décapitation. On contestait tout, on pinaillait sur tout, la valeur du mètre de corde, celle du sac de clous, les difficultés d'approvisionnement en bois à brûler, la pénurie de bourreaux suffisamment qualifiés pour trancher les cous ou rompre les membres. Le débat menaçait de s'éterniser, mais l'intervention d'un prêtre avisé proposant de transformer une opération de toute manière ruineuse pour le clergé en une grosse source de profit avait réussi à y mettre fin.

L'éventualité d'une revente comme esclaves des enfants prisonniers avait été écartée dès le début des discussions. Ignorant la perspective de gains fabuleux, les prélats avaient estimé qu'une telle décision eût été interprétée comme un véritable vol par tous ceux qui avaient perdu leur cheptel au cours de la guerre contre Chaka. Un propriétaire pouvait à la rigueur admettre la disparition de son bien pour des raisons de force majeure telle la nécessité de mettre à mort les esclaves rebelles, pas pour assister à une vente dont le produit irait dans d'autres poches que les siennes. Mais une solution judicieuse avait été trouvée, propre à satisfaire tout le monde.

Les résultats de la décision prise à l'issue de ce débat apparurent dans l'enregistrement suivant. Les captifs avaient été vendus à bas prix à la corporation des bouchers d'Al-Qâhira. Le clergé pouvait ainsi couvrir les frais que lui avait occasionnés la campagne contre Chaka, tout en punissant ses ennemis d'une manière capable de frapper les esprits et en réjouissant la population de la mégalopole, car il avait été convenu qu'en contrepartie du tarif exceptionnel dont ils bénéficiaient, les bouchers offriraient des repas de chair humaine gratuits, lors d'une journée de fête.

Sur l'écran géant de la domosphère se déroulaient des scènes de liesse populaire où l'on voyait des gens hilares se féliciter de la fin de ces terribles combattants dont les victoires les avaient si longtemps inquiétés, grillés, bouillis, rôtis, au fond de leurs estomacs... Le dernier enregistrement concernait Drissa Okoyé. Le ventripotent marin, lassé d'attendre le retour de ses passagers dans la puanteur du port d'Al-Qâhira, avait appareillé et rejoint la mer Intérieure en empruntant le canal, puis avait cinglé vers l'ouest. Après avoir franchi le détroit de Tarik, il avait remis à son équipage tout l'argent dont il disposait et lui avait enjoint de rallier la côte avec la chaloupe de sauvetage. Puis, seul sur sa felouque, il avait fait voile vers le nord. Dès qu'il avait eu dépassé la latitude du grand mur, une sphère métallique ressemblant à une autocaméra, mais quatre à cinq fois plus grosse, était venue survoler son navire, puis soudain, avait craché un éclair rouge qui avait embrasé l'embarcation.

Longtemps, Nashguen garda la tête basse, silencieux. Il savait désormais que tous ceux qu'il avait rencontrés dans sa quête du Niwaâd étaient morts, comme si une malédiction s'attachait à ses pas. Le lutteur ne s'attristait pas pour Drissa Okoyé, qui depuis longtemps fuyait le monde en partant vers le large, et qui avait simplement voulu faire un voyage dont il était sûr de ne pas revenir ; il avait obtenu la fin qu'il désirait ardemment.... Les souffrances de Xiao-Ming ne l'avaient pas laissé indifférent, car il appréciait le vieillard qu'il considérait comme un homme bon. Mais Nashguen avait vu périr tant d'innocents au cours de son existence, et avait perdu sa propre famille dans des conditions si atroces, que le supplice du malheureux prêtre ne pouvait bouleverser son esprit. Ce qui l'éprouvait, c'était la disparition des centaines de milliers d'enfants de l'armée de Chaka, le terrifiant contraste entre leur rêve d'une vie différente, libérée de l'esclavage, et leur anéantissement de bêtes de boucherie.

Ève, elle aussi écrasée par ce qu'elle avait vu, fut la première à rompre le silence. Elle se lamentait bruyamment, semblait hors d'elle-même, glissait vers l'hystérie...

— Dire que j'avais fini par ne plus vous considérer comme des monstres, par croire que vous étiez des humains comme nous. J'avais oublié toutes les horreurs que j'ai été obligée de regarder pendant des années. On devrait murer les portes, ne plus laisser aucune communication avec le cinquième niveau ! Il ne faut plus de contact, non, plus de contact ! Je veux être totalement séparée de ces barbares cannibales !

Ève avait hurlé sa dernière phrase. Elle se tordait les mains et son regard, vide, ne se fixait sur rien.

Nashguen savait que sa compagne était très fragilisée par les bouleversements qui avaient secoué son univers ces derniers mois, et il comprenait sa réaction extrême. Mais lui-même ne se trouvait pas dans un état de sérénité, et il ne put s'empêcher de lui répliquer sèchement :

— Il t'est facile, depuis ta domosphère, de nous traiter de monstres. Mais si tu venais de l'autre côté du mur, comme tu parlais de le faire il y a seulement quelques heures, les choses seraient bien différentes. Au bout d'un mois passé à Al-Qâhira, tu mendierais pour un morceau de chair humaine !

— Fous le camp, Nashguen ! Retourne dans ta cellule d'où je n'aurais jamais dû te faire sortir ! Je ne veux plus te revoir, tu comprends...

Sans un mot, le lutteur quitta la demeure de son amie. Il entendit derrière lui se refermer l'opercule de séparation.

Ève n'avait plus rien à quoi se raccrocher. Son monde lui paraissait dénué de sens désormais, les plaisirs du premier niveau futiles, sa domosphère étouffante. Mais de l'autre côté du mur sévissait une horreur sans bornes et, même si elle aimait Nashguen, elle ne pouvait oublier qu'il venait de là ; c'était comme s'il portait un masque d'infamie, quelque chose qui le rendait à jamais impur....

Elle souhaitait mourir. Elle ouvrit un compartiment d'un de ses blocs de rangement et fouilla nerveusement. Au bout de quelques minutes, elle mit la main sur ce qu'elle cherchait, une petite boîte plate et rose qui contenait de nombreuses gélules. « Anandamide de synthèse ultra-pure... »

Elle avait lu l'étiquette à voix haute, en criant presque, comme pour se convaincre qu'elle tenait entre ses doigts la solution à tous ses problèmes. La consommation régulière de ce médicament était fortement recommandée par toutes les équipes médicales, et des publicités entrecoupaient les émissions des deux cent soixante-quatorze chaînes de diffusion de programmes télévisuels, vantant les mérites de « La Vie en Rose », nom déposé du produit. La notice d'utilisation mettait cependant en garde contre le danger de tout abus et précisait les posologies usuelles, beaucoup plus élevées pour les inactifs que pour les titulaires d'un emploi. Pour éviter les surdosages de la part des individus inattentifs ou peu disciplinés, un quota mensuel d'achat avait été établi, et il était impossible de le dépasser.

Cette mesure n'avait jamais frustré Ève, qui n'était pas particulièrement friande des effets de l'anandamide. Les sensations procurées par la réalité virtuelle lui avaient jusqu'alors semblé plus excitantes, si bien qu'elle ne piochait pas souvent dans ses petites boîtes roses. Elle avait cependant toujours acquis ce que lui autorisait son quota, et avait ainsi en permanence dans sa domosphère deux ou trois paquets de gélules...

Ève se rendit dans sa cuisine, se servit un grand verre d'eau, et se mit en devoir d'avaler toute l'anandamide qu'elle avait trouvée. Puis elle regagna sa chambre et s'allongea sur son lit. Au bout de vingt minutes, les effets de ce qu'elle avait absorbé commencèrent à se manifester...

Ils déferlaient par millions, se glissaient sous les portes du grand mur, s'insinuaient à travers ses fissures, grouillaient sur les verrières de protection, rongeaient tous les obstacles qui s'opposaient à leur avancée, se laissaient tomber en pluie immonde et noirâtre dans les allées du troisième niveau, envahissaient le moindre espace. Ève les entendait gratter contre les issues de sa domosphère, mais elle était tétanisée, incapable de remuer un orteil. Ils se rapprochaient, le cliquetis de leurs pas menus roulait comme une cataracte dans son crâne, et les quelques instants qu'il leur fallait pour envahir toutes les pièces lui semblaient être d'interminables siècles. Soudain, elle les vit, qui se répandaient autour de son lit, et grimpaient pour la rejoindre. Effarée, elle réalisa qu'ils recouvraient déjà tout, sol, cloisons, dôme du plafond. Elle pouvait seulement bouger la tête, et tournait spasmodiquement son visage de gauche à droite, de droite à gauche, de plus en plus vite. Il y en avait un sur son bras, qui se dirigeait vers son épaule, vers son cou... Elle le fixa stupidement. Il avait un corps de crabe ou de grosse araignée, noir, velu, mais son faciès était humain. Il lui parlait, dans la langue du cinquième niveau, mais elle ne comprenait rien, à cause du crissement des milliers d'appendices qui emplissait la chambre. Elle vit ses petites dents aiguës et comprit qu'il allait se repaître de sa chair. Par un formidable effort, elle parvint à secouer son bras pour le faire tomber. Mais elle savait qu'elle mobilisait en vain toute sa volonté, car elle en sentait d'autres trotter sur ses jambes, s'accrocher à sa chevelure. Ils allaient la submerger de leur multitude, et la ronger jusqu'aux os.... Elle se mit à hurler, comme si elle voulait faire sortir son âme par sa bouche, l'expulser dans son cri, et abandonner aux mangeurs d'hommes une substance inerte, sans vie.

Ce fut la lumière qui les fit disparaître. Ils s'y dissolvaient comme dans un bain d'acide, leurs pattes griffues et poilues agitées par la souffrance. Pour eux, c'était une torture, mais pour Ève un baume apaisant qui purifiait sa peau de la souillure des monstres. Une main, au centre de la pièce, brillait comme un soleil, répandait ses rayons bienfaisants. Un être d'énergie flottait près du lit, tendait un bras dans sa direction, mais elle ne pouvait toujours pas bouger, juste soulever un peu sa tête. Elle observa l'apparition, et sut que c'était Nashguen venu la sauver, bien qu'il fût sous l'aspect d'un halo lumineux, dépourvu de corps physique. Alors, elle trouva la force de saisir la main rayonnante, et sentit ses membres revigorés. Elle se dressa, puis se mit à flotter elle aussi, toute nimbée de blanc.

Ils traversèrent la paroi de la domosphère et s'envolèrent en direction du soleil. Ève pouvait regarder l'astre sans difficulté, sans que ses rayons étincelants fissent souffrir ses yeux. En quelques instants, ils se retrouvèrent au cœur de la fulgurance écarlate, et elle sut que la connaissance absolue était là, autour d'elle, dans la lueur. Elle virevoltait, dans un état de parfaite félicité, laissant la couleur rouge emplir tout son être. Elle remarqua que son compagnon avait disparu, sans que cela troublât sa quiétude, et elle se laissa tomber plus profondément vers le centre de l'étoile. La clarté qui la baignait et qui la traversait devint orange, puis jaune. Sa chute s'accéléra, et elle se sentit vibrer, à des fréquences de plus en plus rapides. Elle s'enfonça dans le vert, le bleu, puis l'indigo. C'était comme une caresse clitoridienne insistante, un plaisir toujours croissant, mais qui devenait presque insupportable. Lorsque l'univers en elle et autour d'elle se teinta en violet, elle crut se désintégrer. Mais soudain tout fut blanc, une luisance immaculée qui l'inondait de sérénité. Là où elle se trouvait, rien d'autre n'existait qu'elle-même, et elle était le silence, la béatitude, l'éternité...

Elle vit l'entrée du temple, et y pénétra. Il pouvait se dresser depuis toujours ou être apparu quelques secondes auparavant, cela n'avait aucun sens puisque le temps restait hors de ce lieu. Le couloir était long et noir, il la conduisit au centre du sanctuaire. Un homme s'y trouvait assis, à la peau de cuivre, comme son amant, mais plus âgé, avec des cheveux blancs. Ève s'installa sur un siège de marbre, en face de lui, et observa son visage. C'était Nashguen, à un autre moment de sa vie, mais également l'ermite qui avait soigné Nashguen, une douzaine d'années auparavant. Ève n'avait jamais vu le guérisseur, mais elle sut qu'il était devant elle ; elle en était certaine. Elle ne doutait pas non plus d'être en train de regarder son compagnon tel qu'il serait dans le futur. Il y avait deux hommes différents, l'un issu du passé, l'autre de l'avenir, qui étaient la même personne, dans le temple, avec elle. Ève comprit qu'elle avait atteint un endroit où des univers parallèles pouvaient se rejoindre et fusionner. Elle parla la première :

— Comment t'appelles-tu ?

— Tu as le pouvoir de me nommer.

— Pourquoi suis-je ici ?

— Tu as choisi de venir.

— Tu es Nashguen, n'est-ce pas ?

— Je t'ai dit que tu avais le pouvoir de me nommer.

— Es-tu aussi l'ermite, le guérisseur qui a sauvé Nashguen ?

— Pourquoi m'interroges-tu sur ce que tu sais déjà ?

— Où suis-je exactement ?

— Tu es au centre de toi-même, en ce lieu qui englobe les galaxies.

— Est-ce ici que se trouve le Niwaâd ?

— Oui.

— Alors, montre-le-moi, vite !

— Là où nous sommes, tu ne le verras pas. Le Niwaâd est ici, mais c'est ailleurs que tu pourras le découvrir.

— Aide-moi à faire cette découverte, je t'en supplie !

— Regarde attentivement !

Ève se tourna dans la direction qu'indiquait l'homme aux cheveux blancs, le doigt pointé. Elle vit le grand mur, tel qu'il apparaissait depuis le cinquième niveau.

— Qu'observes-tu, Ève Sorensen ?

— C'est le mur, le grand mur...

— Observe mieux ! Que vois-tu devant toi ?

— Il y a des reflets... Le mur est si lisse, du métal poli... La lumière se réfléchit sur lui...

— Alors que vois-tu devant toi, lorsque tu regardes un miroir ?

— Ma propre image.

— Qu'y a-t-il derrière ce mur-miroir ?

— Le pays des dieux... Les dieux sont derrière le mur...

— Le Niwaâd casse le miroir, voilà ta réponse !

Ève voulut protester qu'elle ne comprenait pas, mais une force colossale la fit soudain reculer. Elle se trouva rejetée dans le sombre couloir par lequel elle était arrivée, dont les murs de chair se contractaient spasmodiquement. Elle était enserrée, comprimée par les parois vivantes qui la refoulaient hors du temple. Elle tentait de lutter, de se débattre, mais chacun de ses mouvements ne faisait que participer à son expulsion. Brutalement arrachée à l'éternelle béatitude du sanctuaire, elle fut propulsée en pleine lumière, non pas une lueur douce et bienfaisante comme celle qui l'avait sauvée des arachnides à face humaine, mais une fulgurance aveuglante, crue, agressive.

Elle poussa un cri primal, identique à celui qui, quarante-six ans auparavant, avait suivi sa naissance.

Pour se lever et atteindre la salle de bains, il lui fallut près d'une heure. Elle ne ressentait pourtant aucune douleur, aucun malaise, mais avait énormément de difficultés à actionner ses membres. En fait, elle avait l'impression de ne pas se trouver vraiment dans son corps, mais plutôt un peu en dehors, ce qui rendait chaque mouvement très compliqué. Une douche chaude prolongée parvint cependant à la ramener dans son état habituel.

Ève n'avait plus envie de mourir ; elle avait surtout faim, extrêmement faim. Une fois habillée, elle se prépara un plantureux repas qu'elle engloutit avec célérité. Un regard à l'horodateur digital de la cuisine lui indiqua que trois journées complètes s'étaient écoulées depuis qu'elle avait absorbé les gélules d'anandamide, et elle s'expliqua mieux la fringale qui l'avait saisie à son réveil. Rassasiée, à nouveau totalement maîtresse de son corps, solidement rattachée au monde physique par l'intermédiaire de ses cinq sens, Ève analysait de manière critique l'état modifié de conscience qu'elle avait connu. Elle avait eu l'impression de vivre une expérience aussi réelle, ou même plus réelle, si cela avait un sens, que sa présence dans sa cuisine attablée devant des reliefs de nourriture. Mais désormais son esprit rejetait cette idée avec violence, et admettait seulement qu'elle avait fait une sorte de rêve oppressant et interminable sous l'effet de la boîte de « Vie en Rose ». Elle souhaitait tout oublier au plus vite, et s'empressa de s'installer derrière son bureau pour vérifier si aucun message ne lui était parvenu pendant les trois journées de ce qu'elle voulait considérer comme un long sommeil.

Elle fit défiler sur son écran la liste des signataires des appels que l'ordinateur avait enregistrés, et repéra immédiatement le nom de Frank Welp. Nerveusement, elle cliqua dessus et prit connaissance de sa communication. Il lui demandait de le contacter au plus vite et donnait un numéro de visiophone, qu'elle composa sur le champ.

Lorsqu'elle vit apparaître son visage devant elle, Ève songea que le véritable aspect de Frank Welp n'était pas très éloigné de l'image virtuelle qu'il s'était composée lors de son intrusion dans son premier niveau. C'était un homme d'une soixantaine d'années qui n'avait guère dû avoir recours à la chirurgie esthétique, chauve, doté d'une tête massive juchée sur un cou épais et court. Son visage gras était encadré de deux lourdes bajoues couperosées, qui se mirent à trembloter lorsqu'il prit la parole :

— Mademoiselle Sorensen, enfin ! Je n'espérais plus votre appel...

— Je suis confuse de vous avoir fait attendre, j'étais très fatiguée, j'ai dormi longtemps et...

— Ne perdons pas de précieux instants en explications inutiles ! J'ai lu votre dernier rapport. Il semble que vous ayez un peu progressé. Je ne vous cacherai pas cependant que les scientifiques qui travaillent sur ce dossier considèrent le mysticisme délirant de votre sujet d'étude d'une manière pour le moins dubitative.

— Je suppose qu'ils ont dans ce cas leurs propres explications en ce qui concerne les rencontres de lutte filmées par les autocaméras.

— Non… non, ils n'en ont pas… Les prélèvements biologiques effectués sur le barbare n'ont rien donné. Il est génétiquement, physiologiquement normal. Enfin, aussi normal que peut l'être un de ces sauvages….

— Alors, si ces individus, dont je ne mets pas la compétence en doute, n'ont strictement aucune hypothèse pour interpréter des faits précis et constatés, qu'ils aient la décence, l'élémentaire décence de ne pas rejeter a priori ce qu'avance leur sujet d'étude ! Il me semble qu'il est le mieux placé pour parler de ce qu'il a lui-même accompli ! Lors de notre premier contact, vous m'avez fait comprendre que vous étiez un personnage important et puissant, monsieur Welp. Je suppose que vous ne l'êtes pas devenu en tenant pour exact tout ce que racontent les soi-disant spécialistes, mais en vous forgeant votre propre opinion.

— Mademoiselle Sorensen !

L'emportement d'Ève fut immédiatement stoppé par la voix grave et autoritaire de Frank Welp. Il y eut un grand silence pendant lequel le gros homme fixa son interlocutrice de ses yeux ronds et verdâtres, tel un batracien sur le point de gober une libellule. Puis il reprit son coassement :

— Vous prenez certainement votre tâche très à cœur, ce qui explique votre nervosité. Vous avez raison de penser que nul ne peut me dicter mon avis, vous pas plus que quelqu'un d'autre ! J'ai décidé d'accepter les propositions que vous avez faites dans votre dernier rapport. Je vous signale cependant que vous allez devoir travailler avec les scientifiques dont les remarques vous ont si fort irritée, aussi essayez donc de vous montrer moins raide du col ! Ils vous contacteront sous peu pour mettre tous les détails au point. Au revoir, mademoiselle Sorensen.

L'image de Frank Welp disparut de l'écran du visiophone. Ève savait que désormais, elle s'était embarquée pour un voyage sans retour. La vie qu'elle avait connue pendant plus de quarante ans s'était achevée le jour où un crapaud humanoïde avait fait irruption sans prévenir dans son scénario de réalité virtuelle. Maintenant, elle voguait sur un navire poussé par la tempête loin de son port d'attache, et son seul compagnon de bord était Nashguen. Elle avait eu peur, tel un marin au milieu des éléments déchaînés, et cette peur expliquait tout, son malaise existentiel, sa violente dispute avec son amant, ses pulsions suicidaires. Mais son esprit s'était apaisé. Elle avait fait sien le but de Nashguen, la découverte du Niwaâd, et se sentait prête à consacrer toutes ses forces à la conduite de son vaisseau jusqu'à ce nouveau rivage. Pourtant, elle éprouvait l'émergence d'une angoisse plus sourde, plus sournoise, l'idée qu'elle naviguait vers un continent qu'elle n'atteindrait jamais, ou qui, peut-être, n'existait même pas.

CHAPITRE IV

Interroge-toi, scrute ton âme, sonde ton cœur et tes pensées. Qu'as-tu appris à côtoyer les dieux ? J'observe ton regard, et j'y vois la fascination pour leur puissance, et le désir de posséder plus de puissance encore. Imagines-tu qu'ils t'ont placé auprès d'eux pour que de telles idées te traversent ? Ne crois-tu pas plutôt qu'ils espèrent te voir humble et reconnaissant ?

Tu es semblable au pêcheur à qui l'océan prodigue ses largesses, donne le poisson et le sel qui le nourrissent, mais qui, au lieu de bénir cette inépuisable source de vie, ne rêve que de percer les secrets des abysses et de dompter l'énergie des marées. Son orgueil lui fait oublier ce qu'il est réellement, une brindille face à la moindre lame ; les jours lui sont comptés, jusqu'à la tempête qui l'engloutira.

Livre d'Uzmul – Livre I, Verset 36

Carla O'Donnel cheminait d'un pas nonchalant en direction du secteur des serres ; elle s'arrêta un instant pour profiter de la vue qu'offrait le couloir d'accès, un long tube transparent porté par des pylônes à plus de vingt mètres au-dessus du sol.

Sur sa gauche se trouvait le quartier des inactifs, avec ses énormes grappes de cellules de logement agglutinées autour de bâtiments centraux cylindriques qui abritaient les générateurs de réalité virtuelle communs. Ses habitants représentaient la composante la plus importante, numériquement parlant, de la société. C'étaient des consommateurs exclusifs, de nourriture, de services, d'anandamide, de neuroleptiques, et surtout de programmes. Carla était déjà rentrée à plusieurs reprises dans une de leurs minuscules domosphères, composées d'un module douche-sanitaires et d'une pièce unique à lit central cerclé d'éléments de rangement et de cuisine, coiffé d'un écran géant hémisphérique de plafond. Les inactifs passaient leur temps couchés à contempler les émissions des différentes chaînes diffusées par câble ou satellite. Parfois ils s'accoudaient pour prendre un plat cuisiné dans leur mini-congélateur et le réchauffer dans leur micro-ondes, le mangeaient couchés puis jetaient l'emballage et les couverts dans leur vide-ordures. Ils ne se levaient de leur lit que pour aller aux toilettes, de temps en temps se laver, et surtout pour rejoindre le générateur de réalité virtuelle commun lorsque leur tour venait d'accéder au premier niveau. Les scénarios qu'ils prisaient n'étaient pas très variés, toujours basés sur un maximum de violence et de cybersexe. Ils disposaient d'un ordinateur aux fonctions très simplifiées, servant essentiellement à la gestion domotique, et à la sélection des programmes télévisuels. Une année de suivi suffisait à la machine pour déterminer quelles sortes d'émissions étaient regardées, à quel moment de la journée, à quel rythme et pendant combien de temps. L'usager n'avait même plus besoin de se servir de sa télécommande, le central informatique de sa cellule de logement étant capable de rechercher le divertissement qui était le plus susceptible de lui plaire, en permanence. Les inactifs n'avaient aucune voie d'accès au réseau. Cet avantage eût été parfaitement inutile pour eux. Les seules informations qu'ils recherchaient par l'intermédiaire de leur ordinateur étaient les différentes sortes de pizzas surgelées qu'ils pouvaient se faire livrer ou les bandes-annonces de dernières aventures virtuelles.

Leur compte était automatiquement crédité, tous les mois, d'une somme qu'ils pouvaient répartir à leur guise entre la nourriture, les psychotropes, les abonnements aux chaînes de programmes télévisuels, et les tours d'accès au premier niveau. Certains inactifs équilibraient leurs dépenses, d'autres étaient si fascinés par leur écran de plafond qu'ils ne sortaient jamais, ne s'alimentaient presque plus et utilisaient la quasi-totalité de leur allocation pour recevoir toutes les émissions câblées, zappant de l'une à l'autre sans discontinuer. Une forte minorité axait ses dépenses sur la nourriture, et formait un contingent de boulimiques dont l'obésité était si monstrueuse qu'elle transformait leur unique déplacement du lit aux toilettes et des toilettes au lit en épreuve épuisante. Quelques-uns employaient essentiellement leur crédit pour acquérir toutes les boîtes de « Vie en Rose » que leur autorisait leur quota, et vivaient en permanence sous les effets de l'anandamide. Et puis il y avait ceux dont le seul but était de se trouver dans le premier niveau et y passaient tellement d'heures qu'ils finissaient par ne plus distinguer la réalité virtuelle de la réalité tout court.

Carla avait du mal à comprendre que quiconque pût apprécier ce mode de vie, mais elle savait fort bien que les inactifs avaient tous effectué un libre choix. Au cours de la phase d'apprentissage, cette délicate période de transition qui succédait à la phase maternelle pendant laquelle l'enfant partageait une domosphère avec sa génitrice, et précédait le moment où il obtenait son propre logement, chaque adolescent pouvait opter à tout moment pour l'existence des inactifs. Ses études étaient alors interrompues, il quittait le centre de formation où il avait été affecté et se voyait remettre les clés d'une cellule d'habitation et ouvrir un compte bancaire qui serait automatiquement alimenté jusqu'à la fin de ses jours. Ce choix intervenait en général dès qu'un individu réalisait que les études représentaient pour lui une corvée fastidieuse, aux environs de quinze ou seize ans, mais Carla avait eu plusieurs camarades qui avaient abandonné leur formation à vingt-trois ans passés, alors qu'ils étaient sur le point de pouvoir exercer un métier, et elle savait que régulièrement certaines personnes délaissaient des fonctions occupées depuis longtemps pour venir grossir les rangs des inactifs.

Soudain, une des maisons-bulles qu'observait la jeune femme se détacha de sa grappe et s'éleva dans les airs. Elle monta très haut dans l'azur du ciel, et Carla la suivit des yeux, jusqu'à ce qu'elle semblât se dissoudre au sein du firmament. Quelques instants plus tard, il y eut un éclair pourpre ; la domosphère venait de se désintégrer.

Le processus se déclenchait chaque fois qu'un inactif mourait. De l'hélium était injecté sous pression dans sa cellule de logement, les fixations qui la rattachaient aux autres étaient retirées et, lorsque la bulle avait atteint une altitude suffisante, une charge d'explosif la réduisait en cendres. Ce mécanisme de destruction pouvait également être mis en marche volontairement par chaque habitant d'une des minuscules domosphères.

« Il est mort comme il a vécu. Couché, en appuyant sur un bouton… » Carla gratta nerveusement l'extrémité de son petit nez en trompette et secoua ses boucles rousses. Elle savait que la longévité des inactifs était ridiculement faible. Lorsqu'ils n'étaient pas fauchés précocement par une maladie cardio-vasculaire, les troubles psychiques entraînés par leur surconsommation de réalité virtuelle, d'anandamide et de spectacles télévisuels les conduisaient à commander l'autodestruction de leur maison-bulle au bout d'un temps d'habitation statistiquement établi à quinze ans, soit une durée de vie moyenne de trente-trois ans. Ils ne dépassaient jamais la quarantaine. Pour Carla, décider d'abandonner études ou travail était une forme de suicide, ce qu'elle appelait un « suicide mou », au cours duquel on renonçait à toute expansion de ses connaissances, à toute fonction sociale, à tout intérêt, même le plus restreint, le plus banal, pour ce qui existait hors de soi, et qui conduisait à terme au « suicide dur », celui qui faisait échapper ce qui restait de vie, la vie biologique, la vie du corps, des cellules. À moins qu'avant cela, on ne s'étouffe dans sa propre graisse, écrasé sur un lit par des quintaux de lard, les artères obstruées d'athéromes…

« Pourquoi existent-ils ? » songea la jeune femme, en triturant une de ses mèches flamboyantes.

« Ils sont inutiles et coûteux, et d'ailleurs ils n'ont eux-mêmes aucune envie d'être au monde, alors… »

Carla était une spécialiste du fonctionnement cérébral, considérée à trente-deux ans comme faisant partie des dix scientifiques les plus pointus dans ce domaine particulier. Elle s'irritait régulièrement de l'incapacité des généticiens à déterminer précisément quelles séquences d'ADN portaient en elles la potentialité d'un futur inactif. Cela eût permis de pratiquer un eugénisme semblable à celui qui avait cours actuellement pour éviter les naissances d'enfants atteints des maladies génétiques les plus diverses. Selon Carla, puisque le progrès scientifique avait conduit à une société débarrassée de l'hémophilie, du diabète, du mongolisme, et de centaines d'autres affections, il devait être possible d'espérer sous peu la détection précoce des futurs inutiles, et de procéder à l'élimination de leurs embryons. Mais d'après les dernières publications qu'elle avait lues, ce syndrome, qui frappait un nombre croissant d'individus et se manifestait par un dégoût absolu pour toute forme d'activité, semblait ne pas être d'origine génétique. En fait, aucune hypothèse étiologique n'était satisfaisante.

Deux autres domosphères venaient de se détacher de leur groupe et s'élevaient vers un mince filet de nuages blancs. Carla eut un rictus qui découvrit ses petites dents étincelantes, et grommela d'un ton rageur :

— Il n'y a qu'à les exfiltrer vers le cinquième niveau. Leur faire passer le mur, en même temps que les pierres noires. Ils seront bien obligés de faire quelque chose de l'autre côté !

Aussitôt, elle se mordit les lèvres, ses belles lèvres rouges et charnues qui lui donnaient ordinairement une moue mutine d'enfant espiègle, comme si elle voulait se punir de la stupidité de ses propos. La jeune femme savait très bien qu'une telle mesure était irréalisable. Les solutions actuelles étaient les meilleures possible. Donner à ces gens ce qu'ils demandaient, de la nourriture et des jeux, traiter leurs pathologies en augmentant simplement leur dose d'anandamide, accompagner intelligemment leur processus de déchéance, cela permettait d'éviter qu'ils ne fussent nuisibles et destructeurs pour la société. Le problème des inactifs était globalement bien géré, leurs domosphères fabriquées en grande série judicieusement conçues. Les architectes avaient mis au point des cellules de logement économiques, prévues pour une durée d'utilisation limitée, ce qui coûtait moins cher qu'une construction de meilleure qualité permettant une réutilisation. Ce concept « d'habitation jetable » convenait parfaitement à la situation. Un ami de Carla prétendait que le mécanisme d'autodestruction de chaque maison-bulle se déclenchait automatiquement au bout de vingt ans, même si son locataire était toujours vivant et n'actionnait rien volontairement. La jeune femme ignorait si cette information était fondée, mais elle trouvait ce procédé plutôt ingénieux.

Le regard de Carla O'Donnel abandonna les amoncellements d'alvéoles où croupissaient les inactifs et se tourna vers le dôme majestueux qui dominait l'agglomération, la carapace de béton et d'acier du surgénérateur nucléaire. C'était lui le cœur vivant de la ville, l'inépuisable dispensateur d'énergie scellé dans son monumental mausolée. Carla trouvait sa présence rassurante, garantissant le renouvellement incessant de l'activité, du mouvement, de la vie urbaine. Le plus agréable pour la jeune rouquine, obnubilée comme tous ses concitoyens par la préservation de son propre corps contre les germes, miasmes et pollutions, était de savoir que le seul et unique moteur de la cité, qui alimentait en électricité navettes souterraines, ordinateurs, robots, domosphères et jusqu'à la moindre des millions de machines qui grouillaient au milieu des hommes, se trouvait enchâssé dans le métal et la pierre, isolé derrière des mètres de blindage au-delà desquels n'était jamais rejeté le plus infime résidu, la plus petite scorie. Le surgénérateur délivrait une énergie absolument propre. Les déchets nucléaires qu'il engendrait étaient acheminés par un boyau creusé dans le roc, dans les entrailles de la terre, caparaçonné d'une triple couche de plomb et d'acier, jusqu'à une des trois pyramides, ces titanesques constructions qui jouxtaient le grand mur en trois points stratégiques du globe.

Là aboutissaient, à l'abri de formidables murailles, des centaines de tunnels blindés par lesquels des navettes transportaient la lie radioactive en provenance des centrales nucléaires, les rebuts toxiques vomis par les industries chimiques, les reliquats non recyclables issus des usines de traitement des ordures ménagères. Tous ces détritus étaient broyés, malaxés, compactés et coulés dans une sombre résine pour former des briques qui s'entassaient au sein des pyramides. Nul homme ne pénétrait dans ces trois sépulcres cyclopéens peuplés de robots, où chaque opération était entièrement automatisée. Tous les mois, les excédents de pierres noires étaient envoyés de l'autre côté du mur par un tunnel qui reliait chacune des pyramides au temple qui représentait son pendant exact dans le cinquième niveau.

Carla scruta attentivement les grandes domosphères des quartiers résidentiels qui s'étendaient sur sa droite, comme s'il était possible qu'elle reconnût la sienne. Mais elles se ressemblaient toutes, vastes coupoles claires cerclées de pelouses, de massifs fleuris et de haies soigneusement taillées, parcs splendides entretenus en permanence par une armée de jardiniers mécaniques qui flottaient, silencieux, au-dessus des gazons, soutenus par un coussin d'air, agitant leurs bras multiples garnis de sécateurs.

Dans le lointain, la jeune femme pouvait apercevoir la sombre étendue de la forêt, qui commençait là où s'arrêtait l'activité des robots. Carla se demanda à quoi pouvaient ressembler ces vastes portions du quatrième niveau hors de tout contrôle, ces étendues sauvages qui séparaient les villes ; peut-être à un avant-goût de l'enfer qui se trouvait au-delà du grand mur... Elle connaissait les rumeurs sur les Trads, ces gens dont on disait qu'ils avaient choisi de vivre à l'air libre, sans la protection des murs, des parois, des verrières, des filtres à air et à rayons solaires, de boire l'eau qui ruisselait à même la terre, de manger des fruits et des légumes non traités sur lesquels proliféraient des milliards de germes, et se nourrissaient même de la chair des animaux. De toutes les histoires inconcevables racontées sur les Trads, ce dernier point était ce qui choquait le plus profondément Carla. La société dans laquelle elle vivait était essentiellement végétarienne, alimentée par la production de la culture sous serres et accessoirement de la pisciculture. Les poissons élevés dans des bassins abrités sous de gigantesques bulles transparentes permettaient d'équilibrer l'apport protéique des rations, mais ils étaient les seuls animaux dont il fût imaginable de consommer la chair. Manger des oiseaux et a fortiori des mammifères, si proches de l'homme, semblait à Carla d'une barbarie sans nom. Elle se souvenait encore de Jimmy, le compagnon de son enfance, un ravissant lapin nain au pelage soyeux et immaculé, et comme elle avait pleuré sa mort. Des êtres capables de tuer, de dépecer, de cuire et de dévorer toute créature ressemblant à Jimmy méritaient bien, selon Carla, de se voir rejeter loin des bienfaits de la civilisation. Qui étaient d'ailleurs ces fameux Trads ? Des anormaux, des dégénérés non détectés par la batterie de tests génétiques lors des amniocentèses de contrôle et en quelque sorte nés par erreur ? Des inactifs au cerveau déglingué ayant préféré l'exil dans le quatrième niveau au suicide ? La jeune scientifique n'avait jamais rien trouvé à leur sujet dans le réseau, elle ignorait s'ils existaient vraiment.

Carla fixa intensément les arbres dont la silhouette se découpait à l'horizon, et se demanda comment il était possible de survivre là-bas, livré aux intempéries, au froid, aux maladies...

« Peut-être y a-t-il eu réellement des Trads autrefois. Mais maintenant ils doivent être tous morts. Il ne reste que leur légende. »

Puis, de sa démarche lente et un peu chaloupée, elle continua son chemin, jusqu'à la serre trente-neuf, celle qui lui avait été affectée pour ses expériences.

Tous les bacs de culture avaient été retirés afin de dégager une immense aire de travail. On avait installé de grandes tables chargées d'appareils de mesure, des électroencéphalographes, des analyseurs capables de contrôler plus de cinq cents paramètres sanguins toutes les trois minutes, des scanners hautement perfectionnés. Une vingtaine d'écrans permettaient de visualiser l'intensité de l'activité de chaque zone cérébrale du sujet testé. Carla salua quelques-uns de ses assistants, et s'installa à son pupitre de commande. Puis elle annonça dans son micro :

— On commence dans cinq minutes.

Immédiatement, chacune des cinquante-six personnes qui travaillaient sous ses ordres s'empressa de regagner son poste. Les tables qui supportaient le matériel formaient un grand cercle, au centre duquel se trouvait ce que tout le monde s'était accordé à nommer la machine, une sorte de lourd bâti métallique solidement fixé au sol, dont la seule partie mobile était une barre horizontale montée sur des vérins. Un tableau d'affichage électronique surmontait l'ensemble. Il s'allumait dès qu'une poussée était exercée sur la pièce mobile, et indiquait la puissance développée pour la mouvoir.

Toutes les conversations s'étaient tues et, pendant une trentaine de secondes, un absolu silence régna dans la serre. Puis chaque technicien alluma ses appareils de contrôle et un léger bourdonnement emplit l'espace.

Carla avait les yeux rivés sur son écran, où venait d'apparaître l'image tridimensionnelle d'un cerveau humain. Elle ne détourna pas la tête lorsqu'une femme plus grande et plus âgée qu'elle vint s'asseoir juste à ses côtés.

— Salut, Ève. Il est prêt ?

— Comme toujours… Tu sais bien qu'il n'a besoin que d'une ou deux minutes pour se concentrer.

— Tu l'admires, n'est-ce pas ?

— Tout ce que je veux dire, c'est qu'il a pris l'habitude de réaliser cet exercice devant des milliers de personnes, et qu'une cinquantaine de spectateurs ne risquent pas de le gêner !

Carla avait juste jeté un coup d'œil très bref en direction d'Ève Sorensen, le temps de vérifier qu'elle avait rougi à sa remarque. Puis elle reporta son attention sur son écran, et sur la machine, devant laquelle un homme à la peau sombre et aux longs cheveux gris était accroupi.

Nashguen était bardé d'électrodes, fixées sur son torse nu, sur ses épaules. Un cathéter était enfoncé dans sa veine radiale et relié à une mini-pompe fixée par de l'adhésif sur son avant-bras, afin d'alimenter un analyseur par l'intermédiaire d'un long tuyau souple.

Le lutteur avait refusé qu'on lui rasât le crâne, prétextant que les cheveux longs facilitaient la transe amok, et les techniciens avaient eu de grosses difficultés à installer une batterie de capteurs sur sa tête. Il semblait coiffé d'une espèce de couronne faite de fils colorés qui se mêlaient à sa chevelure d'argent.

Soudain, il se dressa et se jeta contre la barre mobile de la machine qui recula de plus d'un mètre. Puis il alla s'asseoir sur un petit fauteuil et plusieurs personnes vinrent lui enlever les électrodes et le cathéter. Bien que les expériences se fussent déroulées sans aucun problème depuis plus de trois mois sur un rythme bihebdomadaire, ceux qui devaient ainsi s'approcher de Nashguen n'étaient guère rassurés. Ils avaient vu le chiffre qui s'était affiché sur le tableau lumineux, et savaient qu'au cours de l'étalonnage de la machine, il avait fallu douze hommes de forte corpulence pour obtenir le même résultat. La présence de membres des services de sécurité armés de tétaniseurs ne suffisait pas à dissiper leur angoisse. D'un revers de main, le barbare pouvait leur briser les vertèbres cervicales, sans que quiconque eût le temps de l'en empêcher...

Mais comme toutes les autres fois, Nashguen, après avoir été débarrassé des capteurs, se leva calmement et regagna de sa démarche claudicante la cellule de logement qui avait été installée pour lui dans la serre.

D'un coup d'œil, Carla O'Donnel embrassa l'ensemble des résultats qui s'affichaient sur son écran de contrôle et poussa un profond soupir. Puis elle se tourna vers Ève et esquissa un sourire désolé :

— Voilà plus de vingt fois que l'on recommence, et je ne peux pas dire que l'on ait beaucoup avancé. Il faudra deux ou trois heures pour faire l'analyse complète de toutes les données, mais je suis sûre de retomber une fois encore sur les mêmes éléments. Ce type est capable d'acquérir une force surhumaine pendant quelques instants, alors que physiquement, physiologiquement, biologiquement, il est désespérément normal. Le seul fait notable, c'est son activité cérébrale particulière pendant cette fameuse transe. Ça évoque ce qu'on observe chez les épileptiques en pleine crise. Ce qui ne nous aide pas beaucoup, puisque l'origine de l'épilepsie essentielle n'est pas connue.

— Si je comprends bien, je n'aurai rien de nouveau pour mon prochain rapport à destination de Welp.

— Il te fiche les jetons, Frank Welp. Dis-moi si je me plante, ma grande.

— Il a toujours tout fait pour ça, et je crois qu'il a parfaitement réussi. Allons plutôt ailleurs pour discuter si tu veux bien.

Les deux femmes quittèrent la serre trente-neuf, gagnèrent la station suburbaine la plus proche, et prirent une navette qui les conduisit à moins de cent mètres de la domosphère de Carla. Ève était déjà venue plusieurs fois chez la jeune scientifique, mais lorsqu'elle pénétrait dans sa maison, elle était toujours ébahie par le luxe de l'endroit.

— Mets-toi à l'aise ! Je tape juste quelques instructions pour que les résultats de l'expérience soient transférés immédiatement sur la mémoire de ma bécane.

Tandis que Carla s'asseyait derrière la console de son ordinateur, Ève s'affala sur le divan du salon, une immense pièce qui donnait par une large baie vitrée sur un parc verdoyant. Après quelques instants, Carla vint la rejoindre, se blottit contre elle et lui passa amicalement un bras autour des épaules.

Une très forte sympathie avait rapidement attaché les deux femmes l'une à l'autre. Ève, qui craignait d'avoir affaire à des scientifiques bornés, avait été séduite par la grande ouverture d'esprit de la jeune rousse aux yeux verts, dont elle appréciait également la gaité, la vivacité et la franchise. Non seulement Carla n'avait pas traité avec mépris les étranges théories de Nashguen, comme s'il se fût agi des élucubrations d'un barbare ignorant, mais elle avait semblé très intéressée. Elle avait établi un dialogue avec le lutteur très rapidement, très aisément, sans avoir apparemment à surmonter de répulsion. Ève avait été surprise, et d'une certaine manière un peu jalouse, mais elle avait surtout éprouvé de la gratitude envers Carla pour avoir traité Nashguen comme un égal. Tous les autres membres de l'équipe scientifique semblaient le considérer comme un animal plus ou moins dangereux, et Ève trouvait très pénible de devoir jouer la comédie devant eux afin de ne jamais laisser paraître ses véritables sentiments. Lorsqu'elle était seule avec Nashguen et Carla, elle baissait un peu sa garde. Cette situation se produisait souvent, car si le lutteur comprenait assez bien la langue de ses hôtes, il avait parfois beaucoup de mal à la parler et la présence d'Ève comme traductrice était en permanence indispensable.

— Nashguen ne te manque pas trop ?

La question de Carla fit sursauter son amie.

— Qu'est-ce que tu veux dire par là ?

— Inutile de garder ton masque d'observatrice neutre avec moi. Ça marche sans doute avec les autres, mais personnellement je ne suis pas complètement stupide. Il y a un lien très fort entre vous deux. Je suis sûre qu'il est ton amant.

— Est-ce que… est-ce que c'est une espèce de chantage que…

— Mais non, qu'est-ce que tu vas chercher ? J'aurais sûrement fait pareil à ta place ! Enfin un homme qui sort de l'ordinaire ! Et rassure-toi, je n'ai pas l'intention de te le piquer !

Carla serra Ève, abasourdie, un peu plus fort contre sa poitrine, puis se leva et se mit à marcher de long et en large dans son salon. La jeune femme était incapable de tenir en place plus de cinq minutes. Elle donnait toujours l'impression de déborder d'énergie, avec ses petites mains qui s'agitaient sans cesse, son regard pétillant en continuel mouvement. Seule sa démarche, lente, presque lascive, contrastait étrangement avec la vivacité habituelle de ses gestes, le débit rapide et saccadé de ses phrases.

— Voilà dix ans que j'étudie cet extraordinaire organe qu'est le cerveau. Dix années passées à expérimenter, à chercher, à compulser toutes les théories bâties sur son fonctionnement. J'ai lu les thèses de ceux qui le comparent à un ordinateur, à un maelström de molécules, à un support d'hologrammes… Et j'ai fini par me faire ma propre idée.

Carla s'était plantée devant son amie, poings sur les hanches, menton relevé, les yeux brillants.

— Tout le monde croit que le cerveau produit, sécrète la pensée, qu'il la fabrique. Et, moi, je dis que la pensée est indépendante de lui, et qu'il se contente de la capter, comme le téléviseur de ta domosphère capte des ondes et les transforme en images. Évidemment, tu vois tout ce que cela implique. J'ai certains collègues qui font une drôle de tête lorsque je leur parle d'esprit existant en dehors du corps comme les ondes électromagnétiques existent en dehors du téléviseur, et sont toujours là même si tu défonces l'écran sur lequel elles deviennent en quelque sorte accessibles à nos sens. Mes théories ne sont pas unanimement appréciées, c'est le moins qu'on puisse dire. Et pourtant, j'ai été choisie pour étudier ton étrange compagnon venu de l'autre côté du mur.

La jeune femme revint s'asseoir et prit la main d'Ève. Cette dernière songea que Carla ne se singularisait pas seulement par ses audaces scientifiques. Sa façon de rechercher sans arrêt le contact physique était très inhabituelle dans un monde cloisonné, où les gens vivaient à l'écart les uns des autres.

— Quand nous avons discuté la première fois, j'ai vraiment été secouée. Parfois, en parlant avec les plus grands spécialistes du fonctionnement cérébral, j'ai l'impression de m'adresser à des gens particulièrement obtus. Et voilà un type qui débarque du cinquième niveau et qui me balance que, non seulement il est sûr que toute ma théorie est juste, mais que lui en sait encore beaucoup plus long. Il me dit qu'il y a une entité qui élabore le programme télévisuel capté par notre cerveau, une entité qu'il appelle conscience supérieure. Et il m'apprend qu'il n'existe pas qu'une seule chaîne, mais une infinité, et que lui a découvert comment se servir de la télécommande !

Carla s'était levée à nouveau et recommença à arpenter son salon.

— Sa fameuse transse amok, c'est juste un changement de pro-gramme ! Quand il se concentre, il zappe ! Et il se projette dans une autre réalité, une réalité où il a la force de douze hommes. Ce qu'il m'a expliqué à propos de ses méditations, c'est encore un changement de chaîne ! Il dit qu'il rentre en contact avec sa conscience supé-rieure, en fait, il capte une émission différente. J'adore ton Nashguen, ma grande, je l'adore ! Mais ne sois pas jalouse, c'est parce qu'il est la confirmation vivante de mes théories.

— Tu ne sais pas tout, Carla, il ne t'a pas tout dit...

— Quoi ? Qu'est-ce que...

Ève eut un sourire satisfait. Elle avait réussi à interrompre net les incessants mouvements de Carla O'Donnel.

— J'ai longtemps hésité à t'en parler. Mais nous avons besoin d'aide, Nashguen et moi. Et si nous n'osons pas t'en demander à toi, je ne vois pas bien à qui nous pourrions nous adresser.

— Vous vous êtes méfiés de moi, ma grande ? Je ne vous veux que du bien, tu sais.

— En fait, nous nous sommes méfiés de tout le monde, et pendant très longtemps, Nashguen s'est méfié de moi. Étant donné les préjugés envers ceux du cinquième niveau, c'est assez compréhensible.

— Je n'ai jamais eu ce genre de préjugés.

— C'est vrai que tu es assez spéciale. Il t'a fallu cinq minutes pour établir avec Nashguen des relations que j'ai mis des mois à avoir.

— Ça s'explique très bien ! Tu ne connaissais la vie au-delà du mur qu'à travers ce que t'en montraient les autocaméras. Moi, j'avais eu souvent des contacts directs avec ceux que nous appelons barbares avant de connaître Nashguen.

— Comment cela ?

— Il n'est pas mon premier sujet d'expérience venu du cinquième niveau, loin de là ! C'est le plus passionnant, le plus intrigant, mais pas le premier. Il y a longtemps que je sais que le cerveau de ces gens-là fonctionne exactement comme le nôtre, et pour moi cela signifie qu'ils sont nos égaux. Tu sais, mon activité cérébrale ou la tienne sont beaucoup plus proches de celle d'un barbare que de celle d'un inactif. Non, vraiment, je n'ai aucun motif d'avoir des préjugés envers... comment dire... nos voisins...

— Mais qui étaient tes sujets d'expérience ?

— Tous ceux qui arrivent chaque mois en échange des pierres noires qui encombrent les pyramides. Il y a en quelque sorte échange d'excédents. Eux sont surpeuplés, et nous nous produisons des déchets hautement toxiques ; alors on fait du troc...

— Tu es cynique. Je croyais que les jeunes gens qui étaient admis par les portes étaient éduqués dans des centres de formation pour être intégrés à notre société ; que nous donnions une chance à quelques-uns de quitter l'enfer...

— Peut-être qu'ils finissent en cycle d'éducation, mais avant ça, je peux te dire qu'ils sont analysés sous toutes les coutures. Moi, mon domaine, c'est uniquement le fonctionnement cérébral, mais tous les services scientifiques les utilisent. Les pharmacologistes pour tester leurs nouvelles molécules, les chirurgiens pour mettre au point des techniques opératoires…

— Ce sont des cobayes humains !

— Mais bien sûr. Et Nashguen, qu'est-il d'autre, explique-moi !

— À lui, on ne fait pas de mal. Mais les autres, peux-tu m'assurer que…

— Mais je n'ai rien à t'assurer, ma chérie ! Je n'ai aucun compte à te rendre ! Personnellement, je n'ai jamais fait subir à tous ces jeunes barbares aucun examen que tu n'aies déjà vu pratiquer sur Nashguen. Cela étant dit, j'ignore ce que font les autres services, et je ne veux pas le savoir !

Les joues de Carla s'étaient empourprées, et elle serrait les poings rageusement. Ève se leva et lui fit face, la toisant de toute sa hauteur.

— C'est commode de ne rien savoir, de se désintéresser de la vie de ces gens parce qu'ils ne sont pas nés du bon côté du mur ! Je croyais que tu étais dépourvue de préjugés, que tu les considérais comme nos semblables…

— Tu as un sacré culot, ma grande ! C'est toi-même qui m'as raconté comme tu les méprisais, comme tu les considérais comme des fauves abjects à force de contempler leur sauvagerie, comme la seule idée qu'il puisse exister des portes dans le grand mur te rendait malade. Je pense que tu n'as pas de leçon de morale à me donner.

Ève Sorensen baissa les yeux, puis se rassit, car la tête lui tournait. Elle ne cessait de réaliser à quel point était difficile et douloureuse la remise en cause de tout ce qu'on avait vécu, tout ce qu'on avait appris, et tout ce qu'on avait cru. Carla s'approcha d'elle et lui passa doucement un bras autour du cou.

— Il fallait bien que le jour arrive de notre première dispute… Laissons tomber tout ça et parle-moi plutôt de vos petits secrets, à Nashguen et à toi, et de la façon dont je pourrais vous aider.

— Il t'a raconté son histoire, mais en omettant certains détails. Lorsque sa femme et ses enfants ont été brûlés vifs, il a subi un choc terrible. Pour reprendre ta métaphore, c'est un peu comme si quelqu'un avait donné un grand coup de pied dans le téléviseur. Et ça a provoqué le changement de chaîne.

— Je sais tout cela.

— Ce que tu ignores, c'est le programme qu'il a capté ce jour-là : une voix lui demandant de découvrir le Niwaâd.

— Le quoi ?

— Le Niwaâd… Nous n'avons pas la moindre idée de ce que ça peut être. Il a fallu dix ans à Nashguen pour remonter la piste qui l'a conduit dans l'enceinte d'un temple, où il a pris connaissance du *Livre d'Uzmul,* le texte sacré de la religion des hommes du cinquième niveau, dont l'accès est normalement réservé à une poignée d'initiés. Tout ce qu'il a pu découvrir sur le Niwaâd, ce sont quelques vers assez obscurs, qu'il avait déjà entendus dans une chanson de griot. Il a alors compris que seuls ceux qui avaient dicté le *Livre d'Uzmul* pourraient lui en apprendre davantage.

— Et qui est à l'origine de ce fameux livre ?

— Les dieux ! C'est-à-dire ceux qui sont par-delà le mur ; c'est-à-dire nous… C'est pour cela qu'il a franchi la porte et rejoint notre monde de façon… clandestine en quelque sorte…

— Heureusement pour lui que les services qui l'ont réceptionné se sont posé des questions à son sujet et ont cherché à l'identifier, et que les enregistrements qui montraient ses extraordinaires performances ont intrigué suffisamment de monde ! Sinon...

— Quoi qu'il en soit, je n'ai pas trouvé le moindre indice concernant le Niwaâd ou le *Livre d'Uzmul*, malgré les heures passées derrière mon ordinateur.

— À quel pourcentage du réseau as-tu accès ?

— Je l'ignore... Ce qui implique que je suis en dessous de soixante pour cent...

— Je peux consulter quatre-vingt-cinq pour cent du réseau. Il y a donc au moins un quart des connaissances de l'humanité sur lesquelles tu n'as jamais posé ton regard et qui attendent que nous les décortiquions. Prends un siège et viens t'asseoir à côté de moi, nous attaquons tout de suite !

Carla était très excitée à l'idée de devoir résoudre une énigme difficile. Chaque défi lancé à son intellect la stimulait, et sa prodigieuse réussite dans le domaine de la connaissance du cerveau, où tous ceux qui étaient à son niveau avaient au moins vingt ans de plus qu'elle, était due à cet esprit de compétition, cette volonté de surmonter toutes les difficultés. Cependant, après plus de trois heures passées à pianoter sur son clavier, la jeune femme admit qu'elle n'arrivait à obtenir aucun renseignement sur le Niwaâd. Elle avait fait répéter à Ève des dizaines de fois les vers révélés à Nashguen par Slim Ali, avait essayé toutes les voies d'accès possibles au réseau, avait tourné en rond dans son salon, donné des coups de pied dans les meubles, crié, juré, recommencé à chercher, sans progresser aucunement. Autant cet échec l'énervait, autant il semblait abattre son amie.

— Inutile d'insister, Carla. Nous ne trouverons rien parce qu'il n'y a rien à trouver. Toute cette histoire n'est qu'une fumeuse légende ! Comment veux-tu qu'il soit possible d'abattre le grand mur ? C'est un rêve de barbare, une manière pour ceux du cinquième niveau d'imaginer qu'ils peuvent fuir leur monde en décomposition.

— Cesse de dire n'importe quoi ! Il y a deux choses dont je suis sûre : la première, c'est qu'il n'y a aucune information sur le Niwaâd dans la portion du réseau à laquelle j'ai accès. J'ai suffisamment l'habitude d'aller y pêcher toutes sortes de renseignements pour savoir que ce n'est pas ma façon de chercher qui est en cause. La seconde, c'est que le réseau recèle tout ce que nous avons envie de savoir sur ce fameux Niwaâd, aucun doute pour moi là-dessus ! Il ne s'agit pas seulement d'un mythe puisque le *Livre d'Uzmul* en fait mention. Et d'après ce que j'ai compris, le *Livre d'Uzmul* est parole sacrée pour le clergé, clergé sans lequel les échanges effectués tous les mois par les trois portes ne pourraient pas avoir lieu. Nous avons besoin que ces échanges continuent à se faire, et donc que le système en place de l'autre côté du mur reste stable. Sinon pourquoi former des observateurs tels que toi pour surveiller le cinquième niveau ? Or, la clé de voûte de tout l'édifice, c'est le *Livre d'Uzmul*. Ceux qui l'ont écrit sont ceux qui ont mis au point le rituel de l'ouverture des portes. Il s'agit de quelque chose d'important, de fondamental, c'est donc dans le réseau, forcément ! Mais en même temps, c'est très, très confidentiel... Il faut par conséquent un accès extrêmement étendu pour obtenir ce genre d'information, beaucoup plus étendu que le mien.

— Alors, nous ne saurons jamais !

Carla s'était enfin arrêtée de marcher de long en large. Elle se tenait immobile, très droite, devant la baie vitrée de son salon. Elle contemplait le parc, observait les oiseaux tournoyant dans les branches des arbres. Son regard se posa sur l'herbe rase qui tapissait le sol à moins d'un mètre devant elle, de l'autre côté de la paroi transparente de la domosphère. Elle se demanda quel effet cela faisait de se rouler dans cette herbe, de la toucher, de se coucher à plat ventre dessus et de la humer, de la goûter... C'était une pensée saugrenue, mais rien d'autre ne lui venait à l'esprit en cet instant. L'idée que sur cette herbe pullulaient bactéries et parasites rejetés par une faune grouillante ne l'effrayait même pas. Elle songea que s'abriter de ces innombrables et microscopiques dangers derrière des murs et des verrières hermétiques, des sas et des filtres la privait peut-être d'un plaisir supérieur à tous les bonheurs des sens qu'elle avait connus. L'herbe était là, sous ses yeux, si verte, si tentante, si désirable... Carla baissa les paupières un instant, secoua la tête et fit volte-face. Elle s'adressa à Ève d'une voix beaucoup plus calme, beaucoup plus lente que d'habitude :

— Je connais quelqu'un qui peut nous aider.

— Une de tes relations dans le milieu scientifique ? Une grosse légume qui a accès à quatre-vingt-douze ou treize pour cent du réseau ? Et si l'information se trouve dans les quelques pour cent restants ?

Carla O'Donnel eut un drôle de petit sourire et plissa ses yeux malicieux.

— Il n'a rien d'une grosse légume, comme tu dis. En fait, il vit dans une domosphère pas plus grande que ma salle de bains, et la plupart du temps il est complètement défoncé à l'anandamide. C'est un inactif. Mais si je lui demande gentiment, il ouvrira chacune des portes, chacune des barrières qui font obstacle à notre quête, et nous pourrons obtenir toutes les informations qui circulent dans le réseau ; toutes les informations sans aucune exception.

CHAPITRE V

Loués soient les dieux, bénis soient-ils pour leur sagesse et leur bonté, qui leur ont fait bâtir le grand mur entre eux et nous.

Vous vous croyez châtiés d'être privés de leur présence, de leur contemplation, mais voyez à quoi furent conduits vos ancêtres par la proximité divine, voyez les sentiments qu'elle suscita dans leurs esprits, jalousie, envie, arrogance...

Telle est l'âme humaine, la lumière qui lui est octroyée ne l'éclaire point, elle allume en elle un feu qui la consume. Réjouissez-vous de demeurer dans l'ombre glacée de l'ignorance, car en vérité celui qui accède à la connaissance plonge son âme dans le brasier de la folie.

Livre d'Uzmul – Livre V, Verset 25

— Il y a un secret, et je vais vous le révéler. Le secret, c'est qu'il est vivant ! Il est vivant ! C'est un géant qui dort, un géant avec une énorme, énorme tête. Et nous, nous devons aller jusqu'à son oreille et lui poser des questions. Parfois, il parle pendant son sommeil, il faut comprendre ses réponses...

Ève Sorensen eut un geste d'impatience. Elle connaissait Youri Volkov depuis moins de deux jours, mais déjà il l'insupportait au plus haut point. Elle le regarda déambuler sur ses longues jambes maigres, de sa démarche incertaine, faire de grands moulinets avec ses bras interminables, puis soudain s'immobiliser et regarder fixement dans le vide de ses yeux hagards et injectés de sang. Après quelques minutes pendant lesquelles il ne bougea pas d'un centimètre, Youri recommença à tituber dans le vaste salon de Carla O'Donnel, d'un meuble à l'autre, délirant de sa voix de crécelle :

— Communiquer avec le dormeur ! L'art de communiquer avec le dormeur ! Comment avoir une conversation avec un géant qui dort ? Un géant si gros que vous pouvez rentrer dans son oreille... Moi, je sais, je sais, je sais...

Il s'était mis à sautiller sur place en poussant de petits gloussements qui étaient peut-être un rire. Ève tapota nerveusement le bras de son fauteuil. Elle se demanda si elle devrait supporter encore longtemps les divagations de cet énergumène, ainsi que son odeur. Youri Volkov n'avait pas dû se laver depuis des semaines. Il était vraisemblablement blond, mais ses longs cheveux emmêlés étaient si sales qu'ils paraissaient châtain foncé. Une barbe mal taillée envahissait par touffes son visage boutonneux. Il continuait de glapir tout en se contorsionnant.

— Il y a si longtemps que je ne lui ai pas parlé ! Si longtemps ! Il se montrera bavard, c'est sûr.

Soudain, il se précipita jusqu'à la console de l'ordinateur et alluma l'écran. Il avait l'air totalement extasié. Bien que Carla lui eût expliqué qu'il était inoffensif, Ève ne se sentait guère rassurée, et elle demeurait parfaitement immobile et silencieuse sur son fauteuil pour éviter d'attirer l'attention. Youri venait de s'asseoir, et caressait fébrilement le clavier de la machine. Puis il se mit à taper sur les touches, à une vitesse ahurissante, en poussant de petits gémissements. Ève était sidérée.

« Ce type est complètement ravagé ! songea-t-elle. Et Carla est au moins aussi cinglée que lui pour le faire venir chez elle et lui confier son ordinateur. Il va tout bousiller et nous serons bien avancées... Il faut que j'aille la réveiller... »

Ève se leva très doucement et se dirigea à pas feutrés vers la chambre de son amie qui était en train de se reposer. Depuis que Youri Volkov était là, les deux femmes se relayaient en permanence de façon à ne jamais le laisser seul. Carla lui avait expliqué ce qu'elle attendait de lui, mais il avait semblé ne rien entendre, et avait passé le plus clair de son temps à déambuler en débitant d'interminables et inintelligibles monologues, d'un air halluciné. Et alors qu'Ève était persuadée qu'il n'avait strictement rien compris à tout ce qui lui avait été dit, il s'était brusquement mis au travail, comme s'il avait fallu à son cerveau une quarantaine d'heures pour effectuer une opération durant ordinairement quelques secondes.

« Il ne pense pas de la même façon que nous », avait expliqué Carla. Pour utiliser la métaphore qui m'est chère, son poste de télévision n'est pas réglé sur la fréquence habituelle. La différence avec

Nashguen, c'est qu'il est incapable d'en changer. Il est définitivement condamné à ne jamais capter les mêmes programmes que les autres. On peut appeler ça de la folie, mais je crois que c'est grâce à ça qu'il peut réussir ce que personne d'autre n'est capable de faire. »

Ève avait été séduite par la théorie de la jeune scientifique jusqu'à ce qu'elle rencontrât Youri Volkov. Désormais, elle songeait seulement aux moyens à employer pour le ramener chez lui en douceur.

Elle avait presque atteint la porte de la chambre de Carla, lorsqu'un cri aigu la fit s'immobiliser.

— Waouh ! Contact ! Contact ! J'ai établi le contact ! Je suis dans son rêve, je glisse dans le rêve du géant…

Youri agitait spasmodiquement ses bras immenses comme s'il battait des ailes pour s'envoler. Puis il farfouilla dans une des poches de sa chemise crasseuse, en retira une petite boîte rose, l'ouvrit, et fit tomber au creux de sa main cinq ou six gélules qu'il avala goulûment. Ève se précipita dans la chambre de Carla et secoua l'épaule de son amie qui dormait profondément.

— Viens, dépêche-toi ! Il a complètement disjoncté ! Il est en train de taper comme un furieux sur ton ordinateur en poussant de drôles de cris, et en plus il s'avale de l'anandamide par poignées, comme s'il n'était pas assez déjanté comme ça…

La jeune femme se leva et vint se placer silencieusement à un mètre environ derrière Volkov. Puis elle rejoignit Ève, un sourire radieux sur les lèvres.

— Ça y est, ma grande, il est dans le réseau ! Il se balade dans le réseau, à toute vitesse ! À ce rythme-là, il lui faudra moins d'une heure pour savoir ce qu'est le Niwaâd.

— À condition que cela soit ce qu'il cherche…

Carla s'affala sur son lit en soupirant.

— Tu as raison… Et le pire, c'est que nous n'avons plus aucun espoir de rentrer en contact avec son esprit, surtout maintenant qu'il a pris de l'anandamide. Il n'y a plus qu'à attendre, Ève, il n'y a plus qu'à attendre…

La jeune femme se campa devant le vaste miroir de sa chambre et entreprit de coiffer sa chevelure flamboyante, quelque peu ébouriffée après sa courte sieste. Elle se savait belle, avec sa peau d'albâtre semée de taches de rousseur, ses traits extrêmement fins et sa bouche pulpeuse. Cependant, elle trouvait qu'Ève avait plus d'allure, et se mit à songer à une publicité qu'elle avait vue récemment, vantant les mérites d'une clinique de chirurgie esthétique qui proposait d'étonnants remaniements physiques. À son âge, la majorité des hommes et des femmes avaient été opérés au moins une fois pour modifier leur visage ou leur corps.

« Je pourrais bien me payer ça, pensa-t-elle tout en démêlant soigneusement ses cheveux, Mais pourquoi ? Pour plaire à qui ? Changer dans quel but ? » Un bref instant, le sentiment de vivre une existence absurde envahit son esprit, presque immédiatement dissipé par la voix d'Ève Sorensen :

— Tu connais Youri depuis longtemps ?

— Pas loin de dix ans… J'étais une jeune étudiante ambitieuse qui agaçait tous les enseignants avec ses théories abracadabrantes sur le fonctionnement cérébral. Enfin, presque tous… Mon professeur d'informatique m'a présenté un jour un grand échalas aux cheveux filasse qu'il disait être un véritable génie du cybermonde. Oui, ce sont exactement les termes qu'il a employés... un génie du cybermonde !

— C'était Youri ?

— Bien sûr... C'était un grand spécialiste de l'intelligence artificielle à l'époque. Il travaillait sur les biocartes, je ne sais pas si tu as eu connaissance de ce projet.

— Non... Tu sais, moi, je n'ai jamais vraiment été intéressée par la conception du cybermonde. J'aime bien, ou plutôt j'aimais bien avoir accès au premier niveau et profiter des plaisirs de la sexualité virtuelle, mais il ne faut pas me demander comment tout cela fonctionne.

— Pour simplifier, il pensait pouvoir remplacer les supraconducteurs des puces des ordinateurs par des protéines ; avec pour conséquences de gros progrès en matière de miniaturisation, de vitesse de calcul, de stockage d'informations... En fait, il voulait tout révolutionner. Il disait qu'il fallait s'inspirer du fonctionnement du cerveau pour concevoir de nouvelles machines.

— Je comprends pourquoi ton professeur a pensé que vous pouviez avoir des choses à vous dire...

— Oui... nous avons eu de sacrées discussions. Ça durait parfois des nuits entières. Il vociférait contre les biologistes qui étudient le cerveau ! Il disait que nous étions tous complètement stupides, que tout ce qu'il nous demandait, c'était de lui expliquer comment marchait quelque chose qui était là, qui existait, à des millions d'exemplaires. Lui pensait que son propre travail était bien plus difficile, puisqu'il lui fallait créer, et non pas se contenter de démonter un mécanisme.

— Il était déjà complètement siphonné ?

— Non, pas comme maintenant. Mais il était très… original…

— C'était ton amant ?

Carla se détourna brusquement, et Ève regretta d'avoir posé une telle question.

— Je suis désolée… Je suis désolée… Je ne te l'aurais pas demandé si tu ne m'avais pas questionnée pour Nashguen et moi.

Au bout de quelques secondes, la jeune femme fit de nouveau face à son amie, qui crut apercevoir une larme mal essuyée sur sa joue pâle.

— C'est difficile d'en parler. Je n'ai jamais été si heureuse qu'avec lui. C'était un tel bonheur pour moi d'entendre le son de sa voix, de profiter de l'extraordinaire inventivité de son esprit. Tu m'as parlé une fois des coutumes des barbares du cinquième niveau, comment ils vivaient en couples, en familles, dans la même maison… Eh bien, ça ne m'aurait pas dérangée d'habiter ainsi avec Youri, et même d'avoir des enfants avec lui. Il y avait une harmonie si intense entre nous… Comme si ses pensées étaient les miennes, et mes pensées les siennes, comme si quelque chose, en dehors de nos corps, avait fusionné… Ah, c'est impossible à décrire, impossible à expliquer ! Je crois que j'ai compris alors que mon véritable moi était à l'extérieur de mon enveloppe physique, que c'était en fait une vibration, et que Youri Volkov était sur la même fréquence. Sans doute mes théories sur le poste de télévision datent-elles de cette époque…

Carla sourit un bref instant, puis son visage s'assombrit dès qu'elle recommença à parler :

— Je ne saurais pas te dire comment tout a commencé, quel est le point de départ, mais la santé mentale de Youri s'est peu à peu dégradée. Plusieurs facteurs ont pu jouer un rôle. Progressivement, il s'est mis à consommer de plus en plus d'anandamide. Il a d'abord utilisé tout son quota, puis a pris les boîtes de « Vie en Rose » que je ne terminais pas. C'est alors qu'il a commencé à faire des intrusions dans des zones du réseau auxquelles nous n'avions accès ni l'un ni l'autre. Lorsque je lui ai demandé comment il s'y prenait, il m'a tenu des propos très étranges et j'ai réalisé qu'il était en train de devenir fou. Il se transformait, lentement, inexorablement... Au début, il négligeait un peu son apparence. Ensuite, il est devenu débraillé, puis franchement sale. Aujourd'hui, je suis incapable de reconnaître l'homme que j'ai aimé autrefois. Mais cette dégradation physique était moins pénible à supporter que le délabrement de son esprit. Curieusement, plus il s'enfonçait dans la démence, plus ses capacités à se mouvoir dans le réseau semblaient grandir, à tel point que je me suis demandé s'il n'y avait pas une part de vrai dans ses délires...

— Tu veux dire ce qu'il n'arrête pas de répéter à propos d'un géant endormi ?

— Oui, c'est ça. D'après ce que j'ai pu comprendre de sa théorie, les millions d'ordinateurs interconnectés composeraient le corps éclaté d'un colosse, et les informations circulant dans le réseau, sa pensée, son rêve... Nous, nous disposons d'un langage pour nous adresser au géant, pour lui poser des questions, et plus nous connaissons de mots, plus cela signifie que notre accès au réseau est important. Jusqu'à présent, tu suis ?

— Ça va...

— Alors, accroche-toi ! Youri prétend qu'il a dépassé le niveau de la communication par le langage, il dit établir une sorte de connexion télépathique avec le dormeur.

— Mais qu'est-ce que cela signifie ? Il passe bien par l'intermédiaire d'un clavier et d'un écran, comme tout le monde !

— Attends ! Attends ! Tout cela, ce sont des images, des métaphores… Bien sûr qu'il se sert d'un clavier et d'un écran. Mais as-tu regardé ce qu'il tape ?

— Non, à vrai dire, je…

— Il tape n'importe quoi ! Il pianote sur les touches, de façon totalement incohérente… Lorsque tu es venue me réveiller, tu craignais qu'il ne casse tout, n'est-ce pas ?

— C'est exact…

— Eh bien, en fait, ça nous paraît absurde à nous, parce que ce n'est pas notre mode de communication habituel avec le cybermonde. Mais c'est la technique de Youri. Il appelle ça se glisser dans le rêve du géant…

— Carla, tu ne crois pas sérieusement qu'il obtient des informations de cette manière ?

— Je ne sais pas ce que je dois croire ou ne pas croire… Je sais ce que j'ai constaté, un point c'est tout ! Et ce que j'ai constaté, c'est que Youri peut avoir absolument tout ce qu'il désire.

— Mais qu'est-ce que…

— Je vais te donner un exemple ! Le jour où il a consommé entièrement son quota d'anandamide plus le mien, et que cela ne lui a plus suffi, il a réussi à modifier les données qui le concernait, pour pouvoir commander sans problèmes encore plus de « Vie en Rose »…

— C'est impossible, Carla, impossible !

— C'est pourtant ce qui s'est passé, je ne te mens pas ! Je l'ai vu augmenter le crédit de son compte bancaire chaque fois qu'il en avait envie. En fait, Youri semble posséder un pouvoir illimité sur le cybermonde. J'ignore comment il fait... Peut-être sa consommation effrénée d'anandamide lui a-t-elle ouvert des horizons qui sont cachés à notre propre esprit ?

Ève ne répondit pas. Elle songeait à l'expérience extraordinaire qu'elle avait vécue après avoir absorbé tout le contenu d'une boîte de « Vie en Rose ». Il ne lui semblait pas complètement absurde de considérer que Youri Volkov eût atteint un état mental grâce auquel il avait des possibilités d'accès au réseau inimaginables pour les autres. Il était tel un voyant dans un univers d'aveugles, mais la perception de la lumière lui avait brûlé le cerveau. La voix de Carla interrompit sa rêverie.

— Nous devrions aller surveiller ce qu'il fait...

Elles regagnèrent le salon et se placèrent discrètement derrière Youri. Il avait cessé d'actionner son clavier et se tenait, les bras ballants, dans une attitude contemplative, la tête légèrement penchée sur son épaule droite. L'ordinateur s'était placé en attente et sur l'écran tournoyaient des figures géométriques de couleur.

— Il peut rester ainsi pendant des heures... Autant retourner nous asseoir...

Ève ressentait la grande tristesse de son amie et elle s'en voulut d'avoir eu autant de pensées négatives à l'égard de Volkov.

— Comment s'est-il retrouvé dans une minable domosphère d'inactif ? Je veux dire, il avait une fonction très importante avant...

— Il était évident qu'il devenait de plus en plus inapte à accomplir correctement son travail. Il avait passé des années à bâtir son projet d'ordinateur biologique, il rêvait de cuves remplies de liquide physiologique dans lesquelles baigneraient des biocartes protéiques, il imaginait ce qu'il appelait un réseau neuronal couvrir le monde. C'est à ce moment qu'il a commencé à parler d'un géant, un géant dont lui, Youri, construirait le cerveau, cerveau duquel émergerait une sorte de super-conscience aux potentialités inouïes.

— Plutôt mégalomane…

— Tant que c'était un phantasme qui le motivait, ce n'était pas vraiment grave. Mais c'est devenu chez lui une obsession, et ça le rendait agressif. Je me souviens qu'un jour nous nous sommes violemment disputés parce que je lui avais dit que selon moi l'esprit ne pouvait jaillir d'un cerveau, aussi complexe fût-il, que le cerveau ne faisait que capter quelque chose. Il est devenu fou de rage, s'est mis à tout casser dans la maison…

— Il ne t'a rien fait ?

— Non, non… C'est d'ailleurs la seule et unique fois où il s'est montré brutal. J'ai compris plus tard qu'il voulait parvenir à créer une sorte de… disons une entité pensante aux capacités prodigieuses, à moitié machine et à moitié vivante… Le problème, c'est que les progrès en physique des matériaux ont permis d'obtenir des alliages supraconducteurs à la température d'une domosphère, et que ses recherches sur les biocartes sont devenues totalement inutiles, ou du moins beaucoup moins intéressantes à court terme. On pouvait augmenter de façon considérable les capacités informatiques des machines en conservant des techniques de fabrication traditionnelles. Ceux qui pendant des années avaient supporté les caprices et les fantaisies de Youri Volkov, sous prétexte qu'il détenait peut-être la clé de ce qu'il appelait la « biorévolution cybernétique », ont coupé ses crédits de recherche et l'ont affecté à des travaux plus classiques. Et là, ce fut le commencement de la fin…

— Que s'est-il passé ?

— Il a pris encore davantage d'anandamide. Il pouvait établir le quota qu'il voulait grâce à son pouvoir sur les informations du réseau. Il a quasiment cessé de se laver, de se coiffer... Il ne faisait rien... Ses propos devenaient de plus en plus incohérents. Peu à peu, il s'est retrouvé dans l'état où tu le vois maintenant. Un jour, deux types des services de sécurité sont venus le chercher chez lui pour le conduire jusqu'à sa nouvelle demeure, dans le quartier des inactifs. J'étais en communication au visiophone avec lui à ce moment-là. Enfin, communication est un bien grand mot. Disons que je parvenais à l'époque à conserver un embryon de contact avec lui. J'espère que ça marche encore...

— Que veux-tu dire exactement ? Depuis combien de temps croupit-il dans sa maison-bulle sans aucune possibilité d'accès au réseau ?

— Deux ans... Presque trois en fait...

— Et tu imagines qu'il est toujours capable de faire des miracles avec son ordinateur ? Tu crois que sa pathologie n'a pas évolué pendant des mois ? Regarde-le ! Tout ce qu'il va pouvoir faire, c'est mettre ton informatique hors service !

— Eh bien, tu ferais mieux de faire comme moi, d'espérer que ce ne sera pas le cas, et qu'il va réussir à obtenir ce que nous lui avons demandé. Tu ferais beaucoup mieux, parce que Youri représente notre seul espoir. Ton seul espoir, devrais-je dire, ou plutôt votre seul espoir, à Nashguen et à toi... Je te rappelle que ce n'est pas moi qui recherche ce fameux Niwaâd. Tout ce que je fais, c'est pour te venir en aide, et crois-moi, tu as peut-être du mal à supporter la présence de Youri, mais en ce qui me concerne, c'est encore bien pire, parce que je me souviens comment il était avant. Je te laisse, je vais le surveiller.

Seule dans la chambre, Ève regretta l'acrimonie de ses propos. Elle savait qu'elle avait été très injuste envers Carla, mais la situation la rendait terriblement nerveuse. Depuis que les expérimentations dirigées par sa jeune amie avaient commencé, elle ne voyait plus Nashguen, sauf comme une sorte d'animal de laboratoire. Il était constamment surveillé, cloîtré dans sa domosphère dès que les tests se terminaient. Le plus pénible pour Ève était de jouer la comédie, d'affecter d'être soulagée de n'avoir plus pour voisin un monstre venu du cinquième niveau, alors que sa présence lui manquait, sa voix lui manquait, ses caresses lui manquaient. Cela la faisait souffrir, bien qu'il fût aisé de tromper une troupe de techniciens qui considéraient Nashguen comme une sorte de primitif dégoûtant, et n'avaient avec elle que des rapports froids, distants, impersonnels. En songeant à leur attitude, Ève comprenait qu'elle-même avait longtemps pratiqué exclusivement ce type de relations humaines. Elle avait fui les contacts, fui les regards, fui la proximité physique, à l'instar de tous ses concitoyens. Nashguen et Carla étaient les premières personnes avec lesquelles elle avait exprimé et partagé des sentiments. Mais Nashguen était un étranger, et Carla une originale, une marginale, et cela lui permettait de mesurer à quel point la société dans laquelle elle vivait était dépourvue d'affectivité. Ève se sentait dans la situation de quelqu'un qui eût grandi dans un monde silencieux, privé de paroles, de sons, et à qui l'on eût fait écouter, à quarante-cinq ans passés, le *Miserere* d'Allegri. Elle était à la fois bouleversée par la beauté de ce qu'elle découvrait, et effrayée par la nouveauté, l'inconnu, hésitant entre se replier vers le mutisme froid et rassurant, ou se jeter dans le brasier du vacarme et de la musique. Ève savait qu'elle ne voulait plus de la vie qu'elle avait menée jusqu'alors, mais ignorait comment la quitter, et doutait d'en avoir la force. Elle espérait, d'une manière un peu puérile, que la découverte du Niwaâd lui offrirait une solution, et s'était mise à le désirer avec autant de force que Nashguen.

Elle pleurait silencieusement, allongée sur le lit de Carla, lorsque son amie l'appela depuis le salon :

— Ève, viens voir ça ! Dépêche-toi, ma grande !

Bientôt, les deux femmes se retrouvèrent derrière Youri Volkov, à regarder l'écran de l'ordinateur par-dessus son épaule. Il se trémoussait sur son siège, agitait la tête en tous sens, secouant ses longs cheveux crasseux, et débitait d'incompréhensibles propos entrecoupés de grognements bizarres. Ève ignorait comment un tel miracle avait pu se réaliser, mais le fait était qu'elle avait sous les yeux le rapport à ses supérieurs de Frank Welp au sujet de Nashguen. Soudain, Youri se remit à marteler le clavier, et le texte qu'elle essayait de lire défila à toute vitesse. Elle ne put s'empêcher de lâcher une bordée de jurons, mais Carla la rassura immédiatement :

— Ne t'inquiète pas. Je connais les manières un peu spéciales qu'a Youri d'agir avec un ordinateur. J'ai établi une programmation pour que tout soit stocké dans la mémoire de mon imprimante. Nous allons lui faire cracher ce qu'elle a absorbé.

Sur un geste de la jeune femme, des feuillets s'accumulèrent à grande vitesse sous le ventre de la machine, desquels Ève s'empara avidement. Elle fit un tri rapide, ce qui lui permit de constater que

Youri avait effectué une recherche en ne suivant apparemment aucune logique, et découvrit ce qu'elle désirait. Se laissant tomber dans un fauteuil, elle se mit à lire à voix haute.

Frank Welp commençait par un long résumé de l'histoire de Nashguen, ses étonnantes performances de lutteur dans le cinquième niveau, son surprenant franchissement du grand mur, le résultat des premiers contacts établis par Ève Sorensen, la perplexité des scientifiques à son sujet, la nature des expériences menées sur lui par Carla O'Donnel, toutes choses que les deux femmes connaissaient parfaitement.

Lorsqu'elle en arriva à la conclusion, la voix d'Ève devint plus faible, un peu tremblante :

— S'il semble incontestable que le sujet dispose de la possibilité d'augmenter transitoirement sa force musculaire dans des proportions tout à fait considérables, il n'en demeure pas moins que l'origine de cette faculté n'a pu jusqu'à présent être déterminée, et cela malgré de considérables moyens techniques et humains. Les théories de Mlle O'Donnel me paraissent extrêmement floues et confuses, davantage destinées à dissimuler l'ignorance du chercheur face à un problème qu'il n'arrive pas à solutionner, qu'à établir des fondations solides pour des investigations ultérieures. Cela étant, je ne mets nullement sa compétence en doute, et suis persuadé que son remplacement à la direction de ce programme n'apporterait aucune évolution. Les arguments qui ont conduit à la conservation et à l'étude du sujet concernaient essentiellement la vérification du fait qu'il ne soit pas porteur d'une mutation susceptible d'amener à terme une modification des capacités de la faune du cinquième niveau, modification propre à engendrer des déséquilibres fâcheux. Les résultats obtenus démontrent amplement que tel n'est pas le cas. La possibilité d'effectuer une importante découverte dans le domaine biologique ne constituait, dans nos hypothèses de départ, qu'une sorte de bonus qui se révèle désormais hors de portée. Les rapports de Mlle Sorensen montrent que le sujet n'est pas un cas isolé ni un cas nouveau. Il rapporte lui-même que des lutteurs jouissant de facultés comparables aux siennes existent et ont existé. Le phénomène est ancien, inexplicable et excessivement rare. Il n'est pas lié à une évolution génétique ni à aucun autre mécanisme biologique susceptible d'en accroître la fréquence, et ne constitue donc pas une menace. Je suis persuadé que la poursuite du programme ne nous apprendra rien de plus. Il me semble donc inutile de continuer à mobiliser des compétences et du matériel, qui seraient utiles ailleurs, à cette étude. Je préconise donc l'interruption des travaux, la réaffectation des équipes à leurs anciens postes, la remise en service de la serre trente-neuf, et la désintégration du sujet. J'attends votre réponse par le canal habituel.

Ève laissa glisser de ses mains le dernier feuillet qui tomba sur le sol moelleux de la domosphère. Son regard se perdit dans le lointain, bien au-delà de la baie vitrée qui se trouvait face à elle, vers les logements agglutinés du quartier des inactifs que l'on devinait derrière un rideau de verdure. Là, une petite bulle aux reflets irisés, qui s'était détachée de sa grappe et s'élevait dans le ciel, disparut soudain dans une fulgurance écarlate. Mais elle ne parut rien voir, comme si elle s'était retirée hors de la coquille de son corps, et que derrière les lacs d'opale de ses yeux, son âme fût désormais absente.

CHAPITRE VI

Caché aux yeux des hommes, caché aux yeux des dieux,
Il détient le pouvoir de transformer le monde
Et de briser le mur élevé vers les cieux
Comme un miroir géant cassé par une fronde.
Le Niwaâd en brûlant les corps de tous nos frères,
Idoles vénérées, esclaves misérables,
Les fera retomber dans la même poussière,
Eux qui étaient moulés tous dans le même sable.

Livre d'Uzmul – Livre V, Verset 9

Nashguen caressa ses joues brunes et imberbes, et un mince sourire se dessina sur ses lèvres. Il éprouvait beaucoup de sympathie envers Youri Volkov, bien qu'il tombât d'accord avec Ève pour reconnaître tous les défauts de l'ex-chercheur en informatique. Mais malgré sa saleté répugnante, l'incohérence totale de ses propos, la permanente vacuité de son regard, il y avait chez cet homme à l'esprit dérangé quelque chose qui plaisait au lutteur. Nashguen l'observa longuement, en train d'errer dans la serre trente-neuf, et conclut qu'aussi étrange cela pût paraître, Youri Volkov devait lui rappeler, d'une certaine façon, Slim Ali N'Dinga Opungwo. Ce physique d'échalas dégingandé, cette bizarre démarche d'échassier, ces bras interminables toujours en mouvement, Nashguen les avait maintes fois contemplés, de l'autre côté du mur, lorsqu'il voyageait en compagnie du griot. Et puis, il y avait cette façon bien particulière de provoquer chez l'interlocuteur un curieux mélange d'amusement et d'agacement, une permanente hésitation entre l'envie de se mettre en colère et celle d'éclater de rire. Mais par-dessus tout, ce qui selon Nashguen rapprochait les deux hommes, c'était la manière dont ils avaient l'un et l'autre transgressé les interdits les plus pesants de leur société.

Ève avait raconté l'histoire de Youri à son amant, et ce dernier pensait que le réseau, cette immatérielle toile d'araignée où s'engluaient les secrets, et dont Youri avait percé le mystère, représentait un peu pour l'univers de ses hôtes ce que le *Livre d'Uzmul* était pour le cinquième niveau. Certes, seul le destin avait fait de Slim Ali le dépositaire d'un poème dont les vers abscons avaient conduit Nashguen et ses amis à découvrir les arcanes du clergé, tandis que Youri Volkov avait volontairement cherché à obtenir les clés du réseau. Mais le résultat était là, l'un et l'autre avaient violé un tabou, et le lutteur voulait voir dans les étonnantes similitudes de silhouette, d'allure et de comportement des deux hommes un signe de la future réussite de sa quête. Slim Ali lui avait permis d'accéder au *Livre d'Uzmul* et à la porte des mondes, il croyait désormais que l'alter ego du baladin, de l'autre côté du mur, lui dévoilerait enfin le secret du Niwaâd.

Dans la serre trente-neuf, coiffée des ténèbres de la nuit et seulement éclairée par quelques globes luminescents, on préparait fébrilement le départ de Nashguen. Le barbare était assis sur le sol, adossé à la machine avec laquelle sa force avait de nombreuses fois été testée, et il attendait calmement, semblant presque assoupi, comme s'il ignorait les menaces qui pesaient sur son existence. Carla O'Donnel essayait de communiquer avec Youri, le suivant dans ses déplacements sans jamais cesser de lui parler. Parfois, elle lui saisissait un bras et tentait de l'obliger à la regarder, mais il semblait impossible de croiser son regard. Ève vérifiait pour la vingtième fois peut-être le paquetage qu'elle avait préparé pour son amant, s'assurant qu'elle n'avait rien oublié d'essentiel.

Lorsque les deux femmes avaient découvert le sort promis à Nashguen, elles avaient immédiatement cherché une solution pour lui permettre d'échapper à la mort. Regagner le cinquième niveau était techniquement impossible, rester là où il se trouvait le condamnait à coup sûr. Carla avait eu une idée, mais pour la réaliser, elle avait besoin de l'aide de Youri, et l'obtenir était extrêmement incertain. Elles avaient rassemblé à la hâte tout ce qui leur paraissait pouvoir être utile à Nashguen, et avaient rejoint en pleine nuit la serre trente-neuf en emmenant Youri Volkov avec elles. Elles savaient que pas une minute ne devait être perdue, les recommandations de Frank Welp pouvant être suivies d'application à tout moment. Après avoir libéré Nashguen de sa cellule de logement, elles lui avaient expliqué la situation, et il avait accepté ce que préconisait Carla. Désormais, tout était suspendu au bon vouloir de Youri.

Ce dernier marmonnait d'inaudibles propos, tête baissée, dos voûté, et marchait à grandes enjambées tout autour des nombreux appareils installés dans la serre. Derrière lui trottinait Carla O'Donnel, qui réitérait inlassablement les mêmes demandes. Au bout de près d'une heure de ce manège, elle rejoignit Ève et Nashguen.

— Inutile que je continue plus longtemps... Maintenant, il faut qu'il se décide...

— Et si ça lui prend trois jours, ou une semaine ?

Ève semblait malade d'inquiétude. Elle savait qu'elle allait perdre Nashguen, et cette idée la torturait, mais si le plan de son amie ne marchait pas, elle devrait affronter une épreuve bien plus douloureuse. Elle craignait, si le lutteur était désintégré, détruit comme un vulgaire déchet, de devenir aussi folle que le malheureux Youri Volkov.

Carla eut un geste d'impuissance. Elle avait fait tout ce qu'elle pouvait.

— Je vais aller lui parler !

Les deux femmes se regardèrent, stupéfaites. Déjà Nashguen s'était levé et s'avançait en boitant en direction de Youri. Il maîtrisait désormais assez bien la langue de ses hôtes et, malgré un fort accent, était parfaitement capable de se faire comprendre. Mais qu'il eût la prétention de provoquer une réaction chez le pauvre hère qui déambulait dans la serre trente-neuf, voilà qui leur paraissait incongru. Ève haussa les épaules.

— Pourquoi pas ? Il faut tout essayer maintenant...

— Crois-moi, ma grande, je connais bien Youri. S'il réussit à le faire s'installer devant l'ordinateur sans délai, ce sera un miracle.

Cinq minutes après, le miracle s'était accompli. Carla ne sut jamais quels mots avait employés le lutteur, mais leur effet était extraordinaire. Volkov avait un air extrêmement concentré qu'elle ne lui avait pas vu depuis des années. Il s'était connecté au réseau grâce au terminal installé dans la serre aux côtés des multiples appareils utilisés pour les tests qu'elle avait dirigés. Ses doigts dansaient sur le clavier à une vitesse ahurissante, et ses yeux ne quittaient pas l'écran. Elle alluma l'imprimante, qui se mit à cracher des feuillets. Nashguen était retourné s'asseoir à sa place, toujours aussi impassible.

Ève et Carla lisaient attentivement les dizaines de pages qui permettaient de suivre la progression de Youri dans le dédale du réseau. C'était un travail terriblement fastidieux. Tout débutait par un manuel technique sur la maintenance d'un nouveau modèle de robot sur coussin d'air pour la tonte du gazon dans le quatrième niveau. Elles découvrirent ensuite une étude comparative sur les différents matériaux utilisés dans la fabrication des implants mammaires, une liste exhaustive des nouvelles espèces de lépidoptères recensées ces trois dernières années par les autocaméras au sud du grand mur et le plan complet d'un système de forage pour la captation des nappes phréatiques aux profondeurs extrêmes. Soudain, Carla agita la main pour signifier à son amie de venir près d'elle...

— Là, j'ai un truc intéressant ! Regarde, c'est un rapport sur les éléments en provenance du cinquième niveau, leur utilisation.

— Comme les tests que tu as pratiqués sur eux ?

— Il n'y a pas que ça… J'ai bien peur qu'il n'y ait pas que ça…

Ève s'empara des feuillets et se mit à lire rapidement. Tandis qu'elle prenait connaissance du rapport, elle blêmissait de plus en plus. D'après ce qu'elle avait sous les yeux, les jeunes gens qui venaient de l'autre côté du mur, à chaque nouvelle lune, en échange des résidus des centrales nucléaires et des industries chimiques agglomérés en briques noires, ces jeunes gens servaient bien de cobayes pour diverses expérimentations. Mais le sort qu'ils connaissaient ensuite, ce sort sur lequel elle avait toujours refusé de s'interroger, préférant accepter l'idée d'une intégration à la société de leurs hôtes, était très différent de la version qui circulait dans plus de quatre-vingts pour cent du réseau.

Tout signe de maladie virale, bactérienne ou parasitaire était soigneusement recherché chez eux. Ceux dont les examens biologiques étaient douteux continuaient à être utilisés pour les programmes de recherche, et subissaient des épreuves de plus en plus dangereuses, jusqu'à mourir au cours de ces expériences qu'on pouvait qualifier de vivisection. Leurs corps étaient ensuite désintégrés. Les autres, ceux qui étaient parfaitement sains, devenaient des sortes de stocks d'organes. Dès que cela s'avérait nécessaire, ils étaient abattus et dépecés, tels des animaux de boucherie. Leur sang, leurs yeux, leur cœur, leurs poumons, leur foie, leurs reins, la moelle de leurs os, tout pouvait être récupéré et servir…

Ève fit quelques pas en titubant pour s'isoler un peu et, livide, se mit à vomir. Puis elle balbutia :

— Je les ai maudits, eux, les monstres cannibales qui égorgent des enfants pour manger leur chair. Mais nous faisons la même chose. Nous les découpons en morceaux, nous volons leur vie pour prolonger la nôtre.

— Notre société a supprimé les risques, les périls, la violence, les agressions, les accidents... Les transports sont parfaitement sûrs et, d'ailleurs, nous nous déplaçons peu. Nous restons cloîtrés dans nos bulles hermétiques, où même les plus microscopiques de nos ennemis ne peuvent nous atteindre. Étant isolés les uns des autres, nous ne pouvons plus physiquement nous nuire. Tous les travaux dangereux, ou simplement pénibles, sont accomplis par des robots. La mort ne peut plus nous atteindre que par l'usure de nos corps, et nous combattons cette usure par tous les moyens. La peau qui se ride est retendue, la graisse qui s'accumule est aspirée, les hormones qui s'épuisent sont relayées par des substituts artificiels. Nous savons tout remplacer, ou presque ; des os qui s'effritent, un foie déficient, des articulations qui grincent... Rien n'interdit de faire plusieurs réparations, d'être greffé deux fois des reins, d'user trois cœurs au cours de son existence. Nous avons même inventé des matières bien plus résistantes et durables que celles dont notre corps est fait, des hanches inoxydables, des artères éternellement souples, des pompes distributrices d'insuline ou de thyroxine qui ne tombent jamais en panne. Le problème, c'est qu'avec une population de plus en plus âgée et demandeuse de « pièces de rechange », et une quasi-disparition des morts brutales et accidentelles, notre société manque terriblement d'organes. Il faut donc les prendre ailleurs, car, techniquement, nous sommes incapables de tous les fabriquer. Un cœur artificiel, c'est possible, ça existe et ça marche, mais pas aussi bien qu'un vrai. Un rein, nous ne savons pas le miniaturiser suffisamment pour l'implanter dans l'organisme ; un poumon, nous ignorons par où commencer pour en réaliser un. Alors, il nous faut de la chair fraîche, beaucoup de chair fraîche, et dans le cinquième niveau, il y en a à profusion. C'est pour cela que des portes ont été ménagées dans le grand mur, par elles, nous aspirons le sang, la vie, par elles nous rejetons nos résidus porteurs de mort.

Carla avait parlé d'une voix monocorde, froide, comme si elle ne ressentait aucune émotion, mais l'expression de son visage révélait sa souffrance.

— Tu savais tout cela ? Tu savais ce qui se passait ?

— Non, Ève, j'étais comme toi, je ne voulais pas le savoir. J'avais simplement un peu moins d'excuses que toi parce que j'ai réalisé quelques expériences sur des sujets en provenance du cinquième niveau, mais il me plaisait d'imaginer qu'après cela on les installait dans une domosphère tout confort, de même que toi tu pensais que tel était leur sort lorsqu'ils avaient franchi le mur. Tu avoueras que lorsqu'on y réfléchit un peu, c'est absurde et naïf.

— Je ne sais plus quoi faire, où vivre, où demeurer. Je pensais contempler l'horreur absolue en observant le cinquième niveau par l'œil des caméras, et je découvre qu'il existe plus abominable encore de notre côté du mur. J'ai le sentiment que le mal est partout, que le bien est absent du monde, absent de chacun des cinq niveaux du monde...

— Parce qu'avant tu croyais qu'il y avait le bien d'un côté, le mal de l'autre, et pour faire bonne mesure un grand mur entre les deux ? Par moments, Ève, j'ai l'impression que tu es une petite fille de sept ans. Le bien, nous avons toujours la liberté de l'accomplir si nous le désirons, et je suis certaine que c'est ce que nous faisons en ce moment.

Sur ces mots, Carla recommença à compulser les feuillets qui s'entassaient dans le panier de l'imprimante. Nashguen avait écouté toute la conversation sans broncher. Ève le regarda d'un air implorant, espérant de sa part une aide, quelques mots de réconfort, une phrase pour la guider, mais il demeurait coi et son visage était aussi figé qu'un masque de cuivre.

— Voilà des informations encore plus passionnantes. Viens voir un peu… Je ne sais pas comment il peut se rapprocher de ce que nous lui avons demandé avec les recherches qu'il est en train d'effectuer, mais il est tombé sur des données historiques concernant la période qui a précédé la construction du grand mur.

— Il ne cherche pas ce que vous lui avez demandé, il cherche ce que, moi, je lui ai demandé. Il cherche le Niwaâd…

Les deux femmes, stupéfaites, se tournèrent vers Nashguen. Carla semblait furieuse.

— Tu étais d'accord avec mon plan ! Le suivre est la seule possibilité que tu possèdes de t'en sortir ! De toute évidence, Youri accepte de suivre tes instructions, alors pourquoi gâches-tu tes chances ?

— Il a accepté de tenter de découvrir ce qu'est le Niwaâd, rien ne prouve qu'il aurait été d'accord pour autre chose. Qu'est-ce qui l'a décidé, la quête ou la personne qui lui proposait cette quête ? Je n'en sais rien. Personne ne sait ce qui se passe dans l'esprit de cet homme… Deuxièmement, échapper à la mort n'est pas mon but ; je l'ai bravée cent fois pour arriver ici. Crois-tu que je désire finir mes jours là où tu veux m'envoyer, sans avoir de réponse à la question qui m'a maintenu en vie pendant tant d'années ? Je préfère être tué que de fuir avant d'achever ma recherche ; elle est tout ce qui compte pour moi.

Nashguen demeura un instant silencieux, la mine sombre, avant d'ajouter :

— Avec Ève, bien sûr. Mais d'après ton fameux plan, je dois la quitter pour ne plus jamais la revoir. Alors, j'aime autant rester jusqu'au bout, si cela me donne une chance de trouver le Niwaâd.

Carla O'Donnel soupira profondément, haussa les épaules, et recommença à compulser les données communiquées par l'ordinateur. Elle tendit des feuillets à son amie en lui disant :

— Regarde ça, ma grande. Je suis certaine que pas une personne sur un million n'a accès à la portion du réseau où sont stockées ces informations.

Mais Ève ne lui répondit pas, ne réagit pas. Elle pleurait, et ses yeux voilés de larmes semblaient ne plus rien voir. Carla lui passa un bras autour des épaules, et s'apprêtait à lui murmurer quelques mots à l'oreille pour essayer de l'apaiser, lorsque la voix de fausset de Youri Volkov retentit soudain. Il s'exprimait toujours comme un illuminé, mais ses propos étaient devenus cohérents. Dans l'immense serre obscure, Nashguen et les deux femmes écoutèrent, médusés, un fou voleur de secrets leur raconter l'histoire de l'origine des mondes.

— C'était il y a dix siècles, lorsque la terre était une, lorsque le grand mur ne séparait pas encore les peuples. Au Sud régnait la misère, avec sa cour composée de famine, surpopulation, guerre, maladie et ignorance. Au Nord se pavanait l'opulence, entourée de ses enfants, la suffisance, l'égoïsme et la crainte. Et tandis que s'accroissaient la pauvreté et le nombre des uns, augmentaient la richesse et l'indifférence des autres. Ceux du Sud fuyaient en masse leurs terres ingrates pour les paradis septentrionaux. Mais là, on s'irritait de l'arrivée ininterrompue de ces gens de couleurs différentes, de coutumes différentes, de croyances différentes. Là, on bâtissait une société nouvelle, un monde propre, sans labeur physique, sans froid et sans chaleur, sans souffrance et sans dangers, sans laideur et sans vieillesse. De nombreux hommes, au Nord, n'y avaient plus leur place, car ils étaient perdus dans cet univers coupé de la terre, du vent et de la pluie, où des machines remplaçaient la voix et le contact des autres ; ceux-là étaient déjà de trop, en accepter de plus inadaptés, arrivant par hordes entières, était intolérable. Longtemps on les avait admis pour accomplir des travaux durs et immondes, mais ces travaux disparaissaient, la nouvelle société émergeait, et rien ne devait gêner son établissement. Alors on empêcha leur venue, on les refoula vers le Sud, vers leurs contrées sèches et pauvres, gangrénées par la violence. Mais ceux qu'on avait chassés revenaient, accompagnés par d'autres immigrants, captivés par la profusion de richesses des pays septentrionaux, sentant que là se trouvait leur unique chance de survie. Leur multitude se mêlait à celle des exclus qui croupissaient à la périphérie des villes immaculées, tous ceux qui n'avaient rien compris à l'avènement de la bête, du colosse immatériel grandissant dans l'éther, nourri d'ondes électromagnétiques.

Youri interrompit son monologue pendant de longues minutes. Il transpirait à grosses gouttes, et son visage était d'une pâleur effrayante. Soudain, il recommença à parler, à hurler plutôt. Il semblait plongé dans une sorte de transe extatique, qui lui apportait en même temps énergie et souffrance.

— Car le règne de la bête était venu, et ainsi qu'il a été dit, le pouvoir lui fut accordé sur toute tribu, sur tout peuple, sur toute langue et sur toute nation. Tous se mirent à l'adorer sans la voir et sans la connaître, mais elle était partout et rien ne se faisait plus que par elle. Les hommes cessèrent de communiquer directement, de se parler, de se toucher. Tout devint relié à la bête, qui étendait ses innombrables tentacules en forme de câbles et de faisceaux d'ondes hertziennes, et ce qui était enseigné le fut par le truchement de la bête et des images qu'elle animait sur les écrans, ce qui était acheté et vendu passait par son intermédiaire, et la parole de l'homme devint sans valeur devant celle de la bête. Aujourd'hui, son triomphe est total. L'esprit tout entier de l'humanité se trouve dans le rêve du géant, le rêve de la bête, que vous appelez le réseau. Et son âme lui a été vendue, car l'espoir des hommes n'est plus de changer le monde, mais de vivre dans la réalité virtuelle qui est le domaine de la bête.

Youri s'arrêta pour reprendre haleine. Il rejeta sur son front des mèches de cheveux collées par la sueur qui tombaient sur son visage, puis continua son discours de sa voix stridente :

— Mais ces temps-là, il y a mille ans, étaient ceux du début du règne de la bête, et il ne devait pas commencer sans beaucoup de fureur et de sang. La présence toujours croissante des gens venus du Sud entraînait de plus en plus d'exaspération, surtout de la part de ceux qui étaient rejetés de la société qui se mettait en place autour de la bête, et vivaient mêlés à eux, aux marges des richesses. Il y eut des agressions, des saccages, des meurtres, puis des émeutes, des batailles rangées, des massacres. Pour stopper l'immigration, des soldats furent postés aux frontières, qui abattaient sans sommation tous ceux qui tentaient de les franchir. On coula des navires, chargés d'hommes, de femmes et d'enfants. Partout, la haine grandissait, car la haine ne se lasse jamais du sang versé, des entrailles répandues et des chairs calcinées, mais au contraire s'en repaît comme une goule monstrueuse et vorace. Au sud du monde, tous ceux qui avaient la peau blanche, originaires des pays septentrionaux, furent exécutés ou lynchés en guise de représailles. Or, ils étaient les derniers à tenter de maintenir un dialogue entre les deux moitiés de la terre. À leur place on envoya des machines, les autocaméras, pour surveiller... Entre une mort brutale au Nord, et une mort lente chez eux, les peuples méridionaux devaient choisir. Ils pensèrent trouver une réponse dans le fanatisme religieux, écoutèrent la voix des prêcheurs qui promettaient le paradis aux martyrs de la guerre sainte, la Ghazavat. Leur foi était à la mesure de leur désespoir, des généraux se dressèrent, des armées immenses les suivirent. Puisqu'on ne voulait pas leur faire de place dans les riches terres du Nord, ils allaient les conquérir et, s'ils devaient mourir au combat, une éternelle félicité les attendrait.

Youri Volkov brandit un poing, tellement crispé que ses ongles pénétraient dans la chair de sa paume, et il hurla de toutes ses forces :

— Alors, les paroles de la prophétie qui avait prévu le règne de la bête, deux mille ans auparavant, ces paroles se réalisèrent ! Car ceux du Nord utilisèrent leurs armes les plus puissantes pour arrêter les légions fanatisées par la Ghazavat. Ils tirèrent des salves de milliers de missiles à têtes nucléaires, chimiques et bactériologiques contre les pays du Sud. Et ce qui avait été annoncé s'accomplit ! Car à la première salve, de la grêle et du feu mêlés au sang des victimes furent jetés sur la terre. Le tiers de la terre fut brûlé ; le tiers des arbres fut brûlé ; toute herbe verte fut aussi brûlée. Il y avait un si grand nombre de projectiles dans la deuxième salve, qu'une montagne de feu parut jetée dans la mer, le tiers de la mer devint du sang, le sang des immigrants téméraires, le tiers des créatures vivantes qui étaient dans la mer mourut, et le tiers des navires qui transportaient les guerriers de la Ghazavat fut détruit. La troisième salve tomba sur le tiers des fleuves des pays du Sud et sur les sources d'eau ; c'étaient des armes chimiques qui empoisonnèrent les eaux, et ces eaux firent périr un grand nombre d'hommes. À la quatrième salve, l'explosion des têtes thermonucléaires souleva tant d'énormes nuages de poussière que le jour perdit le tiers de sa clarté. Les salves suivantes portaient des bombes bactériologiques qui entraînèrent d'épouvantables épidémies, et ainsi qu'il avait été prophétisé, ces armes ne firent aucun mal à l'herbe de la terre, ni à aucune verdure, ni à aucun arbre, mais seulement aux hommes, et ces derniers ne furent pas tués, mais tourmentés pendant cinq mois, de façon si affreuse qu'ils désiraient mourir, mais la mort fuyait loin d'eux. Enfin, de nouvelles charges nucléaires et chimiques explosèrent, et le tiers des hommes fut tué par ces fléaux, par le feu, par la fumée et par le soufre.

Youri Volkov baissa la tête, et ses longs cheveux sales firent un rideau qui cachait son visage. Après avoir crié, il se mit à murmurer, d'une voix presque inaudible :

— Les légions de la Ghazavat furent dispersées comme des insectes par un ouragan. L'holocauste fut abominable, et au Sud, des milliards d'êtres humains périrent. Les contrées les plus durement touchées par le déluge de feu, près des frontières, virent leur sol totalement stérilisé, à tel point que, mille ans après, il n'y pousse toujours rien, et qu'on les nomme les terres noires. Les destructions furent si complètes, si totales, si méthodiques, que les survivants se trouvèrent renvoyés à l'âge de pierre, comme si leurs ancêtres n'avaient rien construit avant eux. Mais cela ne suffisait pas encore aux hommes du Nord. Ils voulaient s'assurer qu'aucune tentative d'invasion, d'immigration ou d'infiltration ne se produirait jamais plus. Et comme ils avaient transformé des régions pauvres en effroyables enfers pollués, contaminés et infestés de maladies, ils souhaitaient s'en séparer, totalement, hermétiquement. D'énormes moyens technologiques furent mobilisés, et on érigea le grand mur, une titanesque barrière de pierres et de gravats, entièrement caparaçonnée de métal, inexpugnable... Pour empêcher les intrusions par voie maritime, on construisit des sentinelles mécaniques, des robots volants qui avaient pour mission de détruire tout navire s'aventurant au nord de la latitude du mur. Les immigrants qui n'avaient pas encore été chassés ou tués, furent rejetés dans la géhenne qu'était devenu leur pays d'origine, et on en profita pour faire partir avec eux tous les miséreux, les inadaptés et les exclus qui n'avaient pas su s'intégrer à la nouvelle société, décrite dans la prophétie comme la grande ville vêtue de lin fin, de pourpre et d'écarlate, toute brillante d'or, de pierreries et de perles...

Ils écoutaient le récit de Youri Volkov, Ève pleurant en silence, Carla rongeant ses ongles un à un, et Nashguen imperturbable, le visage inexpressif. Le narrateur recommença à parler fort, un doigt brandi comme pour menacer.

— Il demeurait cependant un problème. Les hommes du Nord maîtrisaient les secrets de l'atome, et cela leur procurait des ressources d'énergie inépuisables, sans pour autant perturber leurs belles cités si propres par des bruits, des fumées ou des odeurs. Mais ils ne savaient que faire des déchets nucléaires issus de leurs centrales ni des ultimes résidus non recyclables de leurs poubelles et des produits toxiques non dégradables de leurs industries. Auparavant ils payaient les peuples du Sud pour les en débarrasser, mais désormais, c'était impossible. On construisit d'énormes mausolées, creusés dans le roc, aux parois énormes de béton, d'acier et de plomb, pour y entasser ce poison coulé dans des blocs de résine noire. Mais cela gênait les concepteurs de ce monde parfait qui prenait corps au nord du grand mur de devoir supporter un nombre toujours croissant de ces fosses à purin dans lesquelles s'écoulait la fiente radioactive de leurs belles cités. Ce furent deux femmes, deux femmes très intelligentes, brillantes et cultivées, Umma Zellinger et Murielle Lemieux, qui trouvèrent la solution. C'était plus d'un siècle après l'apocalypse qui s'était abattue sur les terres du Sud. Les descendants des rescapés erraient dans un univers désolé, regroupés en tribus nomades luttant pour leur survie. Umma Zellinger et Murielle Lemieux, qui avaient soigneusement étudié la genèse des événements qui avaient conduit l'humanité à la guerre, avaient été frappées par l'extraordinaire pouvoir des croyances, par la foi des millions de guerriers fanatisés qui étaient partis au martyre dans leur Ghazavat désespérée. Elles décidèrent de créer une nouvelle religion parmi les barbares du cinquième niveau, ainsi qu'on nommait désormais l'enfer au-delà du mur, une religion inventée de toutes pièces, et qui aurait un tel impact sur les peuples du Sud qu'elle les amènerait à faire exactement ce qu'on attendait d'eux, et ceci pour toujours... Mais si ce pari semblait impossible, Umma Zellinger et Murielle Lemieux, elles, savaient que tous les ingrédients étaient réunis pour que leur entreprise réussisse. Les barbares étaient réduits à l'état de hordes misérables et désemparées, qui ne demandaient qu'à être guidées. On avait offert aux deux femmes des moyens énormes, quasiment illimités. Elles commencèrent par réunir tous les textes sacrés de l'histoire de l'humanité, et firent établir un programme informatique destiné à les décortiquer, en dégager les éléments communs, pour enfin rédiger un livre qui aurait de grandes chances d'obtenir un impact maximum sur les sauvages du cinquième niveau. Le but était de conduire ces derniers à adopter une religion permettant de rétablir certains échanges et d'ouvrir sans risques des portes dans le grand mur. Une fois l'ouvrage rédigé, elles utilisèrent les premières lettres de leurs noms pour le nommer, et c'est ainsi que fut réalisé le *Livre d'Uzmul*.

Nashguen, qui était resté parfaitement impassible pendant tout le récit, esquissa une sorte de rictus et marmonna quelques mots dans sa langue. Youri Volkov parlait désormais d'une façon presque normale, sans glapir, ni gesticuler, ni balancer sa tête d'avant en arrière. Seul son regard halluciné trahissait la folie, ou peut-être une extraordinaire connexion avec un état de conscience inaccessible aux autres humains.

— Grâce aux autocaméras qui sillonnaient le cinquième niveau, elles purent choisir un certain nombre de barbares qui possédaient de l'influence sur leurs semblables, qui montraient des qualités de chefs. Les moyens technologiques dont elles disposaient leur permirent de réaliser pour chacun de ces élus une mise en scène grandiose, formidablement impressionnante, qui les persuada d'avoir été contactés par des dieux vivant au-delà du grand mur. À chacun fut remis un exemplaire du *Livre d'Uzmul*, et confié la mission de propager la bonne parole et de bâtir la religion qui apporterait aux hommes la survie et le salut. La tâche était ardue, et tous moururent sans rien avoir accompli de durable ; tous, sauf un… Un dénommé Hakeem réussit à propager sa foi et à rassembler autour de lui de nombreux disciples. Umma Zellinger et Murielle Lemieux l'aidèrent en envoyant des sondes-robots réaliser au cours de ses prêches ce que les barbares interprétèrent comme des miracles, par exemple des rayons de feu tombant du ciel. Mais la renommée d'Hakeem devint si grande que certains chefs de tribus, qui rêvaient d'accroître leur puissance et de bâtir des royaumes sur les terres dévastées du cinquième niveau, en conçurent de la jalousie et de la crainte. Ils tentèrent de s'opposer à lui, de le discréditer, mais en vain. Des foules toujours plus grandes venaient assister à ses sermons et croyaient sa parole. Alors, ses ennemis le firent capturer et mettre à mort horriblement, par amputation de ses quatre membres. Sans doute Umma Zellinger et Murielle Lemieux, qui le surveillaient par l'œil des autocaméras, depuis leurs confortables domosphères, auraient-elles pu le sauver en provoquant un nouveau miracle. Mais elles qui avaient tant étudié les religions du passé firent un choix plus judicieux : elles le laissèrent périr. Hakeem devint ainsi le premier martyr de la nouvelle foi, et sa légende eut sur l'humanité un impact bien plus grand que ses prêches les plus ardents. Ses disciples rajoutèrent son histoire au *Livre d'Uzmul*, et fondèrent un clergé déterminé à faire appliquer les préceptes qu'il leur avait enseignés. Il fallut près de quatre siècles pour que la religion inventée par Umma Zellinger et Murielle Lemieux devienne celle de tous les peuples du cinquième niveau, et les deux femmes ne surent jamais à quel point leur projet avait réussi. Il y eut bien des résistances, bien des conversions forcées et bien des guerres, notamment contre les derniers adeptes de la religion qui avait généré la Ghazavat, mais en fin de compte le culte du *Livre d'Uzmul* fut pratiqué partout au sud du grand mur, et les successeurs des premiers disciples d'Hakeem acquirent un pouvoir immense sur tous les autres barbares.

Soudain, les muscles de Youri se tétanisèrent, et il recommença à hurler en rejetant la tête en arrière.

— Alors, les portes s'ouvrirent, et les prêtres livrèrent des enfants en échange des pierres noires ! Le monde civilisé put enfin se libérer du poison dont il regorgeait, et que les sauvages accueillaient comme un cadeau des dieux. Et du sang frais vint régénérer les corps vieillissant des hommes du Nord, ou plutôt des vampires, car nous ne méritons pas le nom d'hommes, nous qui avons vendu notre âme à la bête et plaçons plus haut que tout la jeunesse de notre chair et le plaisir de nos sens !

Youri Volkov se tourna vers Carla et lui parla d'une voix apaisée, débarrassée de son habituel timbre de fausset qui la rendait si désagréable. Pendant les quelques instants où il s'adressa à elle, son visage perdit son masque de souffrance, son regard cessa d'être enfiévré, et la jeune femme, derrière le voile d'une tignasse hirsute, aperçut celui qu'elle avait aimé autrefois, et ressentit la douleur d'un fer rouge lui traversant le cœur.

— Je vais faire ce que tu m'as demandé. Vous aurez le plan des ateliers de maintenance des robots qui entretiennent les parcs extérieurs, et je déclencherai l'ouverture des portes et des sas qui leur permettent de sortir. Le barbare pourra s'enfuir dans le quatrième niveau. Des hommes y vivent toujours, ceux qu'on appelle les Trads, ceux qui autrefois ont refusé de rejoindre les villes immaculées du monde parfait et de rentrer sous l'abri de leurs dômes protecteurs. Je vais faire ce que tu m'as demandé.

Lorsque Youri eut achevé son travail sur l'ordinateur, lorsque Nashguen eut chargé son paquetage sur ses épaules puissantes et fait ses adieux, les premiers rayons de l'aube nimbaient la serre d'une pâle lumière rose. Le lutteur s'approcha en boitant de Youri Volkov.

— Tu as exaucé le vœu de Carla, mais pas le mien. Tu ne m'as pas révélé le secret du Niwaâd.

— Le Niwaâd… Une invention d'Umma Zellinger et Murielle Lemieux… Une énigme… Je me demande pourquoi elles ont fait cela.

Pendant un moment qui parut interminable à Nashguen, Youri contempla le lever du jour au travers des verrières de la serre, avant de reprendre à voix basse :

— Peut-être ont-elles regretté ce qu'elles avaient créé tandis qu'elles achevaient de le créer ? Peut-être ont-elles été effrayées par leur œuvre ? Peut-être leur étude des textes religieux les a-t-elle amenées à découvrir comme moi l'ultime prophétie, le livre de l'apocalypse, et ont-elles compris qu'était arrivé le règne de la bête, annoncé par le déluge de feu qui avait réduit la moitié de la terre en cendres ? Peut-être la grâce a-t-elle effleuré leur âme, l'espace d'un instant, comme le battement d'aile d'un oiseau ?

Youri étendit ses grands bras et se mit à les agiter comme s'il voulait s'envoler.

— Là où elles ont allumé l'incendie, elles ont indiqué l'emplacement de la source qui peut donner l'eau pour l'éteindre. Là où elles ont élevé et nourri le dragon, elles ont laissé l'épée pour lui percer le flanc. Et au sein même du *Livre d'Uzmul*, dont les mots séparent les hommes en faisant des uns des idoles, et des autres des esclaves, elles ont placé le Niwaâd qui a le pouvoir d'abolir cette séparation.

— Mais que signifie donc ce mot, qui me hante depuis si longtemps ?

— C'est un jeu, un langage inventé par elles. Elles se sont amusées à créer le culte le plus puissant qui ait jamais courbé l'échine de l'humanité, elles pouvaient bien se distraire en imaginant des noms… Tu sais, comme lorsqu'on est enfant, on dit la chaussure, c'est un tibrouk, la cuillère, une boulasse. Elles ont juste fabriqué un mot pour le mettre à la place d'un autre, comme deux gamines qui jouent ensemble.

— Je dois partir, Youri. Je dois quitter votre monde parfait, comme tu l'appelles, pour pouvoir rester en vie. Mais si je veux que cette vie conserve un sens, il faut que je sache. Donne-moi ce que je t'ai demandé, donne-moi ce que je suis venu chercher, je t'en supplie.

— Je vais te dire ce qu'est le Niwaâd, barbare. Mais regarde-moi, moi qui connais le secret, et demande-toi si tu en seras plus heureux, ou plus sage.

Nashguen vit le visage en sueur de l'homme devant lui, ses cheveux dégoûtants, son regard de dément, respira son haleine fétide, et il eut un mouvement de recul. Mais avec une rapidité surprenante, et une vigueur que ne laissait pas soupçonner la maigreur de ses bras, Youri Volkov saisit la nuque musclée du lutteur pour l'attirer vers lui, et souffla à son oreille la réponse qu'il avait poursuivie pendant le tiers de son existence, d'un bout à l'autre du monde.

ÉPILOGUE

Nashguen s'arrêta un instant. Le havresac arrimé sur son dos ne gênait guère un homme de sa force, mais il avait perdu l'habitude des longues marches et son genou gauche le faisait souffrir. Il se retourna et contempla la lointaine cité, ses dômes irisés où la lumière du soleil se reflétait comme dans de grosses bulles de savon, ses tours dressées vers le ciel tels des arbres auxquels une tempête eût arraché leurs branches, ses immeubles semblables à des termitières de métal et de verre.

Il songea à ses amis restés là-bas, à ce qu'ils avaient fait pour lui. Carla l'avait rassuré sur leur sort. Il serait aisé d'expliquer qu'il avait trouvé seul le moyen de s'enfuir, grâce à d'étranges pouvoirs dont personne n'avait soupçonné l'existence. Étant donné que les moyens technologiques les plus sophistiqués avaient été incapables de révéler le secret de la transe amok, Frank Welp et ses supérieurs se persuaderaient sans difficulté que Nashguen possédait d'autres facultés paranormales qui avaient autorisé son évasion. Et puis, à leurs yeux, il n'avait plus aucune importance. Ils s'apprêtaient à le détruire comme un objet inutile jeté dans un incinérateur, l'essentiel était qu'il n'encombrât plus les niveaux supérieurs. Sa présence à l'extérieur, au-delà des filtres et des sas de sécurité, dans un monde où grouillaient les germes et les parasites, où rôdaient les animaux sauvages et les tribus primitives des Trads, ne gênerait personne. Il n'était désormais qu'un barbare retourné à la barbarie...

Nashguen respira profondément, huma l'odeur de la terre, et se réjouit de sentir la morsure du vent frais sur son visage. Il savait que subsister dans le quatrième niveau ne serait pas un problème pour lui, il sentait la vie qui l'environnait, les proies qu'il pourrait capturer, les baies qu'il pourrait cueillir. Une seule chose l'inquiétait...

Le lutteur posa son paquetage au sol et s'assit en attendant que le rejoignît sa compagne. Au bout de quelques minutes, Ève arriva en haletant. Nashguen était boiteux et lourdement chargé, mais elle ne parvenait pourtant pas à suivre sa cadence. L'air libre brûlait ses poumons, la peau fine de la plante de ses pieds se couvrait de cloques. Elle s'effondra dans l'herbe, épuisée.

Au dernier moment, Ève avait choisi de suivre son amant. Ils savaient l'un et l'autre ce qu'elle risquait dans le quatrième niveau. Son organisme préservé pendant plus de quarante ans de l'agression des bactéries et des virus, maintenu en permanence dans un environnement à la température et à l'hygrométrie constantes, allait devoir affronter le froid, la pluie et les maladies, et peut-être en mourrait-il rapidement. Mais désormais, Ève Sorensen ne désirait plus vivre dans le cocon aseptisé de ce monde parfait dont la voix grinçante de Youri lui avait révélé le vrai visage. Et elle souhaitait achever son existence auprès de Nashguen. Rien d'autre n'avait vraiment d'importance.

Elle posa sa tête sur la cuisse de son amant et sentit avec délice la main puissante du lutteur caresser ses cheveux. Longtemps, ils demeurèrent ainsi, puis, lorsqu'elle se sentit suffisamment reposée, Ève dit simplement :

— Nous pouvons repartir.

C'était sa première phrase depuis qu'elle avait quitté Carla et Youri. Nashguen, lui, n'avait prononcé qu'un mot :

— Amour...

Elle savait que c'était la solution de l'énigme posée par sa conscience supérieure, des années auparavant, à l'esprit tourmenté d'un homme qui venait de se retrouver seul au monde. L'amour leur avait permis de se rejoindre, elle et lui, malgré tout ce qui les avait séparés l'un de l'autre. L'amour avait le pouvoir d'abattre le grand mur, et d'abolir les différences, de faire disparaître les masques dissimulant l'âme humaine, les grossiers et effrayants oripeaux des races, des cultures, des croyances, des coutumes et des sexes. L'amour brûlait les êtres jusqu'à les réduire à l'imperceptible poussière de leur essence, au même sable originel dont ils étaient tous issus.

Ils marchèrent en direction du levant, face au disque d'or du soleil matinal, vers la vie qui s'offrait à eux, et ils se sentaient dans leurs cœurs comme des germes divins portant l'espoir d'un monde nouveau.

FIN

Biographie

Né en 1961, Jean-Christophe Chaumette a exploré pendant trente ans les différentes facettes de la littérature de l'imaginaire : science-fiction (***Le Niwaâd, Le Maître des ombres, Les Rats de Hamelin***), fantastique (***Le Jeu, L'Arpenteur de mondes, Les Sept saisons du malin, L'Aigle de sang, Le Dieu vampire, Gospel***), roman historique (***Le Pays des chevaux célestes***), et fantasy avec la saga du dernier Sven, ***Le Neuvième Cercle***, contée dans un cycle de six romans. Toutes ses nouvelles appartiennent également à ce type de littérature, fantastique (***La Voix du printemps, Emet, La Secte, Les Contrôleurs***), SF (***Traduction***) ou fantasy (***Keffrath le Nécromant***). Jean-Christophe Chaumette a en outre été distingué quatre fois par le jury du **prix Masterton** (meilleur roman francophone en 2001, 2002 et 2011 ; prix spécial du meilleur roman de la décennie en 2009). Il a collaboré avec Sébastien Hue pour réaliser la partie écriture d'un Art Book, *Essaims galactiques*.

Bibliographie

1989 : *Le Jeu* (*Collection Noire* - Fleuve Noir)

1990-1991 : *Le Neuvième Cercle* (*Anticipation* - Fleuve Noir) en six tomes
L'Homme Requin
La Cité sous la terre
Aoni
La Prophétie
Les Epées de cristal
Le Guerrier sans visage

1997 : *Le Niwaâd* (*Legend* - Fleuve Noir)

1998 : Réédition du *Neuvième Cercle* en deux tomes
Le Peuple oublié (*Legend* - Fleuve Noir)
L'Impossible Quête (*Legend* - Fleuve Noir)

1999 : *La Porte des Ténèbres* (*Legend* - Fleuve Noir)

2000 : *L'Arpenteur de Mondes* (*Terreur* - Pocket) Prix Masterton 2001 du meilleur roman fantastique francophone. Elu en 2009 meilleur roman fantastique francophone des dix dernières années par le jury du prix Masterton

2000 : *La Secte* (nouvelle dans *Forces obscures*- Naturellement)

2000 : *Les sept saisons du Malin* (*2000.com* - Naturellement)

2001 : *L'Aigle de sang* (*Terreur* - Pocket) Prix Masterton 2002

2003 : *Keffrath le nécromant* (nouvelle dans *La grande anthologie de la Fantasy* – Omnibus)

2004 : *Empire chinois contre barbares des steppes, le choc de deux civilisations* (rubrique stratégie dans *Histoire mondiale des conflits* – Harnois)

2007 : *La voix du printemps* (nouvelle dans la revue *Ténèbres*)

2008 : *Le Stagioni del Maligno* (traduction italienne des sept saisons du Malin- Gargoyle Books)

2008 : *Le pays des chevaux célestes – tome 1 : L'empire du dragon jaune* (sous le pseudonyme de Chris Jensen – Ramsay)

2009 : *Le pays des chevaux célestes – tome 2 : Les royaumes des steppes* (sous le pseudonyme de Chris Jensen – Ramsay)

2010 : *Le Dieu Vampire* (L'Editeur) Prix Masterton 2011

2010-2011 : *Le Neuvième Cercle* (Voye'l)

Réédition de la saga publiée chez Fleuve Noir, dans sa totalité. Deux tomes inédits complètent et achèvent ce cycle.

Tome 1 : *Le peuple oublié*
Tome 2 : *L'impossible quête*
Tome 3 : *La porte des ténèbres*
Tome 4 : *Le réveil des golems*
Tome 5 : *Les larmes de pierre*
Tome 6 : *Les guerriers de l'enfer*

2012 : *EMET* (nouvelle dans *Les mondes de Masterton* - Rivière Blanche)

2012 : *Le maître des ombres* (Rivière Blanche)

2012 : Réédition de *L'Arpenteur de mondes* (Lokomodo)

2013 : Réédition de *L'Aigle de sang* (Lokomodo)

2013 : Réédition du *Niwaâd* (Lokomodo)

2015 : *Gospel* (Voy'el)

2016 : *Essaims galactiques* (Voy'el) *Artbook* en collaboration avec Sébastien Hue comme illustrateur

2017 : *Traduction* (nouvelle dans Légendes d'Océanie - Evidence éditions)

2017 : *Les contrôleurs* (nouvelle dans Les vilains contes n°2 - L'Ivre Book)

2019 : *Les rats de Hamelin* (Evidence éditions)

Mentions légales

ISBN : 979-10-348-1236-3
ISSN : 2608-8665

Evidence Editions
ZAI Bel Air
17230 Andilly

Site Internet : www.evidence-editions.com
Boutique : www.evidence-boutique.com

Dépôt légal septembre 2019

N° imprimeur : 101964512

Imprimé en France par Présence Graphique - Monts